Se eu

tivesse

dito a

ela

Se eu tivesse dito a ela

Laura Nowlin

Tradução
Isadora Sinay

Rio de Janeiro, 2024

Copyright © 2024 por Laura Nowlin
Copyright da tradução © 2024 por Casa dos Livros Editora LTDA. Todos os direitos reservados.
Título original: *If Only I Had Told Her*

Todos os direitos desta publicação são reservados à Casa dos Livros Editora LTDA.
Nenhuma parte desta obra pode ser apropriada e estocada em sistema de banco de dados ou processo similar, em qualquer forma ou meio, seja eletrônico, de fotocópia, gravação etc., sem a permissão dos detentores do copyright.

HarperCollins Brasil é uma marca licenciada à Casa dos Livros Editora LTDA.

Editoras: *Julia Barreto e Chiara Provenza*
Assistência editorial: *Camila Gonçalves e Isabel Couceiro*
Copidesque: *Thaís Carvas*
Revisão: *Laura Folgueira e João Rodrigues*
Capa: *Elsie Lyons*
Adaptação de capa: *Beatriz Cardeal*
Diagramação: *Abreu's System*

Publisher: *Samuel Coto*
Editora-executiva: *Alice Mello*

Rua da Quitanda, 86, sala 601 A — Centro
Rio de Janeiro, RJ — CEP 20091-005
Tel.: (21) 3175-1030
www.harpercollins.com.br

Dados Internacionais de Catalogação na Publicação (CIP)
(Câmara Brasileira do Livro, SP, Brasil)

N864e
    Nowlin, Laura
       Se eu tivesse dito a ela / Laura Nowlin ; tradução Isadora Sinay. –
1. ed. – Duque de Caxias [RJ] : Harper Collins, 2024.
       336 p. ; 23 cm.

       Título original: If only i had told her
       ISBN 978-65-6005-178-2

       1. Romance americano. I. Sinay, Isadora. II. Título.

24-88123   CDD: 813
                          CDU: 82-31(73)

Gabriela Faray Ferreira Lopes – Bibliotecária – CRB-7/6643

Os pontos de vista desta obra são de responsabilidade de sua autora, não refletindo necessariamente a posição da HarperCollins Brasil, da HarperCollins Publishers ou de sua equipe editorial. Todos os personagens neste livro são fictícios. Qualquer semelhança com pessoas vivas ou mortas é mera coincidência.

*Este livro é dedicado à memória de
Aliksir Dragoman Jaan.*

E em honra a todos os pais cujos filhos seguem vivos em seus corações.

nota da autora

No inverno de 2009, meu marido me encontrou chorando em cima do meu notebook velho. Ele se ajoelhou diante de mim no meu "escritório" (um parapeito largo de janela em nossa minúscula quitinete que eu reivindicara como escrivaninha) e eu lamentei:

— Preciso deixar que Finny morra dentro do meu cérebro agora!

Enquanto rascunhava a narrativa de Autumn em *Se ele estivesse comigo*, idealizei também a história pela perspectiva de Finn e conseguia sentir todos os pensamentos e paixão dele. Cheguei até a escrever uma página e meia da história de Finn. Quando meu marido me encontrou, eu estava chorando porque percebi que precisava deletar aquelas páginas. Eu não tinha agente nem qualquer perspectiva literária; não podia escrever um novo romance a partir da perspectiva de Finn quando deveria estar dedicando toda a minha energia revisando o romance que eu já havia escrito, do ponto de vista de Autumn. Então, sequei minhas lágrimas e me concentrei em garantir que a história que eu já tinha fosse a melhor possível. Deixei a voz de Finny desaparecer. Deixei que ele morresse de novo dentro de mim.

Ao longo dos anos, muitos leitores pediram o ponto de vista de Finny, e eu sempre dizia:

— Sinto muito, ele está morto. Não posso trazê-lo de volta.

E era verdade. Eu não tinha esse poder. Mas Gina Rogers tinha.

Eu não pretendia escutar o audiolivro. A ideia das minhas palavras na boca de outra pessoa me aterrorizava. Mas então Gina me mandou uma mensagem pedindo que eu lhe desse um feedback, ainda que negativo, caso algum dia resolvesse ouvi-lo, porque ela também era uma artista em busca de um ideal. Fiquei tão comovida pelo sentimento e pela dedicação dela à sua técnica que decidi dar uma chance.

No momento em que ouvi Gina, no papel de Finny, dizer "Ei" para Autumn no ponto de ônibus, ele despertou dentro de mim. Antes que eu terminasse de ouvir o audiolivro, ele já estava vivo e, caro leitor, Finny estava bravo comigo. Não por matá-lo, porque entendia que eu precisava tornar *Se ele estivesse comigo* a melhor história possível, mas ele tinha algumas coisas a dizer, algumas coisas que precisava passar a limpo. Considerando sua milagrosa ressurreição, esse pedido parecia razoável, e me senti compelida a finalmente deixar que ele tivesse sua vez.

Então, perdoe-me se eu algum dia jurei para você que este livro jamais existiria. Na época, eu acreditava nisso com todo o meu coração de artista.

Mas a vida às vezes é assim, e isso é bom.

aviso de conteúdo

ESTE LIVRO INCLUI REPRESENTAÇÕES DE MORTE, DEPRESSÃO, suicídio e gravidez.

Se você for sensível a algum desses pontos, sugerimos cautela.

Você pode buscar ajuda ligando para 188
ou acessando o site https://cvv.org.br/

finn

um

———

DORMIR AO LADO DE AUTUMN É UM HORROR. ELA FALA, CHUTA, rouba as cobertas, usa você como travesseiro. As histórias que eu poderia contar se tivesse alguém para ouvir. Mas Autumn morre de vergonha de seu caos noturno e não tolera provocação a respeito dessa excentricidade. Nossas mães — As Mães, como Autumn começou a chamá-las quando éramos criança — têm suas próprias histórias sobre as calamidades noturnas, e o olhar que Autumn lança para as duas é suficiente para me impedir de compartilhar minhas lembranças de seu sono violento e inquieto.

Neste verão, descobri que ela não tinha mudado em nada nesse quesito. Outro dia, Autumn pegou no sono enquanto me via jogar videogame. Eu tinha acabado de finalmente, finalmente, conseguir saltar no tempo certo quando ela jogou o braço no meu colo, o que fez meu avatar cair para a morte. Com delicadeza, tirei a mão dela de cima de mim e me afastei alguns centímetros, mas não muitos. Quando ela acordou, eu não contei o que havia acontecido; se fizesse isso, Autumn diria algo sobre voltar para casa quando começasse a se sentir cansada e eu preferiria abrir mão de todos os meus jogos a perder um minuto do que quer que esteja acontecendo entre nós desde que Jamie terminou com ela.

Foi exatamente por isso que fiz questão de me enfiar entre Autumn e Jack na noite passada. Ficou evidente que nós três dormiríamos na minha casa, e eu senti que era meu dever ficar na linha dos golpes.

Preciso admitir: eu torci para que acontecesse.

Foram os dedos dela se contorcendo contra minhas costelas que me acordaram.

Tia Claire está certa. Autumn ronca agora. Não roncava quando éramos crianças. Eu acreditei em Autumn quando, repetidas vezes, ela insistiu que a mãe só estava brincando.

Mas aqui estamos nós, nesta tenda de cobertores que eu fiz para ela, sua cabeça na dobra do meu braço. Autumn está de lado, enrolada como uma bolinha, roncando, mas não alto. A respiração dela sai em golfadas curtas e quentes.

Depois que Jack dormiu na noite passada, ela e eu ficamos acordados conversando por mais um tempo. Autumn estava caindo de sono, mas eu não queria deixá-la ainda, então continuei falando até que ela disse:

— Finny, fica quieto. Preciso focar em varrer.

Eu virei o rosto e, no escuro, vi os olhos fechados dela, sua respiração suave.

— Você está dormindo?

Ela franziu o cenho.

— Não. Você não está vendo a minha vassoura? Olha essa bagunça.

— Onde você está? — perguntei.

— Ah, você sabe... no quarto... entre...

— Entre o quê?

— Hum?

— O quarto entre o quê, Autumn?

— A fantasia e a realidade. Me ajuda. Está uma bagunça.

— Por que está uma bagunça? — quis saber, mas ela não me respondeu.

Eu fui dormir meio como estou agora, deitado de costas, encarando a colcha acima de nós. Lembro-me de esticar o braço acima da cabeça, vagamente consciente da maneira como ela se mexia e resmungava algumas palavras a poucos centímetros de mim, supostamente limpando o espaço entre este mundo e o próximo. Nossos corpos não se encostavam, mas parecia que os átomos entre nós estavam aquecidos pelo amor que sinto por ela.

Mais tarde naquela noite, acordei com um tapa de Autumn no meu rosto. Afastei a mão dela e me virei para olhá-la. Ela estava perto, mas não me tocava, as cobertas emboladas em seu outro punho, a mão que me acertou entre nós. Forcei-me a desviar o olhar e fechar os olhos, voltar a dormir.

Mas agora...

Isto é o paraíso: a testa dela pressiona em mim, sua cabeça embaixo do meu braço e minha mão em seu ombro. Nós nos encontramos por instinto. Mesmo que eu estivesse meio dormindo, nunca teria feito isso conscientemente. Eu não sabia se seria ok para ela. Ainda não sei, mas não consigo me mover.

Meu pênis, com base em quase nada, decidiu que hoje vai ser o melhor dia das nossas vidas. Compreendo o entusiasmo, mas ele está (infelizmente) exagerando.

Se eu me mover, Autumn vai acordar.

Se Autumn acordar, vai ver o que meu corpo está imaginando.

Isto é o que eu ganho por me colocar nesta posição. De novo.

Não que eu tenha estado nesta *exata* posição com Autumn antes. Mas, como disse, as histórias que eu poderia contar.

O som de uma descarga. Eu não tinha me perguntado onde meu outro melhor amigo estava.

Não vou conseguir disfarçar para Jack. Acho que desta vez ele não vai deixar passar. Jack sempre soube que eu ainda estava apaixonado por Autumn, mesmo depois de todos esses anos, apesar de, no geral, eu ser feliz com Sylvie. Ele fez vista grossa durante todo o ensino médio, mas não vai mais me deixar fingir.

Algumas semanas atrás, depois que fomos ver aquele filme de terror tonto que fez Autumn gritar três vezes, ela e Jack disseram que tinham se divertido. Cada um disse que entendia por que eu gostava tanto do outro e, claro, talvez pudéssemos fazer isso de novo.

Autumn estava falando a verdade. Eu sabia.

E não é que Jack não estivesse. Só havia muita coisa que ele não estava dizendo.

Não sei se a noite passada ajudou. Eu quero que Jack veja que Autumn não é uma pessoa cheia de pose que se acha uma princesa, como Alexis ou Taylor a fazem parecer.

É mais como se Autumn fosse uma princesa de verdade, mas vinda de um planeta alienígena. Ela é a pessoa mais confiante e ao mesmo tempo insegura que eu já conheci.

Exceto por Sylvie, é claro.

Lembrar-me de Sylvie tira do meu pênis a ilusão de que um milagre está prestes a acontecer e aumenta minha culpa já volumosa.

Ouço Jack escarrar e cuspir. Outra descarga, então a pia. Escuto Jack pegando um copo d'água na cozinha.

Eu tento me lembrar do que Sylvie disse sobre o itinerário de seu voo. Ela deve estar voando agora. Acima do Canal da Mancha? Não sei dizer. Imagino-a em seu assento, no corredor, como ela prefere. O discman apoiado na mesinha e seu cabelo dourado caindo para trás quando ela inclina a cabeça para ouvir melhor.

Espero que essa viagem seja tudo que ela precisava, que ajude como o terapeuta dela achou que ajudaria.

A princípio, eu tive minhas dúvidas. Sylvie na Europa sozinha, sem ninguém para segurá-la? Claro, ela já tinha estado na Europa antes, fala francês fluente e tem um celular. Mas eu não conseguia acreditar que o terapeuta dela estava insistindo para que viajasse sozinha, sem um único amigo ou familiar na viagem de formatura prescrita por ele.

Agora entendo que o dr. Giles estava certo. Sylvie sabe cuidar de si mesma quando não está tentando impressionar os outros. É por isso que fica bêbada: para impressionar. Se ninguém a tivesse desafiado, Sylvie nunca faria suas lendárias peripécias alcoolizadas.

Sozinha, com sua mochila e vários mapas, listas de albergues e horários de trem, Sylvie cruzou o continente. Acabou se complicando em Amsterdã, quando não entendeu que uns caras estavam dando em cima dela, mas se manteve segura e, quando me ligou, já estava tudo resolvido.

Eu espero que Sylvie veja como ela é capaz, como é inteligente e resiliente. Espero que possa gostar de si mesma pelos próprios motivos, não pelo que os outros acham dela. Sylvie poderia ser o que quisesse se apenas parasse de se importar com o que as pessoas erradas pensam dela.

Eu sou uma dessas pessoas, e espero não arruinar qualquer progresso que esse verão tenha significado para ela.

Jack entra na sala. Eu fecho os olhos. Embora meu pênis siga um tanto otimista, as cobertas oferecem um disfarce. Eu deveria me mexer, acordar Autumn, fingir que meu braço nunca esteve em volta dela, mas ainda não consigo fazer isso.

Ouço o barulho da tenda de cobertores sendo aberta. Jack suspira. Ele diz a mesma coisa que na noite em que confiei que Sylvie ficaria sóbria para dirigir e precisei ligar bêbado para ele em busca de uma carona.

— Nós dois deveríamos ter previsto isso, sabe — murmura Jack.

Ele solta a coberta e aparentemente vai para o sofá, mas estou prestando menos atenção nele agora.

Autumn deve acordar em breve. Ela se move às vezes, mexendo o rosto, reagindo a coisas que não consigo ver. Ela faz um barulho baixo, o tipo de barulho que eu queria causar nela quando está acordada e consentindo. E, com esse pensamento, ergo meu braço e me afasto dela. Autumn franze o cenho ao sentir a perda de calor e eu paro, esperando que ela desperte. Ela resmunga e se enrola ainda mais.

Permito-me o breve luxo de observar seu rosto.

É cosmicamente injusto como Autumn é linda. Isso me deixa em uma enorme desvantagem. Seu cérebro brilhante e pateta já era o suficiente. Por que ela precisava ter um rosto perfeito também?

Eu nunca tive chance.

Mesmo antes de ela ter peitos.

Preciso interromper essa linha de raciocínio imediatamente.

Melhor acabar com isso de uma vez.

Jack está digitando no celular da ponta do sofá. Ele não fala nada até eu me sentar.

— Finn, cara…

— Eu sei.

Ele bloqueia o celular.

— Não. Você está perdido e nem faz ideia.

— Eu tenho uma ideia.

Jack me encara.

— Eu sei o que estou fazendo — tento argumentar.

— *O que* você está fazendo? E quanto a *ela*? — Jack aponta com a cabeça em direção à tenda. Embora já estivéssemos falando baixo, ele começa a sussurrar. — Ela teria que ser a pessoa mais burra do mundo pra não saber que você está loucamente apaixonado.

— Ela não é burra. Ela só não sabe o quanto eu… — não suporto dizer a palavra — … gosto dela. Acha que é só uma quedinha antiga.

Ele me dá aquele olhar de novo, mas não sei o que está esperando que eu diga. Autumn não flerta comigo. Ela não faz piadinhas sugestivas ou me dá qualquer motivo para ter falsas esperanças. Não quando está acordada.

Eu sou o problema. Meu coração fica confuso quando ela me olha com um afeto que é natural, considerando nossa história.

— Finn — diz Jack —, veja por este lado. Eu não sou como você. Não fui criado em uma casa na qual as pessoas conversavam sobre sentimentos e coisas do tipo. É difícil para mim e eu estou fazendo mesmo assim. De novo.

De novo.

É verdade.

— Você é um bom amigo — digo. — E eu agradeço por isso. Mas ela precisa de mim. Autumn não está nos melhores termos com os outros amigos dela.

— Ela passou a noite toda rindo com você — comenta Jack, como se quisesse martelar cada palavra na minha cabeça.

— Autumn estava bêbada e, além disso, ela é… — noto o que estou prestes a dizer, mas sai da minha boca antes que eu consiga controlar. — … igual a Sylvie. Perturbadoramente boa em esconder a dor que está sentindo.

Jack grunhe e esfrega o rosto. Não consigo ouvir muito bem o que ele diz a seguir, mas termina com a palavra "tipo". Autumn faz um barulho na tenda e nós dois prendemos a respiração e escutamos.

Silêncio.

— E falando em Sylvie… — sussurra Jack. — É, eu reclamo dela, mas ela é minha amiga também e eu…

— Eu sei. Eu vou…

Autumn faz um barulho.

— Ela está acordando — digo.

Jack suspira. Ele está certo e sabe que eu sei que está certo.

Jack e eu já sabemos o que vai acontecer. Autumn e eu vamos para Springfield. Faremos novos amigos, provavelmente estaremos no mesmo grupo desta vez, mas uma hora ou outra Autumn vai conhecer alguém de quem ela goste, alguém que tenha o que quer que a fez querer ficar com Jamie. E eu vou acabar mais do que devastado. Serei destruído. Jack e eu somos próximos o suficiente para que isso meio que seja problema dele também. Mas não posso abrir mão do que tenho com Autumn e, quando ela de fato conhecer esse cara, vou garantir que ele a apoie, não a trate como uma aquisição difícil, mas valiosa. Ou uma ajudante. Ou uma piada.

— Fin-nah — cantarola Jack. Ele estala os dedos na frente do meu rosto. — Alô!

— Desculpa, eu…

— Viajou igual ela faz? Você anda tão, tão… Tipo semana passada! Como você pôde perder aquele jogo? — pergunta Jack.

— Autumn e eu estávamos no shopping.

— Você nunca perde os Strikers na TV.

E é verdade; eu fiquei irritado comigo mesmo quando lembrei que o jogo estava passando. St. Louis mal tem uma liga, e é minha missão apoiá-la. Mas Autumn estava falando de como o shopping é tipo um jardim abandonado, com algumas partes morrendo mais rápido que outras. Segundo Autumn, a área em volta do cinema é um lugar ensolarado, onde chove bastante. Demos uma volta e decidimos que os quiosques eram ervas daninhas e as lojas de departamento eram plantas ornamentais negligenciadas.

Meu dar de ombros não satisfaz Jack. Ele espera uma explicação.

— Vou terminar com Sylvie quando ela chegar amanhã.

— Imaginei — diz Jack. Palavra simples, mas o tom está carregado com a recriminação que eu mereço. — E depois?

— Meu Deus! — Autumn geme quando sai de sua caverna.

— Autumn — digo involuntariamente enquanto ela segue para o lavabo perto da cozinha, aquele que Jack havia usado recentemente.

Eu avisei que ela sofreria se tomasse aquele quarto drinque. Foi escolha dela, mas me sinto responsável mesmo assim. Além disso, foi Jack quem preparou a bebida, então, diferente dos três que eu tinha feito para ela antes, esse provavelmente estava mais forte. Estou prestes a comentar as habilidades de Jack como barman quando vejo a expressão no rosto dele e lembro que não estou em vantagem.

— Vou dar uma olhada nela — digo.

— Imaginei — repete Jack. — E depois?

— Depois vamos fazer alguma coisa? — Tento soar casual, como se ele só tivesse perguntado dos planos para hoje, mas não engano ninguém. Nós dois sabemos que estou evitando a pergunta principal: como eu vou viver o resto da minha vida apaixonado por Autumn Davis sem esperança de ser correspondido?

dois

———

— Vai embora — diz Autumn quando eu bato na porta do banheiro. Ela parece estar morrendo lá dentro.

— Você está bem? — Mas eu já sei o que ela vai responder.

— Estou. Vai embora.

Autumn odeia se sentir vulnerável. Herdou isso da mãe, apesar de sempre reclamar do revestimento de perfeição suburbana da tia Claire.

— Ok.

Sinto vontade de esperar diante da porta, mesmo sabendo que ela quer privacidade. Eu me viro e ignoro os sons vindos do lavabo. Alguns minutos atrás eu a estava desejando, quando na verdade deveria estar me preocupando com essa ressaca.

Às vezes, parece que Autumn desperta o pior em mim. Ela faz eu me sentir o tipo de cara que odeio: os atletas que dizem coisas absurdas no vestiário. Eu já tentei intervir nessas conversas, especialmente quando me tornei um dos veteranos, mas em geral ficava tão estupefato pelo que estava ouvindo que perdia a oportunidade de interromper.

Porém, algumas vezes ao longo dos anos, quando ouvia algo vulgar especificamente a respeito de Autumn, minha boca falava antes que o resto de mim processasse o que estava acontecendo.

Quando isso acontecia, eu era capaz de me impor, de censurá-los por suas observações nojentas, porque no fundo eu concordava com eles. Eu queria o que eles queriam ou tinha visto o que eles estavam desejando. As palavras daqueles caras eram um reflexo grotesco dos meus próprios sentimentos.

Então, depois do último treino de corrida do último ano, um calouro veio até mim e expôs minha hipocrisia:

— Você deixou Rick dizer coisas piores sobre outras meninas.

Desdenhei do pobre moleque.

— Então eu deveria ter sido mais seletivo antes. Vou cair fora daqui em breve. Você pode assumir o posto de cavalheiro galante no ano que vem.

Passei minha bolsa por cima do ombro e saí pisando duro. Não me lembro do nome do cara, mas ele provavelmente vai se lembrar do babaca do Finn por um tempo.

No ensino médio, Autumn só tinha olhos para Jamie. Com certeza não queria aqueles atletas imbecis pensando nela, e com certeza nunca quis que eu pensasse nela dessa forma, antes ou agora. Deixou isso bem claro anos atrás. Eu entendo por que Autumn precisou ser incisiva, e foi melhor assim. Mas algum dia, se conversarmos a respeito disso, direi a ela que podia ao menos ter me contado que não sentia a mesma coisa por mim. Não precisava ter me abandonado como fez.

Provavelmente era sobre isso que minha mãe estava falando ontem. Tia Claire está celebrando o divórcio de Tom, o pai de Autumn, com um fim de semana temático de vinhos. Ela e minha mãe viajaram e deixaram dinheiro e, surpreendentemente, poucas instruções para mim e para Autumn. Quando minha mãe se despediu ontem, sussurrou:

— Pelo amor de Deus, garoto. Conversa com ela.

Essa situação mal resolvida tem pairado entre nós. Autumn sabe que eu queria que ela tivesse sentimentos diferentes por mim. No entanto, precisa entender que a situação é ainda pior. Meu amor por Autumn é a coisa mais próxima que eu tenho de uma religião. Mas tudo bem que ela não sinta o mesmo. Eu estou bem. Consigo lidar com isso. Podemos ser amigos, como quando éramos crianças. Eu também estava apaixonado por ela naquela época, mas desta vez não vou surtar e tentar provar qualquer coisa. Aprendi minha lição quando tentei beijá-la e não fui correspondido.

Mas minha mãe está errada quanto ao momento. Este não é o melhor fim de semana para ter esta conversa. Preciso sobreviver a hoje e terminar com Sylvie amanhã. Depois disso, talvez eu converse com Autumn. Ou talvez eu espere até o Natal. Ainda não decidi.

Esqueci-me do meu outro melhor amigo de novo. Por hábito, fui até a cozinha fazer torrada, embora Autumn nunca tenha estado de ressaca na minha casa antes.

Jack aparece à porta. Ele me observa.

— Você vai colocar açúcar e canela também?

— Autumn não gosta, tonto. — Lá vou eu de novo, descontando em Jack em vez de lidar com a porra dos meus sentimentos como um homem. Tento soar mais como eu mesmo. — Quer uma também?

— Claro. — Ele se senta e boceja, então decide aliviar a barra: — Ela gostou de *Os bons companheiros?*

Eu rio.

— O filme mal tinha começado quando você caiu no sono. E você contou a história quase toda, Autumn praticamente não precisou assistir.

— Não vem com essa. Esse filme é como um castelo de cartas cuidadosamente construído…

Ele continua, mas não estou ouvindo. A porta do banheiro foi aberta. Ela voltou.

Atrás de mim, posso ouvi-la cruzando a cozinha e se sentando à mesa.

— Melhor? — pergunta Jack.

— Mais ou menos — diz Autumn. Seus olhos estão fechados quando eu me viro, e ela está encolhida na cadeira, o queixo apoiado nos joelhos.

Entrego o primeiro prato de torrada para Jack e me viro para fazer mais.

— Então, se você voltar ao material original, *Wiseguy…* — continua Jack.

Ele não para de falar desse filme. Não preciso nem escutar para saber o que ele está dizendo. Posso concordar ou dizer a coisa certa enquanto me concentro em Autumn.

Passo manteiga na torrada, do jeito que ela gosta, e ela me dá um sorriso fraco e grato que me derrete por dentro. Não sei como ainda estou de pé.

Jack só está tentando me salvar de mim mesmo com esse monólogo sobre o Scorcese, e eu estou sendo um péssimo amigo.

A respiração de Autumn é consistente e lenta. Ela mastiga, engole e respira fundo. Mastiga. Engole. Respira. Está funcionando. Ela está relaxando. Seus olhos ainda estão fechados; a bochecha ainda está apoiada no joelho dobrado.

— Achei que você, como escritora, ia curtir o estilo narrativo — diz Jack.

Autumn abre os olhos e pisca para ele. Tenho certeza de que também não estava ouvindo a aula de história do cinema.

— Por que não recomeçamos o filme? Podemos assistir juntos. — Jack me lança um olhar que indica que nossa outra conversa ainda não terminou.

Autumn dá de ombros e termina sua torrada.

Não presto atenção no filme. Nós três nos sentamos enfileirados no sofá, a tenda abandonada. Jack e Autumn estão assistindo ao filme. Eu só estou aqui, perto dela. Parece que a torrada deu um jeito na náusea.

Quando exatamente ela acordou? O que Jack e eu estávamos dizendo?

Quando eu disse a Jack que Autumn estava prestes a acordar, nós estávamos falando de…

Sylvie ou futebol. É isso que ela pode ter ouvido.

Eu já contei a Autumn que vou terminar com Sylvie, mas não acho que dei qualquer indicativo do verdadeiro motivo. Uma coisa é estar em um relacionamento com Sylvie enquanto estou apaixonado pela minha vizinha; a situação muda se essa vizinha tiver voltado a ser minha melhor amiga.

— Ela só não é a pessoa com quem quero estar — falei finalmente quando Autumn me perguntou o porquê.

Não deixava de ser verdade, mesmo que eu estivesse omitindo muita coisa. Autumn assentiu como se entendesse, e pareceu que nós dois havíamos dito mais do que realmente dissemos, mas talvez não tenha passado de uma fantasia minha.

Meus melhores amigos estão sentados ao meu lado há duas horas e meia. Na noite passada, fizemos piadas e debochamos uns dos outros. Hoje, estamos quietos. De todo modo, passar tempo com os dois juntos parece certo. Espero que no outono, quando estivermos todos em Springfield, eles possam ser amigos também. Apenas amigos.

É um pensamento idiota, mas não sai da minha cabeça: preciso convencer tanto a mim quanto a Jack de que, quando Autumn de fato conhecer alguém novo, finalmente estarei pronto para deixá-la ir.

— Ei, Finn — diz Jack. — Vamos no meu carro pegar suas chuteiras.

Ele está se preparando para ir embora e minhas chuteiras não estão no carro dele. O carro de Jack é um chiqueiro, e eu jamais deixaria alguma coisa minha lá, nem mesmo as chuteiras.

— Claro.

Dou uma olhada em Autumn antes de me levantar. Ela está aninhada em um cobertor, terminando o copo de água que eu dei e comendo outra fatia de torrada. Eu noto mais uma vez como é injusto que ela consiga ser tão linda mesmo de ressaca.

Vou com Jack até o carro e, quando ele se vira para mim com aquela expressão no rosto, sei o que está prestes a dizer. Eu abro a boca, mas ele é mais rápido do que eu.

— Sua história não faz sentido.

Por essa eu não esperava.

— Minha história?

— Que ela sabe e ao mesmo tempo não sabe que você está apaixonado por ela.

— Não foi isso que eu disse.

— Foi sim, basicamente. Talvez vocês dois sejam as pessoas mais idiotas da Terra e, de alguma forma, não percebem que estão apaixonados um pelo outro, mas estou achando que Autumn sabe que você ama ela e está brincando contigo só para se sentir melhor.

— Isso não é…

Jack me lança um olhar e eu paro de falar.

— Termina com a Sylvie amanhã. Me liga depois. E pensa no que eu disse.

— Certo. — Eu encolho um ombro e desvio o olhar.

— Estamos bem?

Encaro meu amigo.

— Estamos.

Ele assente e vai embora. Volto para dentro.

Eu deveria ter fingido que subi para guardar minhas chuteiras imaginárias antes de me sentar ao lado de Autumn no sofá, mas ela não parece notar.

— Se divertiu? — pergunto.

Ela sorri de leve.

— Você tinha razão sobre aquele quarto drinque e talvez sobre as habilidades de barman do Jack.

— Eu estava coberto de razão sobre as duas coisas. Mas você parece melhor.

Autumn está incrível; é simplesmente a aparência dela.

— A torrada ajudou. Obrigada. — Ela me abre outro sorriso, que me enche de calor.

— Só um truque que eu aprendi. — *Cuidando de Sylvie*, eu não conto.

— Acho que vou para casa tomar um banho — diz ela.

Fico surpreso e desapontado. Pisco devagar.

— Ok.

Talvez seja melhor mesmo. Preciso organizar meus pensamentos. Descobrir o que vou dizer para Sylvie amanhã.

Autumn estica os braços para o alto e resmunga antes de se levantar, e eu queria poder ter esse momento, como muitos outros, em um replay instantâneo.

— Tchau, Finny! — diz ela, olhando por cima do ombro, enquanto segue para a casa ao lado.

Eu hesito, então corro para o meu quarto para dar uma última olhada em Autumn antes que ela entre. Talvez eu a veja de novo quando ela chegar no quarto, já que nossas janelas ficam uma de frente para a outra.

Não que eu esteja tentando vê-la nua. Acredite em mim, eu tive chances, e em algumas ocasiões foi por pouco, mas sempre me forcei a fechar as cortinas quando ela se esquecia de fechar as dela. Hoje, porém, Autumn entra no quarto e rapidamente fecha as cortinas. Deixo as minhas abertas e me estico na cama. Eu deveria estar pensando no que minha mãe e Jack disseram a respeito do meu relacionamento — minha amizade — com Autumn. Os dois concordam que preciso contar a ela.

Mas só consigo pensar *em* Autumn. Na maneira como seus olhos castanhos brilhavam enquanto construíamos a tenda ontem. Em como eu conseguia sentir o cheiro do seu cabelo macio quando ela se aninhou em meus braços esta manhã. No jeito como ela arqueou as costas e fez aquele barulho antes de se levantar do sofá. No fato de que ela está tirando a roupa e tomando um banho neste momento.

Penso intensamente em Autumn, mas não de um jeito que vai fazer com que eu me sinta melhor, agora ou a longo prazo.

três

—

Não consigo olhar para trás e dizer exatamente quando me apaixonei por Autumn Rose. Algo que eu sentia por ela antes mesmo de aprender a ler se desenvolveu e se intensificou à medida que crescíamos juntos. Se eu tivesse que definir um marco no tempo, acho que a primeira vez que pensei em mim mesmo como "apaixonado por Autumn" foi antes do quinto ano. Não sei se um psicólogo acreditaria que alguém tão novo pode estar apaixonado. Tudo que eu sei é que aconteceu comigo.

Eu estava apaixonado por ela, mas tínhamos apenas 11 anos, então sermos só amigos parecia natural, mesmo que na minha cabeça isso com certeza fosse algo temporário. Sempre conversávamos como se estivéssemos destinados a passar a vida inteira juntos, igual às Mães; certamente em algum momento Autumn perceberia que deveríamos nos casar. Mas nunca senti que ela me enxergava do mesmo jeito. Ela não entendia por que as Mães diziam que não podíamos dormir mais na mesma cama. E eu, sim. Ela não tentava prolongar o toque quando nossas mãos se encostavam. E eu, sim.

Esses primeiros anos apaixonado por Autumn foram difíceis, mas eu não fazia ideia do quanto iria piorar.

———

Conheci Jack no primeiro dia do sexto ano. Autumn e eu não tínhamos uma única aula juntos, o que com certeza me deixaria menos distraído, mas não termos o mesmo horário de almoço parecia uma piada. Certamente a coordenação da escola sabia que sempre havíamos estudado juntos, que éramos feitos um para o outro. Certamente, se eu olhasse em volta do refeitório, ela estaria lá, né?

Mas ela não estava. Autumn ficou com o primeiro horário de almoço, no qual acabou conhecendo suas novas amigas e minhas futuras amigas, embora naquela época eu não soubesse de nada disso.

Quando finalmente me sentei ao lado de Jack a uma mesa quase vazia, ele reagiu como se estivesse esperando por mim. Nós tínhamos feito aula de educação física juntos naquela manhã e jogado bola com alguns outros garotos quando o professor nos deu tempo livre. No entanto, eu não me sentei ali porque reconheci Jack; foi só a primeira cadeira vazia que vi pela frente, e me sentei nela derrotado. Mas Jack se lembrou de mim. Ele me perguntou se eu já tinha assistido a uma partida de futebol profissional. Eu disse que sim, não estava muito a fim de papo, não estava prestando atenção de verdade, imaginando o que Autumn estaria fazendo.

E então Jack selou nossos destinos.

— Paolo Maldini é o motivo para eu jogar na defesa.

Levantei a cabeça de repente e o encarei pela primeira vez, notando suas sardas, o tom avermelhado de seu cabelo.

— O meu também — disse. — Ele é meu… — E nós dissemos "favorito" juntos. Eu não me lembro do resto da conversa, mas ficamos amigos.

No jantar com as Mães naquela noite, Autumn falou das meninas com quem tinha almoçado, especialmente uma menina chamada Alexis, e eu fiquei feliz por nossos almoços terem dado certo. Durante as primeiras duas semanas, pensei que talvez todos tivessem razão: seria bom para nós fazermos novas amizades. Eu poderia ter Jack para almoço e futebol, e Autumn para todo o resto. Autumn teria aquelas meninas para ir ao shopping — todas essas coisas de menina estavam começando a ser importantes para ela — e ainda me teria, como sempre, para todo o resto.

Quando minha mãe se sentou comigo e me explicou que naquele ano, no aniversário de Autumn, depois que fizéssemos o jantar em família com tio Tom, ela receberia amigas para uma festa do pijama da qual eu não poderia participar, eu entendi. Não me importei. A única coisa que me deixou confuso foi por que minha mãe estava me contando isso em vez de Autumn.

Decidi que era uma questão de momento. Todas as minhas aulas eram avançadas e as de Autumn, não, nem mesmo a de inglês. Ela tinha tirado B- em inglês no ano anterior. Lera todos os livros do currículo no quarto ano, então usou o tempo de leitura em sala para ler Stephen King em segredo. E aí escreveu os trabalhos baseados no que ela se lembrava de dois anos antes. Achei impressionante ela ter tirado B-, considerando tudo.

Como não fazíamos as mesmas aulas, nossa lição de casa era diferente. Não fazia muito sentido estudarmos juntos, a menos que ela precisasse da minha ajuda com matemática. Portanto, passávamos menos tempo a sós à noite. Eu disse para mim mesmo que Autumn queria ter me contado sobre a festa do pijama, mas não tinha tido tempo.

Passei o mês todo falando a respeito dela com Jack. Como ela era engraçada, como era legal, divertida, como sempre se lembrava de dizer "Paolo" em vez de "Pablo". (Não que ela se interessasse por futebol. Mas se importava o suficiente para se lembrar de quando *eu* falava sobre Paolo Maldini.)

No meu aniversário, uma semana antes do dela, Jack veio jantar com a minha mãe, tia Claire e Autumn. (Tom não aparecia nos meus aniversários e eu não quereria mesmo que ele fosse. Meu pai só mandou uma mensagem avisando que tinha feito outro investimento em meu nome.) Eu estava animado para que Jack e Autumn se conhecessem.

Autumn sorriu e os olhos de Jack se arregalaram. Ele se sacudiu como se estivesse saindo de uma piscina. Eu falara para ele a respeito da minha amiga Autumn, mas não tinha contado a respeito do rosto dela ou de seu corpo em desenvolvimento.

— Oi — disse Jack, e a noite pareceu boa e normal, como todas as outras comemorações de aniversário com as Mães e Autumn, exceto que Jack também estava lá.

Só mais tarde percebi quanto tempo Autumn passara olhando para seu novo telefone, como ela tinha agido educadamente distante com Jack.

As Mães disseram que não poderíamos ter celulares antes de fazermos 13 anos, mas Autumn ganhara o dela no início do mês porque seu pai se confundiu um pouco com o combinado. De todo modo, Tom dera o presente a ela "sem checar com Claire, como de costume no reino dele", disse minha mãe. Naquela noite, quando ganhei meu primeiro celular, eu falei a Autumn que poderíamos trocar mensagens de texto em vez de usar os copos conectados por um barbante entre nossas janelas. Ela sorriu, mas não parecia estar planejando me escrever igual vinha fazendo com suas novas amigas a semana toda.

No final da noite, quando deixamos Jack em casa, ele me olhou com pena antes de sair do carro. Acho que não foi a intenção dele, mas eu pude ver em seu rosto. Jack não acreditava que Autumn fosse, ou já tivesse sido, minha amiga. A filha da melhor amiga da minha mãe que estava sempre presente? Claro. Mas ele pensou que eu tinha me iludido ao acreditar que essa menina gata era minha amiga.

Virou minha missão provar que Autumn *era* minha amiga. Durante os dois meses seguintes, Jack foi inundado de convites para ir a minha casa, onde fotos de Autumn e eu abraçados cobriam as paredes e onde minha mãe podia contar a ele inúmeras histórias a respeito das aventuras que Autumn e eu tivemos juntos.

Consegui provar a ele que Autumn e eu tínhamos sido amigos, mas falhei em provar para ele (ou, honestamente, para mim mesmo) que eu e ela *ainda* éramos amigos. No último dia de aula antes das férias de inverno, Jack finalmente resolveu falar alguma coisa sobre o assunto. Não consigo me lembrar do que eu estava contando a ele, só sei que era sobre Autumn.

— Finn. Cara. Olha, eu entendo. Eu comeria vidro para jogar verdade ou desafio com Autumn. Mas ela ainda fala com você?

— Eu e você não somos o tipo de cara que é convidado para festas em que rolam essas coisas — respondi.

— E é por isso que ela não fala mais com você — disse Jack.

Não me dei ao trabalho de contar a ele que Autumn falava comigo às vezes.

— Provavelmente vamos passar as férias juntos — falei, dando de ombros.

Jack, sempre generoso comigo, não me disse que eu estava sonhando.

E, no fim das contas, eu não estava mesmo. Aconteceu.

Autumn tinha saído de seu transe e era como se me enxergasse de novo. O alívio foi tão grande que me atingiu em um nível físico. Eu dormi melhor nessas duas semanas do que em todos os últimos meses.

Eu estava de volta ao jogo. Nosso relacionamento ainda não estava onde eu queria, mas eu estava de volta. Ainda tinha chance.

As conversas no vestiário ainda não tinham chegado ao nível de baixaria que chegariam no ensino médio, mas eu ouvira um aluno do oitavo ano se gabando de ter seguido um grupo de meninas gatas do sétimo no shopping. Reconheci Autumn e as amigas na descrição que o garoto fizera — ele mencionara Alexis pelo nome — e fiquei chocado quando ele disse que as garotas haviam sorrido e piscado para ele, e então entrado na loja chique de lingerie quando sabiam que ele estava olhando.

Pela primeira vez, questionei se conhecia Autumn tão bem quanto achava, e fiz suposições equivocadas sobre a vida dela sem mim. Não foi a última vez. Anos mais tarde, no primeiro ano, concluí que Autumn estava bebendo e fazendo sexo com base em uma combinação de fofoca e inveja.

Mas, no sétimo ano, achei que tinha descoberto o tipo de cara de que Autumn gostava. Eu precisava ser mais másculo, como os atletas mais velhos. Eu já era bom em esportes, mas ficaria melhor. Não tive uma figura paterna de verdade na minha vida para me inspirar, mas eu poderia aprender mais sobre *caras*. Achei que levaria meses, mas com certeza não anos, até eu ter uma chance de impressionar Autumn.

Então o milagre aconteceu. Autumn voltou para mim naquele Natal. Nós éramos amigos de novo. Passávamos todos os dias juntos, conversando e rindo como nos velhos tempos. Eu não ia perder a chance de mostrar que eu podia ser quem ela queria.

Nós assistimos a *Harry e Sally* com as Mães nas férias. Obviamente, eu amei a comédia romântica em que os melhores amigos se apaixonavam um pelo outro, e, quando Autumn comentou com a minha mãe que achou o final do filme romântico, tracei um plano.

Eu iria beijá-la à meia-noite do Ano-Novo. Eu mostraria a ela que podia ser ousado, que podia ser másculo. Meu plano era o seguinte: depois que fôssemos lá fora bater panelas para receber o novo ano, eu as jogaria no chão, agarraria Autumn de um jeito romântico e a beijaria. Imaginei que saberia fazer algo assim instintivamente.

Eu estava tão exultante à meia-noite que quase me exauri gritando e urrando, como os namorados da minha mãe haviam feito em anos anteriores. Quando percebi que estava prestes a perder a minha chance e que todo mundo estava voltando para dentro, eu segurei Autumn pelo braço.

— Espera — falei. Conversar não fazia parte do plano, mas já tinham se passado alguns minutos desde a meia-noite.

— O quê?

Eu pretendia tomá-la em meus braços e abraçá-la, mas acabei segurando-a acima do cotovelo, e isso teria que servir. Inclinei-me e os olhos dela se arregalaram.

Seus lábios eram tão macios quanto eu imaginava. Mais uma vez, eu pensei que meu instinto romântico cuidaria de tudo, orientando-me a beijá-la igual as pessoas faziam nos filmes. Mas eu só dei um selinho nela, como todos os beijos na bochecha que eu já tinha dado, quase todos nas Mães.

Ainda assim, era *ela* quem eu estava beijando. Meu corpo estava cheio de encanto e esperança. Observei o rosto de Autumn quando me afastei, esperando pela sua reação.

Ela estava chocada e então me perguntou:

— O que você está fazendo?

Minha fantasia desmoronou. Aquela não era minha chance. Na verdade, era meu teste, e eu tinha falhado. Ela me aceitara de volta e eu tentei ficar como ela, como se fôssemos iguais. Eu deveria ter esperado. Deveria ter trabalhado mais. Deveria ter sido amigo de Autumn quando ela tivesse tempo para mim, nas férias de verão e inverno, e então, quando eu fosse mais descolado e mais alto e as amigas dela gostassem de mim, talvez, *talvez*, tivesse alguma chance de ser seu namorado.

Mas eu estragara tudo.

Autumn estava com nojo de mim. Dava para ver em seu rosto.

Eu queria me agarrar a ela, nos manter juntos. Foi só depois que ela soltou o braço que eu notei que minha mão estava dolorida de segurá-la.

Eu não queria machucá-la.

Minha mãe nos chamou.

Autumn se afastou e correu, correu de mim como nunca tinha feito antes. Ela nunca olhou para trás, nunca acenou para que eu a seguisse.

Lá dentro, nós quatro comemos bolo. Ele parecia seco na minha boca. Minha mãe perguntou por que estávamos tão quietos e nós dois dissemos "estou cansado" ao mesmo tempo. Nós nos assustamos e olhamos um para o outro, depois desviamos o olhar. Não protestei quando ela foi embora logo depois.

Foi só no brunch de Ano-Novo, na casa dos pais dela, quando eu vi os leves hematomas em seu braço, que percebi quanto meu gesto tinha sido grande. Eu a tinha agredido. Conseguia me ver pelos olhos dela, agarrando-a desesperado, patético, indigno de pena. Precisei de toda força que tinha para não sair correndo do sofá e dar a Autumn o espaço que provavelmente queria.

Na escola, Jack perguntou como foram as férias. Ele ligara duas vezes nesse período, querendo me chamar para fazer alguma coisa. Nas duas ocasiões eu dissera a ele que estava com Autumn, que tínhamos planos para o dia seguinte também. Quando fez a pergunta, havia curiosidade, até esperança em seus olhos, como se eu pudesse ter boas notícias a respeito de Autumn.

Comecei a lacrimejar. Não foi um choro de verdade porque eu estava segurando, mas foi quase. Foi um dos piores momentos da minha vida.

Estávamos no vestiário, pouco antes da segunda aula começar. Jack olhou em volta com uma expressão de pânico. Eu esperava que ele fosse me abandonar. Em vez disso, ele riu alto, deu um soquinho no meu braço e disse:

— Ah é? Vamos lá pra fora então. — E me fez sair correndo.

Ele sabia de um lugar tranquilo atrás das caçambas. Outros alunos pareciam saber também. Havia algumas bitucas de cigarro e várias embalagens de bala no chão. Jack me ouviu falar durante todo o tempo de aula. Depois de expor tudo, me senti um pouco melhor.

Nós ficamos sentados, os ombros encostando, agrupados contra o frio.

— Eu não sei o que fazer. Ela era minha melhor amiga — falei.

Jack deu de ombros.

— Eu também não tenho um melhor amigo.

Depois disso, eu deixei Autumn em paz. Até o Dia dos Namorados.

Fizeram uma arrecadação de fundos. Por dois dólares, um cravo branco ou vermelho seria entregue com um cartão para a pessoa que você escolhesse. A faixa dizia "cravos brancos são para seus amigos!", deixando subentendido para quem eram os vermelhos. Eu mandei dois cravos para Autumn, um branco e um vermelho, um com meu nome e outro assinado "seu admirador secreto". Escutei as Mães dizerem que Autumn recebera um total de quatro cravos vermelhos assinados exatamente da mesma forma. Ninguém me mandou nada.

No final de fevereiro, minha mãe entrou no quarto e se sentou na minha cama.

— Ooooooi, filho! — Minha mãe sempre tentava aproveitar os momentos em que eu estava lendo na cama, logo antes de eu apagar as luzes, para iniciar conversas sensíveis.

— O que foi?

Ela suspirou e tocou meu pé.

— Você sabe que Claire e eu sempre torcemos para você e Autumn serem amigos, mas não forçaríamos vocês a isso.

Eu não fazia ideia de para onde isso estava indo.

— Se vocês dois seguiram caminhos diferentes, nós entendemos, mas eu queria saber se *você* está bem com a sua amizade com a Autumn. Tenho te achado meio tristinho ultimamente.

Eu achava que era dolorosamente óbvio o quanto eu amava Autumn. A ideia de que alguém pudesse não notar meus sentimentos por ela me chocou.

Talvez por isso eu tenha estourado:

— Que amizade, mãe? — E voltei para o meu livro.

Ela deve ter ficado surpresa, porque cheguei a ler algumas frases antes que falasse de novo.

— Às vezes, irmãos e irmãs passam por fases em que não são amigos, mas ainda se amam…

Soltei meu livro e a encarei horrorizado. O rosto dela exibiu uma série de emoções, como slides em um projetor: surpresa, diversão, alegria, então tristeza. Uma tristeza profunda.

— E, às vezes, bons amigos passam por fases em que não estão tão próximos, e tudo bem. Eles ainda se importam um com o outro. Mais tarde, talvez se aproximem novamente, ou talvez se tornem mais que amigos. Talvez.

Inclinei a cabeça para mostrar que estava ouvindo.

Ela continuou:

— Foque aquilo que faz você se sentir bem consigo mesmo, como a escola e o futebol. Você tem o Jack. E a Autumn está onde ela quer estar agora, e não tem nenhum problema nisso. Você ainda é ótimo e vai estar por perto se ela precisar de você. Viu? — Ela apertou meu pé de novo.

— Ok — respondi. — Meio filme da sessão da tarde, mas obrigado. — Dei de ombros e deixei que ela me abraçasse.

Depois que minha mãe saiu, eu apaguei a luz e pensei no conselho que havia recebido.

Fazia sentido, porque não era tão diferente do que eu já havia pensado, embora eu tivesse me apressado. Eu precisava ficar mais descolado. O futebol era o melhor caminho para parecer mais másculo. Eu mostraria a Autumn que eu não era um otário sem amigos; Jack e eu arrumaríamos um jeito de fazer novas amizades.

Naquela época, eu já tinha visto meu pai duas vezes, e ele era muito alto. O pediatra dissera que eu seria alto também, que era só questão de tempo. Tempo era do que eu precisava para me tornar uma versão melhor de mim mesmo. Enquanto Autumn me ignorava, eu me transformaria.

Então, embora doesse sempre que eu estava perto dela, ignorei esse sentimento e a observei pelo canto do olho como um viciado desesperado por uma dose. Eu dei tempo e espaço a Autumn, e trabalhei em mim mesmo.

No Dia dos Namorados do ano seguinte, eu mandei um cravo vermelho anônimo para Autumn e um cravo branco para Jack assinado "Paola".

Ele me acertou com o cravo no almoço.

— Obrigado — disse ele —, mas não vai achando que eu sou fácil.

— Eu só senti pena de você — respondi.

No final do almoço, a mesa estava cheia de pétalas brancas por termos ficado nos batendo com a flor. Os outros caras com quem andávamos, mais para fazer número que pela conversa, ficaram irritados conosco, mas provavelmente foi o máximo que já me diverti com dois dólares.

quatro

Fantasiar que passei uma noite diferente com Autumn naquela tenda e então remoer todos os meus erros que nos mantiveram separados não melhorou meu humor. Minha cabeça dói. Estou ainda mais exausto e voltei a me sentir culpado. Autumn não quer que eu pense nela dessa forma. Preciso me controlar.

Rolo para fora da cama e vou até o banheiro, incapaz de me impedir de espiar as cortinas dela pela minha janela. Tiro a roupa e entro no banho, deixando a água o mais quente possível e ficando embaixo do jato pelo máximo de tempo que consigo. Então, rapidamente, viro a torneira para frio.

Você está aqui, neste momento, agora, digo para mim mesmo quando a água gelada bate na minha pele febril.

A realidade é que o que você imaginou nunca vai acontecer, e o que você lembra já aconteceu.

Neste momento, Autumn é sua amiga.

Não estrague isso.

Mas esteja pronto para quando ela for embora de novo.

Percebo que meu corpo está tremendo, então volto a torneira para o morno. Lavo de mim a fantasia de Autumn e a lembrança de sua cabeça sob o meu braço.

Meu telefone toca quando estou vestindo uma cueca limpa. Atendo automaticamente, concluindo que é Autumn sem nem olhar para a tela.

— Alô — digo.

— Oi! — responde Sylvie.

Meu estômago afunda.

— Ah. Oi. Uau. Onde você está?

— Londres. Tenho uma conexão demorada antes do meu voo para Nova York, então vou sair para passear e tentar fazer algumas coisas, vou ficar ocupada. Eu queria falar com você uma última vez.

Uma última vez antes de ela estar de volta aos Estados Unidos, Sylvie quer dizer, mas parece que está se referindo a uma última vez antes de eu pôr um fim na nossa relação, não que ela saiba o que está por vir.

— Claro — respondo. Está ficando cada vez mais difícil fingir que haverá algo entre nós depois que Sylvie voltar.

— E aí? Está ansioso para me ver amanhã? — pergunta ela.

— Claro — repito, e provavelmente é a maior mentira que já contei. — Que horas você chega?

— Por volta das quatro… Você vai estar no aeroporto, certo?

Isso nem tinha passado pela minha cabeça. Claro que ela espera que eu esteja lá. Mas não posso abraçá-la e beijá-la na frente dos pais e depois partir seu coração quando estivermos sozinhos.

O que eu posso dizer?

— Acho que sim. Te aviso.

— Você não tem certeza?

Há desconfiança e mágoa em sua voz. Às vezes, parece que ela está juntando as peças. Não sei se é cruel ou não deixá-la suspeitar. É melhor para ela se for assim? Não sei como fazer a coisa mais cruel da forma mais gentil.

— Desculpa, eu…

— O que você fez ontem à noite? — pergunta Sylvie, alegre outra vez.

— Ah, Jack dormiu aqui.

— Deve ter sido divertido!

Ela me conta o que planejou fazer durante a conexão de dez horas em Londres, que inclui pegar um minitáxi até uma vila charmosa ali perto, beber sozinha uma cerveja em um pub, então caminhar pelo Tâmisa antes de pegar outro táxi de volta para o aeroporto. Sylvie fez isso durante toda a viagem: contabilizou todas as horas para poder vivenciar o máximo possível. É uma das coisas que amo nela. Sylvie nunca faz nada pela metade; nunca deixa uma oportunidade passar.

Autumn também gostaria disso em Sylvie. Ela aprecia intensidade. Se ambas não estivessem tão convencidas de que a outra a odeia, seriam boas amigas. No momento em que Autumn saísse do aeroporto, ela perderia seu senso de direção e seu passaporte, e talvez nunca mais fossem encontrados.

A princípio, antes de eu perceber como seria este verão, contei a Sylvie que Jamie terminara com Autumn. Estávamos sentados na varanda dela, antes de Sylvie ir para o aeroporto. Eu tinha o hábito de atualizá-la vez ou outra. Ajudava a esconder meus sentimentos platônicos por Autumn, minha mentira. Porque, se eu nunca falasse a respeito da menina cuja vida colidia tanto com a minha, Sylvie, com razão, acharia suspeito também.

Sylvie tinha várias perguntas sobre o término. Sentado ao lado dela e das malas, falei que só sabia que tia Claire contara que Jamie tinha terminado com Autumn. Sylvie ficou surpresa, como todo mundo pareceu ficar. Ela perguntou duas vezes se eu tinha certeza. Quer dizer, todos tinham ouvido Jamie se gabar de como ele e Autumn ficariam juntos para sempre.

Na época, eu suspeitei que ele tivesse tirado a virgindade de Autumn e então dado um fora nela, mas eu não disse isso nem pareci muito preocupado com Autumn. Não estava disposto a reacender o ciúme de Sylvie por nada.

Mas então, passou a ser algo. Autumn estava tão deprimida por causa de Jamie que as Mães *me* pediram para tentar conversar com ela. De repente, nós dois estávamos nos vendo todo dia.

No início, eu disse a mim mesmo que isso não ia durar, então não valia a pena comentar com Sylvie. Depois de mais ou menos uma semana, deixei escapar que tinha perdido a ligação dela porque estava vendo um filme com Autumn. Passar tempo com ela parecia tão normal, mesmo depois de todos esses anos, que o nome simplesmente escapou.

Sylvie me interrompeu.

— Você e Autumn são amigos de novo?

Fazia muito tempo que eu não ouvia esse tom na voz dela.

— Nós nunca deixamos de ser amigos — respondi, e houve uma pausa do outro lado da linha.

— Tanto faz — disse ela —, enfim.

E foi isso. Sylvie nunca mais me perguntou de Autumn. Consegui não mencionar o nome dela outra vez, apesar do tempo que passamos juntos neste verão.

Naqueles primeiros dias, quando Autumn e eu começamos a sair juntos de novo, eu não planejava terminar com Sylvie. Por que eu faria isso? Ainda estava apaixonado pela minha namorada e, quando me apaixonei por ela, já era apaixonado por Autumn havia anos. Então, emocionalmente, para mim, nada havia mudado.

No entanto, nas últimas semanas ficou claro: eu amo Sylvie, mas não posso dizer que estarei apaixonado por ela todos os dias pelo resto da minha vida. Eu adoro muita coisa nela e entendo suas fraquezas, mas não sou devotado a ela. Sylvie é uma parceira, mas não parte de quem eu sou.

Minha devoção a Autumn está entalhada no meu ser. Eu fico encantado por ela. Vou me sentar na arquibancada e torcer por ela na vida como seu admirador mais fervoroso. Sei que sempre vou amá-la da mesma forma que sempre vou precisar de oxigênio.

Sylvie preferiu dar uma pausa antes de começar a faculdade. Ela precisa de mais tempo para entender as coisas, então fiquei feliz. Mas nossa situação não vai melhorar quando eu estiver em Springfield, com Autumn, e Sylvie estiver aqui em St. Louis.

— Que tal eu te ligar da minha conexão em Chicago? Daí você me avisa se vai estar no aeroporto quando eu chegar amanhã — sugere Sylvie.

— Ok — respondo. Estou preocupado com o fato de ela ter aceitado essa minha atitude negligente. Será que já sabe o que está por vir? Será que está tentando ser agradável para me convencer a ficar? Ou será que não faz ideia e só está feliz de me ver, a ponto de não se importar se será no aeroporto ou depois? Eu quero que ela suspeite ou não?

— Bom, é melhor eu ir. Com sorte consigo dormir no voo.

— Que horas são aí? — indago, uma pergunta recorrente em nossas conversas travadas das últimas semanas.

Ela responde, mas toca um anúncio ao fundo e eu não consigo entender direito suas palavras.

— Ah, são…

E fico surpreso quando olho para meu relógio. Para onde a tarde foi?

— São cinco horas. Enfim.

— Te amo — diz ela.

— Também te amo — respondo, e não é mentira. Só não é toda a verdade.

Sylvie desliga.

Nas muitas vezes que perguntei a mim mesmo como Autumn e eu acabamos desse jeito, fiz o mesmo com Sylvie.

Se eu não tivesse entrado no time principal de futebol, tudo teria sido diferente.

Jack e eu estávamos preocupados que um de nós pudesse não entrar no time de novatos. Quando as listas foram divulgadas, procurei meu nome e fiquei arrasado quando não o encontrei. Ainda assim, fiquei feliz pelo meu amigo.

Então, escutei um dos caras mais altos e mais velhos dizer:

— P-hen-e-ass Smith? Quem é esse?

— É Phineas — respondi. — Pode me chamar de Finn.

Alguns caras deram risadas, mas eu não sabia por quê… até eu ver meu nome. Na lista principal.

Jack me disse mais tarde que minha capacidade de não ligar para o comentário maldoso daquele aluno do segundo ano, meu novo colega de time, me fez parecer descolado. As pessoas riram em aprovação, Jack falou. Eu não tinha tanta certeza.

Estava apavorado, apesar do entusiasmo do meu amigo.

— Você vai ser descolado, e eu vou ficar descolado por osmose. Você sacou isso, certo? — comentou Jack enquanto esperávamos minha mãe vir nos buscar no teste. Ele tinha não só um pai, mas também uma mãe tão afetuosamente negligentes quanto o pai de Autumn, e minha mãe frequentemente era a carona dele para as coisas que fazíamos juntos.

— Não sei, não — respondi. Eu era tão alto quanto os alunos do último ano na equipe titular, mas eles pareciam muito mais velhos. Além disso, eu estava acostumado a ser um dos melhores em nossos times internos. Certamente, no time principal do colégio, eu seria um dos piores. Provavelmente passaria a temporada inteira no banco.

— Finn, é o ensino médio. Isso é um ecossistema e você acabou de disparar para o topo da pirâmide alimentar!

Revirei os olhos.

— Cadeia alimentar — corrigi.

— Que seja. Você vai namorar uma líder de torcida — disse Jack, sério.

Eu gargalhei dessa ideia.

O time principal de futebol treinava no campo norte, perto do estacionamento dos estudantes. O time de novatos treinava no campo sul, mais próximo da entrada onde os pais deixavam e pegavam os alunos. Embora Jack e eu estivéssemos em times diferentes, nossos horários ainda eram os mesmos, e minha mãe nos levou e buscou do treino todos os dias naquelas últimas semanas de verão.

Acabou que, comparado aos caras mais velhos, eu ainda era muito bom. Não era o melhor do time, mas não me preocupava mais em passar os jogos no banco.

No final do primeiro treino, meus colegas foram em direção a seus carros. Um cara me perguntou se eu precisava de carona, o que foi legal, mas eu disse que estava bem e cruzei o campus até onde Jack estaria me esperando. Estava animado para contar a ele que o treino não tinha sido tão difícil quanto eu esperava.

Eu estava caminhando ao lado do ginásio, sem prestar muita atenção, quando uma porta foi aberta ao meu lado. Quase trombei com uma menina carregando uma bolsa da equipe de torcida.

— AH! — gritou ela.

— Alexis! — falei, surpreso. — Desculpa.

Ela me encarou. Nunca tínhamos nos falado antes. Eu nem tenho certeza se ela sabia quem eu era. Três outras meninas com bolsas parecidas chegaram.

— Você é… o Finny, certo? — perguntou Alexis.

— Finn, na verdade — corrigi, mas tomei isso como evidência de que Autumn falara de mim para suas amigas.

— Certo. Bem, sem problemas. Quer ir com a gente?

E foi por isso que, quando me encontrei com Jack na entrada, eu estava acompanhado de quatro meninas bonitas.

— Hum, esse é o meu amigo Jack — disse a elas quando nos aproximamos da parede onde ele estava encostado. — Jack, essas são Alexis, Victoria, Taylor e… — Eu me dei conta de que não sabia o nome da última menina e corei.

— Eu sou Sylvia… Sylvie — apresentou-se ela.

Nos juntamos a Jack na mureta, esperando nossas caronas. Não conversamos muito, mas no dia seguinte, enquanto eu seguia do campo norte para o sul, vi as meninas em frente à porta do ginásio de novo. Foi só quando me aproximei e vi que me observavam que entendi que elas estavam esperando por mim.

— Pronto? — perguntou Alexis quando as alcancei.

— P-pronto — respondi, e então caminhamos juntos.

Depois disso, passei a esperá-las. Não fazíamos muita coisa. Elas ficavam com a gente enquanto aguardávamos nossas caronas. Não conversávamos de verdade, porque não tínhamos assunto. Era como se quiséssemos passar tempo juntos sem saber por quê. Bom, eu sabia por que queria estar com elas; elas eram amigas de Autumn. Era o que eu achava.

Uma tarde, quando minha mãe se atrasou e as meninas já tinham ido, Jack disse que estava apaixonado por Alexis porque ela era muito bonita e simpática.

— Todas elas são bonitas e simpáticas — comentei. — Mas nós não sabemos nada sobre elas.

— É um bom começo — afirmou Jack. — E Alexis é meu tipo de bonita. Na verdade, meio que achei que você gostava dela? — Ele me encarou. — Meio que foi por isso que eu mencionei?

— Quê? Não.

Jack pareceu aliviado por não estarmos a fim da mesma menina, mas ele seguiu desconfiado.

— Tudo bem, de quem você gosta, então? — quis saber.

— Sei lá, não conheço nenhuma delas, cara — argumentei. — É o que estou tentando te dizer. Eu não sei se gosto de nenhuma delas.

— Ok, que seja. Sei que você já bateu punheta pensando em pelo menos uma delas a esta altura. Quem foi?

— Ah, para… — comecei, e Jack deu um soquinho no meu ombro.

— Viu?! Quem? Foi a Victoria, não foi?

— A Sylvie, seu pervertido.

— Sério?

— O quê?

— Não achei que ela fazia o seu tipo.

Eu ri.

— Qual é o meu tipo?

Ele me olhou com aquela expressão vazia, a "cara pra Autumn", como eu tinha passado a chamar.

Talvez tenha achado que eu curtiria Alexis porque ela tinha cabelo castanho, olhos castanhos e mais ou menos a altura de Autumn. Victoria estava mais próxima do corpo de Autumn. Sylvie, loira, esguia como uma bailarina e alta o suficiente para me olhar nos olhos sem levantar o rosto, é o oposto físico de Autumn em todos os sentidos. Exceto que as duas são lindas.

— Eu não sei — contei a Jack naquele dia. — Sylvie parece ser... ela mesma? E eu gosto disso. — Sylvie não tinha estudado com a gente até então, e eu me perguntei o que Autumn sabia dela, o que pensava dela. Como Autumn não era líder de torcida, talvez elas não tivessem se conhecido ainda.

— Ok — disse Jack, voltando a falar de Alexis. Meu interesse em qualquer uma que não fosse Autumn, em qualquer nível, já era suficiente para ele.

Eu fui tão feliz naquele verão. Achei que meu plano finalmente daria certo. As amigas descoladas de Autumn gostavam de mim. Eu e ela não conversamos muito naquelas semanas de férias porque nós dois estávamos ocupados, então não notei que Autumn nunca mais as mencionara.

O que eu deveria ter notado é que as "amigas" de Autumn também não pareciam falar mais dela.

cinco

São cinco e meia da tarde e eu ainda estou de cueca, pensando em todas as minhas escolhas erradas. Estou sentado na cama, segurando meu celular, embora Sylvie tenha desligado há muito tempo. Olho para a janela de Autumn. Suas cortinas ainda estão fechadas.

Tentando parecer causal, digito no celular:

ei, tá fazendo oq?

Não espero uma resposta tão rápida, então fico feliz... até lê-la.

Escrevendo.

Só uma palavra.
Autumn está onde ela quer estar agora, e tudo bem.
Saio da cama, visto uma camiseta e uma calça. Arrumo meu quarto para matar tempo e então desço para o porão, onde coloco algumas roupas para lavar. De volta à sala, desmonto o resto da tenda, dobro os cobertores e os guardo no armário de roupa de cama. Autumn deixou meio copo de água na mesinha de centro. Bebo o resto e então lavo e seco todos os nossos copos.

Eu queria ter um cachorro. Seria bom ter um cachorro que precisasse de um passeio noturno. Autumn sempre quis ter um cachorro.

Volto para cima e pego meu livro. Não sou um leitor tão voraz quanto Autumn, mas geralmente estou lendo um livro, devagar e sempre.

Já vi Autumn terminar um romance, passar um minuto encarando o vazio como se estivesse recebendo instruções, e então abrir outro. É como se o emprego dela fosse ler e ela estivesse atrasada na meta.

No fundamental, quando ela ficava especialmente animada com um livro, lia na caminhada para casa, confiando em mim para cuidar que ela não batesse em nada. Lembro-me de estar ao lado dela e vê-la chorar enquanto andávamos, lágrimas silenciosas rolando pelo seu rosto, sem nunca desviar o olhar da página. Também me lembro de caminhar ao lado dela enquanto ria tanto que lágrimas brotavam no canto de seus olhos.

Nunca fico com raiva, triste ou empolgado com livros como Autumn fica. A leitura é mais como uma pausa para mim, um tempo que passo como detetive ou espião antes de voltar à vida real. Normalmente esqueço a história pouco depois de tê-la terminado. Os livros são a vida real de Autumn. Ela é feita das histórias que leu.

A melhor coisa de Jamie ter terminado o namoro dos dois é que não preciso mais me preocupar com ele pressionando-a para virar professora.

Autumn seria terrivelmente infeliz como professora. Sei disso porque minha mãe é professora e eu vejo os sacrifícios que ela faz porque ama ensinar. Autumn não amaria ensinar. Ela poderia não detestar, mas sei que nunca seria uma paixão. Escrever é sua paixão. Autumn acabaria ressentida de seus alunos porque eles a afastariam da escrita. Consigo ver claramente como ficaria sufocada.

Quando Autumn mudou os planos e começou a procurar universidades com cursos de escrita criativa, fiquei aliviado, mas não foi só porque achei que ela seria mais feliz. Eu tinha começado a me perguntar se talvez eu não conhecia minha amiga de infância tão bem quanto pensava, que talvez ela *de fato* quisesse ser professora. Mas, quando Autumn voltou a imaginar um futuro como escritora, isso reafirmou que eu sabia quem ela era, bem lá no fundo.

Acho que Jamie nunca entendeu Autumn.

Jamie.

Eu me lembro de socar a parede do meu quarto depois da formatura, quando pensei que ela estava esperando que ele a carregasse para fazer amor em algum lugar romântico.

Autumn amara ler *O morro dos ventos uivantes* na aula de inglês no primeiro ano. Sempre terminava os livros antes do resto da classe, ignorando o cronograma de leitura. Durante as discussões na sala, ela tinha falado sem parar a respeito da paixão de Heathcliff, muitas vezes deixando nossos colegas com raiva ao dar algum spoiler, porque se esquecia de que o resto de nós ainda não tinha terminado o livro.

Eu me sentava atrás dela nessa aula e encarava sua nuca enquanto me agarrava a cada palavra que ela dizia. Tentei gostar do livro também. *O morro dos ventos uivantes* é sobre amigos de infância apaixonados. Eu queria que a trama revelasse que Autumn e eu fomos feitos um para o outro. Mas tudo que consegui ver foi como a obsessão de Heathcliff por Cathy o transformara na pior versão de si mesmo.

Então, logo depois de socar a parede, semanas atrás, esfreguei os dedos doloridos, chequei se a parede tinha rachado e pensei: *Aqui está a paixão de Heathcliff, Autumn. Agora Jamie pode te engravidar e eu vou me causar uma concussão batendo a cabeça numa árvore quando você entrar em trabalho de parto.*

Autumn traz à tona o que há de pior em mim, e não tem culpa disso.

Mas Jack acha que sim.

Eu preciso considerar o que ele me disse quando foi embora hoje: ou Autumn e eu somos as pessoas mais idiotas da Terra e, de alguma forma, não percebemos que estamos apaixonados um pelo outro ou ela está brincando comigo. Devo isso a Jack, meu único outro amigo de verdade, se vou ser sincero comigo mesmo, mas nem sei por onde começar. É como se ele tivesse me dito para considerar a possiblidade de que Autumn tenha assassinado alguém.

Ela tem seus defeitos. É displicentemente arrogante a respeito de sua aparência. Não tem disciplina ou motivação para nada além de ler ou escrever. Quando está de mau humor, é preciso tomar cuidado. Em um piscar de olhos, ela pode te acertar com algumas palavras cruéis que atingem em cheio sua insegurança.

Mas ela quase sempre pede desculpas logo depois. Ela faz uma careta assim que as palavras saem de sua boca e diz que sente muito. Não estou minimizando as atitudes de Autumn. Acontece quase sempre quando ela está deprimida, e, se Autumn for igual a tia Claire, a depressão vai acompanhá-la durante sua vida inteira. Eu só estou dizendo que as motivações principais dela nesses casos são defensivas, não cruéis.

Se ela sabe o quanto a adoro, o que ganharia me torturando com sua presença o verão inteiro? Autumn não é insegura com sua aparência. Se desejasse a atenção de um cara, poderia… ir a algum lugar público? E ficar sentada lendo até alguém se sentar ao lado dela? Não levaria muito tempo.

As meninas viviam insistindo que os amigos de Autumn eram nossos rivais, e embora Jack e eu concordássemos que Jamie era um exibido insuportável, nós não víamos a mesma competição que elas viam.

Será que Autumn encarava a situação da mesma forma que as meninas? Sei que nunca gostou de Sylvie, especialmente. Ela nunca me contou, mas é evidente.

Sylvie também nunca gostou de Autumn. E me disse isso com todas as letras.

Autumn seria capaz de, deliberadamente, alimentar meu antigo amor por ela só para torturar Sylvie? A dor que Jamie causou poderia ser tão profunda a ponto de ela ter prazer em me usar para ferir Sylvie?

Não parece ser o caso, essa não é uma atitude que a Autumn que eu amo teria, mas parece mais provável do que qualquer teoria que suponha que ela só quer me machucar.

Autumn sabe que sempre tive uma queda por ela. Talvez, talvez, talvez Jack esteja um pouco certo e ela esteja bagunçando minha cabeça para ferrar com Sylvie. Será?

Parece cruel demais para Autumn.

Mas prometi a Jack que pensaria nisso e pensei.

Estou deitado aqui, com meu thriller aberto sobre o peito, encarando o teto.

Tento ler.

Não me importo que o embaixador do país fictício tenha sido envenenado.

Certa vez, Autumn me disse:

— Quando você está lendo e não consegue se concentrar, pode se perguntar: "Quanto é culpa do autor e quanto é minha?". Seja honesto. É assim que você sabe se deveria deixar o livro de lado para sempre ou só por algumas horas.

Não consigo dizer se é o livro ou se sou eu, então o deixo na mesa de cabeceira.

As cortinas de Autumn ainda estão fechadas.

Saio da cama e alcanço o interruptor.

Ainda não está completamente escuro, mas a casa de Autumn fica à sombra da minha. Tenho certeza de que suas luzes não estão acesas. Eu veria um brilho por entre as cortinas.

Que tipo de stalker sou eu por já ter encarado a janela dela vezes suficientes para concluir isso?

Posso decifrar o humor de Autumn por meio de uma série de fatores: o tempo que ela gasta cuidando da aparência, seu nível de concentração ao ler, quanto está aberta para certos assuntos. Na escola, eu conseguia distinguir a risada dela no corredor lotado. Na aula, eu era capaz de prever o que ela sentiria a respeito dos livros e eventos históricos que estávamos estudando.

Mesmo quando eu poderia ter escapado dela ou evitado pensar nela, escolhi não fazer isso. Por exemplo, usei Autumn em meus recursos mnemônicos para várias palavras de vocabulário na escola. Ela é formosa, santificada e impérvia. Meu amor por ela é veemente, prolongado e interminável.

Sylvie me pegou fazendo isso uma vez. Estávamos estudando para o vestibular e trocando cartões de estudo no sofá. A palavra era *primorosa* (meu *prime*iro amor, Autumn *Rose*).

— Autumn… encantadora! — deixei escapar, meu cérebro focado demais no estudo para se lembrar de guardar seus segredos.

— O quê? — Sylvie me olhou por cima dos cartões.

— Encantadora, certo? É o que significa?

— É — disse Sylvie. — Mas você disse…

— Não! Eu disse "*autumn*" no sentido de outono, como no meu aniversário! As folhas e tal. Você sabe como eu gosto quando as folhas mudam de cor, é lindo.

Sylvie sabe que eu amo as folhas de outono. É a minha estação favorita, meu aniversário etc., mas não sei se ela acreditou em mim.

Quer dizer, não é verdade. Eu sei que Sylvie não acreditou.

Ela me olhou por um tempão. Não parecia estar com raiva, parecia resignada. Folheou a pilha de cartões até achar um em particular.

— Pulha? — questionou finalmente.

— Capcioso, desonesto. Próxima palavra?

Ela deixou que seguíssemos em frente.

———

Eu me odeio por interrompê-la, mas pego o celular e digito: posso ir aí? e envio antes de pensar duas vezes.

Desço até a cozinha e como o que sobrou de pizza. Separo a caixa para reciclagem e me sirvo de Coca-Cola. Sobrou um dedo de rum. Olho para a garrafa e devolvo para o armário. Não vai me ajudar. Talvez Autumn queira, antes de as Mães voltarem para casa amanhã.

Checo o celular, mesmo sabendo que, se ela tivesse respondido, eu teria ouvido.

Sento-me diante do computador e assisto aos melhores momentos do jogo dos Strikers que perdi. Pelo menos posso dar visualização para os vídeos no site do time.

Olho para o celular de novo. Neste verão, ela me respondeu rápido.

E se, nesta manhã, ela acordou na tenda antes do que eu imaginei? E se ela acordou quando eu tirei meu braço de cima dela e então ficou lá deitada, perguntando-se por que eu a estava tocando, por que eu ainda estava deitado tão perto dela sem falar nada? Se foi isso, ela teria me ouvido dizer muitas, muitas coisas comprometedoras.

Que porra, menino, fala com ela!

Peça desculpas. Diga que você sabe que ela não sente o mesmo por você. Diga que você está lidando com isso. Diga que você só quer estar ao lado dela.

Não é nesse discurso que eu deveria estar trabalhando esta noite.

Eu preciso descobrir o que dizer a Sylvie, porque não posso contar a verdade.

Antes de me aceitar de volta depois do nosso término no segundo ano, ela perguntou, várias vezes, se eu tinha mesmo, mesmo, mesmo certeza de que não tinha mais nenhum sentimento romântico por Autumn.

Eu menti, várias vezes, porque eu a amava, eu sentia falta dela e eu a queria de volta desesperadamente.

Até usei a ideia da minha mãe, que tanto me ofendeu naquela conversa de anos atrás: eu disse a Sylvie que Autumn fora meu primeiro amor, mas que agora éramos como irmãos. Por fim, ela acreditou. Ou melhor, nós dois fingimos acreditar.

Por isso, não posso simplesmente dizer: "Preciso terminar porque estou apaixonado por Autumn. Ela não sente o mesmo por mim, mas não é justo com você, agora que ela voltou a ser minha amiga".

Porque Sylvie diria que se eu ainda a amo, então deveria parar de ser amigo de Autumn.

Não posso contar a Sylvie que estou escolhendo a amizade com Autumn em vez de nosso relacionamento de quase quatro anos. Ela lutou muito para recuperar a autoestima depois do que aconteceu antes de nos conhecermos.

Fico impressionado com o quanto meu plano parece retrógrado: abrir mão de uma garota que me adora, que eu amo, para ser devoto a uma garota que nunca vai se apaixonar por mim. Jack sempre disse que sou irracional quando se trata de Autumn, e talvez eu devesse ter levado isso mais a sério, porque ele estava certo hoje mais cedo.

Eu estou bem perdido.

seis

———

É SÓ A CASA DE AUTUMN E TIA CLAIRE. VOU LÁ O TEMPO TODO. Não seria estranho dar uma passada, perguntar a ela se comeu, porque ainda temos o dinheiro das Mães e um pouco de rum — só um pouco! — ou sei lá. Vai ficar evidente que não precisamos continuar saindo se ela não quiser.

Então, dependendo de como Autumn agir, vou saber se ela ouviu alguma coisa hoje de manhã e se eu preciso me explicar.

Não importa o que aconteça, vou contar a ela como me sinto… em algum momento. Mas isso pode esperar. Eu esperei esse tempo todo. A única coisa com que preciso me preocupar agora é com o que vou dizer para Sylvie. Tento fugir da culpa que pensar em Sylvie se levantando do sofá e indo embora me traz.

Tia Claire sempre tranca a porta dos fundos. Minha mãe muitas vezes se esquece de trancar a nossa e vive perdendo as chaves, então guarda uma extra escondida. Não é o caso de tia Claire, mas Autumn volta e meia perde suas chaves e se esquece de trancar a porta dos fundos, então aposto que se esqueceu de trancar hoje.

Ela se esqueceu de trancar no dia que deixou Jamie entrar escondido, no primeiro ano. Eu os vi da minha janela e então fechei as cortinas. Mas, para o meu horror, minha mãe me pediu para correr lá e perguntar se tinham ovos. Enquanto cruzava o gramado, rezei para encontrar a porta dos fundos destrancada. Estava destrancada, mas isso não me poupou de pegá-los no meio de algo.

Hoje, bato na porta, mas não há resposta. Tento a maçaneta e ela gira. *É a casa da tia Claire.* Autumn não ficou surpresa nem confusa ao me ver naquele dia, quando fui buscar os ovos. A única parte desconfortável foi quando Jamie emergiu do corredor e fez contato visual comigo enquanto Autumn os procurava na geladeira. Deu para perceber que ela não queria que eu soubesse que Jamie estava lá. Nós sabíamos como os pais dela reagiriam se soubessem dos dois juntos em casa enquanto eles estavam fora.

Eu até fingi que não sabia se não tinha ninguém em casa, para poupá-la do constrangimento.

Jamie, por outro lado, fez sua presença ser notada, marcou seu território. Eu queria dizer alguma coisa, mas então Autumn me entregou os ovos. Eu deveria tê-lo exposto? Será que Autumn teria percebido naquela época que o ego de Jamie era mais importante para ele que os interesses dela?

Autumn não se importou comigo entrando sem ser convidada. Nem nas outras um milhão de vezes antes dessa ocasião. É isso que importa. Sempre foi assim com as Mães e nossas casas. No entanto, meu coração bate rápido em meu peito. Cadê ela?

Esperava encontrá-la vendo um filme na sala de estar ou comendo na cozinha, mas os cômodos estão vazios e as luzes, apagadas. Eu me viro para as escadas e as escuto ranger sob meus pés enquanto subo. Com certeza ela consegue me ouvir, né? Será que ela saiu?

Eu bato e abro a porta do quarto dela, meio esperando que o cômodo esteja vazio. Mas, no fundo da escuridão, bem no canto da cama, noto a forma dela.

— Autumn?

— Oi — diz ela. A voz está calma, mas trêmula.

Meus ombros ficam tensos. O que aconteceu?

— Vim ver como você está.

— Eu terminei o livro.

Ela está chorando. Bem mais emotiva do que com os outros que já leu. Se estivesse se referindo ao próprio livro, com certeza aquelas seriam lágrimas de felicidade, certo? Mas não parecem lágrimas de felicidade.

Ainda assim, não importa o motivo do choro, e sim o fato de Autumn estar chorando. O instinto toma conta de mim e eu cruzo o quarto, puxando-a para os meus braços daquela forma que eu sonhei fazer tantas vezes antes, com várias nuances diferentes de emoção e desejo.

Mas há somente uma coisa que eu quero neste momento: acabar com a dor que está fazendo os dedos dela se agarrarem à minha camisa. Faz muito tempo que Autumn não me deixa vê-la vulnerável desse jeito. Nós éramos muito novos a última vez que isso aconteceu.

Os soluços reverberam pelo meu peito quando ela aperta seu doce rosto contra mim, e isso é só prova o quanto sou horrível. Estou *gostando* de confortá-la. Foi assim o verão todo, desde que Jamie me fez o homem mais feliz da Terra ao partir o coração de Autumn.

Minha Autumn.

Não, Phineas, ela não é sua.

Ela está vestindo um roupão de banho, mas tento ignorar isso.

Autumn começa a se aquietar. Sua respiração desacelera. Quero acariciar seu cabelo, suas costas, beijar o topo de sua cabeça. Mas não posso. Não vou. *Autumn.*

Sinto seus ombros relaxarem, seguido pelo mais suave dos gemidos. Ela parou de chorar. Eu poderia sair, mas não faço isso. Eu a abraço com gentileza, tomando cuidado para que ela esteja no controle e possa se afastar com o menor dos movimentos.

— Você quer me contar o que aconteceu? — pergunto. *Eu estarei aqui se ela precisar de mim.*

— É como se eles estivessem mortos — diz Autumn.

Claro. Jamie e Sasha. As duas pessoas que foram como âncoras durante os altos e baixos dos últimos quatro anos. Ela teve tempo e espaço para ficar em negação, mas agora, finalmente, está sentindo de verdade o luto pelo fim da amizade deles. Ainda assim, eu lhe dou a abertura para explicar.

— Como se quem estivesse morto?

— Izzy e Aden.

Só tenho tempo de pensar *quem?* antes que ela complete:

— Meus protagonistas.

O livro dela. Que terminou de escrever. Não entendo por que isso a fez chorar assim, mas me sinto tão aliviado que rio e digo em voz alta para mim mesmo:

— Pensei que algo sério tivesse acontecido.

Autumn levanta a cabeça do meu peito e eu deixo um dos meus braços cair enquanto ela me encara. Na meia-luz, seus olhos úmidos brilham. Seu rosto adorável está rosado e inchado. Ela parece tão doce e tão absolutamente devastada.

— Algo sério *aconteceu!* — A voz dela falha e seus lábios tremem. — Você não consegue ver que estou chateada?

Eu rio, não consigo evitar. Rio porque ela não está chorando por causa de algo do mundo real e porque estou muito feliz por ela ter concluído o livro. Sua devoção à escrita é linda, como o resto dela.

Então Autumn me dá um soco. Não é muito forte, mas dói um pouco e me faz rir outra vez.

— Para de rir da minha cara — insiste ela.

— Desculpa. — Tento engolir minha alegria. — É bem óbvio que você está chateada. — *E você é tão maravilhosa que isso me torna terrível,* quero completar. — E eu quis dizer que fiquei com medo de que algo de verdade tivesse acontecido. Tipo Jamie ter te ligado.

— Quem se importa se ele me ligou?

Sinto meu sorriso se alargar de novo, mas não consigo evitar.

— Quem se importa com Jamie? — repete Autumn, e então começa a chorar de novo.

Eu uso isso como desculpa para puxá-la mais para perto. Realmente… quem se importa com Jamie?

— Você não entende. — Sinto a vibração de seu gemido em meu coração.

Inspiro seu cheiro profundamente.

— Eu sei — respondo.

O que eu entendo é o seguinte: Autumn vive nesse mundo de ficção escrito por ela e por outras pessoas como ela. Seja lá o que nos forme como indivíduos, seja Deus, genética ou destino, Autumn foi feita para contar histórias. Ela será uma escritora incrível. Sempre foi. Seja lá qual for o enredo desse livro, vai explodir minha cabeça. Tenho certeza disso.

— Mas mal posso esperar para ler — digo. Eu estou sorrindo de novo e sei que ela consegue notar o sorriso na minha voz. Autumn me conhece quase tão bem quanto eu a conheço.

— Você não pode ler.

Estamos encostados um no outro como dois lados de um triângulo. Ela ainda está fungando.

— Por que não?

Ela tinha dito uma vez que eu poderia interpretar alguns elementos muito literalmente, que eu faria paralelos com a vida dela. Talvez tenha algo ali sobre Jamie ou o pai de Autumn, ou melhor, sobre a ausência dele. Talvez haja algo sobre Sylvie? Difícil.

A questão é que eu sei que ela quer que eu leia. Autumn sabe que o que ela escreveu é bom, da mesma forma que sabe que é bonita. Mas tem medo de que não seja tão bom quanto espera. Pelo menos é isso que eu imagino, pois foi o que ela disse a respeito da versão final do drama poético em quatro partes sobre guerras entre dragões e fadas que escreveu quando tínhamos 12 anos.

— Nem todos os dragões querem exterminar as fadas, só alguns deles, e estão finalmente se juntando à luta — explicou Autumn, como se fossem eventos atuais.

Eu não me interessava por fadas, mas imaginei que não detestaria a história dela. Quando li o poema superlongo, porém, ele era muito melhor do que eu esperava. Autumn me surpreendeu. Não parecia que tinha sido escrito por uma criança, e eu disse isso a ela depois. Contei como me dei conta de que estava me importando muito com o príncipe dragão, bem mais do que esperava ou queria. E era a verdade. Ela ficou triunfante e foi maravilhoso assistir.

Está escuro agora. A respiração de Autumn se aquietou outra vez. Ela poderia sair se quisesse. Por que não saiu?

— Ok — cede ela. — Você pode ler depois do jantar.

Então ergue a cabeça do meu peito e eu a solto.

— Certo — respondo. Não preciso contar a ela que já jantei. Refeições não têm horário ou sentido para nós neste verão. Eu salto para fora da cama e estendo a mão para ela.

— Hum, acho que preciso me vestir primeiro — diz Autumn.

Eu baixo a mão.

— Ah — tento rir. — Eu nem percebi. Me encontra no carro?

Acho que não sou um cara tão ruim assim, se minha preocupação com o estado emocional de Autumn me fez esquecer completamente do seu estado de nudez.

sete

Lá fora, com a lua e a luz dos postes, está mais claro do que dentro da casa de Autumn. Entro no meu carro e dou a partida, acendendo os faróis e iluminando a varanda dos fundos como um palco. Não demora muito para ela fazer sua entrada. Autumn está vestindo jeans e uma camiseta, casual e irretocável. Ela traz o notebook; será que é para não perder a coragem? Autumn protege os olhos enquanto segue até o carro.

— Então, o que vai ser? Tacos? Hambúrguer? Frango? — pergunto quando ela se senta no banco do passageiro. O rubor sumiu do seu rosto.

— Quê? — responde ela, como se tivesse esquecido que jantar envolve comida.

— Vamos fazer um drive-thru comemorativo — continuo. — Vamos parar no posto de gasolina que tem aquelas balas de que você gosta, aquelas que parecem gel de cabelo entubado e as da embalagem que parece sabão em pó.

Ela não ri.

— Ok.

— Quer dizer, é ótimo que você terminou o livro, mesmo que sinta como se… — tento escolher as palavras com cuidado — … como se tivesse perdido seus personagens?

— Isso — responde, com um aceno de cabeça. Ela se vira e olha para a frente, para o para-brisa. — Eu não sabia que ia doer assim.

— Você ainda precisa editar, certo? — Tiro o carro da garagem. — E, quando o livro for publicado, eles vão viver para sempre nas outras pessoas, sabe?

Ela faz um som irritado de desdém.

— O quê? — pergunto.

— Você não pode simplesmente dizer "quando for publicado", Finny.

Vejo o rosto dela de relance antes de me virar no banco para manobrar o carro na longa saída da casa. Autumn está olhando pela janela escura.

Ela suspira.

— Provavelmente nunca vai ser publicado. Fato.

— Não, não, não. — Espero um carro passar antes de me virar na Elizabeth Street e continuar. — Isso não é fato. Fato é que você é boa. Fato é que você vai me deixar ler.

Estou começando a me sentir eufórico. Deve ser um efeito colateral de abraçá-la.

Ela suspira de novo. Arrisco outra espiada. Autumn está encolhida no assento, apoiada contra a janela. Tenho vontade de dizer a ela que não é seguro andar de carro com os pés para cima, mas não quero ser mandão e, de todo modo, sou um bom motorista.

— Então, para onde vamos? — pergunto novamente.

Há uma pausa antes de ouvir a resposta baixa dela.

— Tacos.

— Como desejar.

E eu consigo a risada que a referência do filme sempre provoca. Quando ela levanta a cabeça, abaixo as janelas para deixar o ar da noite entrar, do jeito que ela gosta. Autumn estica a mão para fora da janela e sente a corrente. O vento sopra o cabelo dela e eu sou tomado pelo seu cheiro enchendo meus pulmões.

Em algumas noites neste verão, eu só voltei para casa porque tive medo de ficar cansado demais para dirigir em segurança depois. Amo tê-la ao meu lado. Amo ouvi-la reagir à loucura aleatória das estações de rádio locais. Amo segurar as mãos dela sob as minhas no volante, mostrando que ela será capaz de dirigir se confiar em si mesma.

— E então o quê? — questionara Jack. — Então o quê?

Em algum momento, terei que contar a ela que as coisas nem sempre serão como foram neste verão ou como provavelmente serão no outono, se eu for ser realista. Não quero ser como todos os babacas que só conseguem enxergar o corpo dela, mas não consigo ser apenas um amigo. Não quando estou tão perto dela. Não quando meus sentimentos vão tão além da amizade. Preciso conversar sobre isso com ela até o Natal ou vou ficar louco.

Mas esta noite ela precisa de mim. Por um tempo, tenho essa desculpa: sua fragilidade, as mudanças que acontecerão com a nossa ida para a faculdade, e então, e então e então...

Não consigo pensar nisso agora.

— Posso colocar uma música? — pergunto.

— Claro — murmura ela, e eu estico a mão para pegar um CD no porta-luvas. Nele tem uma música de uma banda que eu descobri e que quero que Autumn ouça porque, honestamente, tem alguns músicas nesse álbum que me fazem pensar nela. A primeira me lembra deste verão que estamos passando juntos, a tensão de sairmos à noite no meu carro, mesmo que estar juntos significasse coisas diferentes para nós. Dá para colocar esse CD e fingir que não é uma mensagem para ela, porque eu estou preenchendo o silêncio e Autumn ainda está perdida nos próprios pensamentos.

Eu não deveria estar gostando tanto assim deste momento. Não fiz nada para merecê-lo. Autumn está confiando em mim para ser o amigo de que ela precisa, mas aqui estou eu, sussurrando letras de música, fingindo que estou cantando para ela.

Às vezes o amor é pesado, mas nesta noite ele está me deixando leve e livre. Sou grato por esse tempo juntos. Quase é o suficiente.

— Gostei muito dessa — comenta Autumn quando a música termina.

Eu coro, embora saiba que ela não captou a mensagem. A próxima começa.

— Você perdeu a saída — aponta ela.

— Ah, ops — respondo, porque perdi de propósito.

— Você me prometeu balas, não vai esquecer.

Autumn está começando a soar mais como ela mesma.

— Jamais. Primeiro, tacos, e depois toda a meleca e pó açucarado que você quiser. E aí… — Eu me viro para ela. — Voltamos pra casa. Para. Eu. Poder. Ler.

Ela grunhe e desvia o olhar. Pelo canto do olho, vejo-a colocar a cabeça entre as mãos. Pegamos o retorno e fazemos o caminho de volta para a estrada depois da saída que eu "perdi", e eu a observo quando paramos no sinal antes da rampa de acesso.

Autumn está olhando estoicamente pela janela, como alguém que espera com dignidade sua execução. Eu abafo minha risada e decido parar de provocá-la. Quer dizer, a respeito da escrita.

Jamie nunca entendeu isso. Autumn precisa que seus amigos a provoquem e a impeçam de se levar muito a sério. Caso contrário, ela se perde na própria cabeça. Mas isso não significa *não a levar* a sério. É sofrido para Autumn deixar que eu leia sua obra, não vou deixá-la mudar de ideia, e ela não precisa que eu a cutuque por isso.

— Sabe, um dia, quando você não tiver mais dentes, vai se arrepender de ser essa formiga — digo a ela enquanto aceleramos pela rampa, de volta para a estrada escura.

Como eu esperava, ela ri.

— Não sou uma formiga — insiste, mas sabe que é, sim. — E não vou perder meus dentes — acrescenta.

— Aham… — Dou de ombros.

Ela bufa ao meu lado e eu me permito sorrir, mas não rio.

— Ah, então agora você vai ser dentista? — pergunta Autumn.

— Talvez eu seja obrigado a me formar em odontologia se você continuar consumindo açúcar desse jeito — respondo, e recebo outro tapa brincalhão.

As luzes brilhantes da *taqueria* nos recebem.

De repente, como se não tivéssemos passado o último minuto em silêncio, Autumn diz:

— Tudo bem, mas… — Eu paro o carro no drive-thru e ela continua: — Você vai virar médico e tem comido fast-food comigo quase toda noite o verão inteiro. Admita que nós dois somos péssimos e estamos desperdiçando nossos jovens corpos comendo porcaria.

Mantendo meu pé firme no freio, eu me viro para ela.

— Eu admito. Mas eu saio para correr três ou quatro vezes na semana. Você é naturalmente magra, mas… — Eu me inclino para poder olhar nos olhos dela no escuro. — Você é preguiçosa, Autumn.

— Isso é verdade — concorda ela, orgulhosa e alegre, e eu preciso rir.

Droga, ela é uma graça.

Nós nos olhamos.

O carro atrás buzina alto. Estamos atrasando a fila.

— Oops! — diz ela, rindo, então se desenrola e se alonga.

Eu finjo que puxar o carro dois metros à frente requer toda a minha concentração. Nós chegamos em um horário movimentado. Ainda nem alcançamos o cardápio.

— Você quer o de sempre? — pergunto, ainda com o olhar fixo à frente.

— Quero.

Eu a escuto se acomodar. Tem um detalhe sobre este carro que me faz querer que todos os trajetos durem para sempre: ele é apertado, íntimo, mas me protege de perder a cabeça. É como se dirigir ocupasse o suficiente da atividade do meu lobo frontal para que eu pudesse manter o controle.

Solto um pouco o freio e o carro avança.

— Um dia ainda vou sofrer as consequências disso — Autumn retoma o assunto.

Involuntariamente, olho para ela, então olho para a frente de novo enquanto piso no freio suavemente.

— De quê?

— Minha dieta, ou a falta dela. Hoje, posso comer o que quiser e não ganho um grama. Depois que eu engravidar ou ficar mais velha, aposto que vou ter que pensar em calorias e exercícios, igual a você.

Sempre me fascinou como algumas garotas podem tratar com tanta naturalidade a ideia de formar um ser humano totalmente novo dentro do próprio corpo. Acho que, se eu fosse capaz disso, seria mais fácil imaginar ou me colocar no lugar delas. Meu ponto é que a linha de pensamento dela teria me surpreendido de qualquer forma, mas a certeza de que um dia ficaria grávida me fez pensar.

Algum dia, alguém a engravidaria.

— Talvez, mas isso vai levar um tempo, certo? — Finalmente estamos chegando no caixa para fazer os pedidos.

Autumn ri.

— É claro, eu é que não vou ser a próxima Virgem Maria.

O funcionário anota nosso pedido e eu sou salvo do impulso de fazer uma piada a respeito de ajudar a criar o Jesus Cristinho II.

Porque eu ajudaria, por mais idiota que isso soe.

Com nossos tacos em mãos, a missão está quase completa. Volto para a estrada, na direção do posto de gasolina esquisito que vende as balas nojentas de Autumn.

Ela terminou de escrever seu livro.

Temos 18 anos, quase 19; nossos aniversários estão chegando.

Ela é tão extraordinária quanto linda.

— Quer que eu baixe as janelas de novo? — pergunto. *Estou tão orgulhoso de você*, penso.

— Preciso terminar pelo menos um taco primeiro — diz ela, mastigando. — Estou morrendo de fome.

— O que você comeu hoje?

— Hum.

— Autumn?

— Eu estava escrevendo!

— São oito da noite! — Eu olho de esguelha para ela. — Você só comeu aquelas duas fatias de torrada e esse taco?

— Mas eu tenho mais seis tacos bem aqui — protesta. Ela termina o primeiro e desembrulha outro.

Depois de um minuto, pergunto:

— Você teria comido alguma coisa se eu não tivesse ido até a sua casa quando não respondeu à minha mensagem?

— Que mensagem?

Ela se vira no lugar e eu vejo a luz do celular quando ela desbloqueia a tela.

— Ah! — exclama Autumn. Fico feliz com a surpresa dela por não ter visto. — Desculpa.

— Nada importante. Ainda bem que eu fui lá antes de você desmaiar e bater a cabeça.

— Ah, ha-ha — desdenha ela, mas estou falando sério.

Esse é o motivo para eu precisar esperar até o Natal para contar a Autumn que o que eu sinto por ela é mais que atração física, que eu preciso de espaço. No primeiro semestre, vou precisar garantir que Autumn se lembre de chegar ao refeitório antes que ele feche.

Quando ela está deprimida, estressada ou escrevendo, fica tão presa dentro da própria cabeça que se esquece do corpo. Eu não consigo imaginar não perceber que estou com fome. Não consigo imaginar viver tão fora do mundo físico quanto ela vive.

Autumn provavelmente diria que não consegue imaginar ter um corpo como o meu, que corre em um ritmo confiante ou que consegue mirar e acertar o alvo desejado.

— Quer voltar dirigindo? — pergunto quando chegamos no posto de gasolina.

A luz da loja brilha quente e eu escolho uma das vagas iluminadas pelas janelas.

— Estou cansada demais. Vou bater. Nem você poderia nos salvar — responde ela.

— Vou comprar suas balas. Fica aqui e come.

Eu provavelmente deveria contar a Autumn que o "velhinho simpático" lá dentro, que sempre sorri e diz oi para ela, também espreita quando ela está de costas. Não acho que ele é perigoso, mas é nojento. Ele tem pelo menos 50 anos. Eu tenho 18 e controlo meus hormônios melhor que aquele homem.

— Já volto.

Autumn faz que sim e mastiga mais um pedaço de taco. Ela parece contente. Sei que este verão não é importante para ela tanto quanto é para mim, mas quero que se lembre dele com carinho. Esse esquisitão não vai manchar essa memória.

Os tubos de meleca e pacotes de pozinho de que Autumn tanto gosta estão na prateleira de baixo do corredor de balas, com outras peculiaridades açucaradas. Por exemplo, este deve ser o último lugar no mundo que ainda vende cigarrinhos de chocolate. Eu me pergunto se somos os únicos comprando essas balas aqui neste verão e se, depois que formos embora, essa prateleira permanecerá intocada por meses.

Compro refrigerantes, apesar da minha provocação de antes, porque sei que isso vai deixar Autumn feliz. Vou estudar odontologia e reconstruir os dentes dela, se for preciso.

O cara mais velho está lá. Ele me observa enquanto espero na fila. Percebo que está procurando por Autumn atrás de mim.

Quando coloco meus itens no balcão, ele diz:

— Sozinho hoje?

Avalio o rosto do sujeito, porque não estou certo do tom da pergunta. O homem levanta uma das sobrancelhas e me dá o mesmo sorriso que abre quando pensa que ninguém o está notando observar Autumn.

— Não, ela está comigo. — Enfatizo as palavras para que elas deixem implícito o que eu queria que fosse verdade: que sou dela.

Enquanto o sujeito passa os itens, seu olhar se move para a janela até meu carro.

— Então, como é? — pergunta ele, como se eu tivesse algo para compartilhar.

— Eu não preciso do troco.

Pego minhas coisas e saio. Amanhã comprarei todo o estoque das balas esquisitas de Autumn para nunca mais precisarmos voltar aqui.

— Obaa! — diz ela quando eu deslizo para o lado do motorista.

Solto o tesouro no colo dela e dou a partida. Olho para o caixa da loja enquanto dou a ré, mas o cara está ocupado atendendo outro cliente. Ele nunca mais vai vê-la de novo.

O CD ainda está tocando. Se Autumn não tivesse gostado, teria encontrado outra coisa no rádio. Ficamos em silêncio enquanto toca uma outra música que me faz pensar nela. Quero dirigir assim pelo resto da noite, pelo resto de nossas vidas. A estrada se estende diante de nós, parecendo infinita.

Depois que a música termina, pergunto:

— Tem certeza de que não quer praticar a direção hoje?

— Nah — responde. — Você não vai comer?

— Talvez depois.

Eu me pergunto se Autumn percebe a forma como eu pego o caminho longo pelo North County, a forma como dirijo no limite de velocidade. Espero que ela esteja absorvendo as palavras da letra da música, como se meu amor pudesse ser um feitiço protetor, mesmo que ela não saiba.

O Natal pode ser cedo demais. Ela sempre perde o celular ou as chaves, como vai contar quantas bebidas tomou em uma festa? Terei que estar por perto para garantir que o cara por quem ela se apaixonar vai tratá-la direito. Dessa vez, se eu vir alguma coisa, eu vou falar.

Autumn está onde quer estar, sentada ao meu lado, ao lado do seu amigo, e eu estarei lá se ela precisar de mim.

— Você já parou para pensar no que vai estudar na faculdade de medicina? — Ela está apoiando a têmpora contra a janela de novo. O chão do meu carro está cheio de embrulho de taco.

Eu abaixo o volume da música.

— Só vou descobrir depois de uns dois anos de faculdade — respondo. — Não é como se eu já soubesse muita coisa sobre o corpo humano. — Eu paro. Quero compartilhar algo mais com Autumn. — Tenho pensado muito sobre o cérebro ultimamente.

— Tipo o quê? — Ela soa sonhadora, mas sei que está escutando.

— Bom — hesito, para ter certeza de que vou escolher bem as palavras. — Estou dirigindo, então, em parte, estou prestando atenção em visibilidade, velocidade e espaço entre os carros, e sigo guiando o volante, mas não estou pensando em nenhuma dessas coisas. Na verdade, estou pensando — *que você está muito perto de mim* — na nossa conversa. Enquanto isso, meu cérebro também está dizendo aos meus pulmões para respirarem e ao meu coração para bater, mas eu também não estou pensando em nada disso, de jeito nenhum. Meu cérebro garante que meu corpo faça tudo isso, enquanto eu penso — *no quanto te adoro* — se estou sendo claro na minha explicação.

Fico sem fôlego. Acho que meu cérebro não está indo tão bem, no fim das contas.

Respiro fundo e retomo a linha de raciocínio.

— Um único órgão é responsável por todas essas coisas. A maioria das pessoas não se dá conta do quanto o cérebro é pequeno, provavelmente porque falamos sobre como o cérebro humano é grande comparado ao dos outros animais. Mas dá para segurá-lo em uma só mão. E ele é responsável por tudo que consideramos ser "nós". Seu livro veio de lá, Autumn, palavra por palavra, e eu queria entender como seu cérebro foi capaz de fazer isso.

Autumn fica em silêncio. Não posso terminar assim. Tem significado demais.

Então ela diz:

— Ou como um cérebro pode saber coisas logicamente, mas ainda mandar sinais e emoções ilógicas? Te dizer para fazer coisas idiotas?

— Exatamente. — Eu tiro o carro da estrada. — Faz um monte de coisas certas e erra em todas essas outras. Ele registra toda essa informação e ainda deixa tanta coisa passar. — Dou de ombros. — Não vejo a hora de aprender como ele faz tudo isso.

Olho de soslaio para ela.

Autumn sorri para mim, o que faz meu coração acelerar.

Eu aumento a música. O álbum recomeçou e talvez, em algum nível, o cérebro de Autumn entenda que estou tocando essa música para ela.

oito

———

ENTRAMOS EM MINHA CASA SEM FALAR NADA. ELA ESTÁ RETRAÍDA de novo. Quero tranquilizá-la, dizer que com certeza amarei seu livro, mas sei que isso não vai ajudar. Aponto para a garrafa de rum no balcão.

— Quer que eu coloque um pouco na sua Coca?

Autumn franze o nariz.

— Nunca mais vou beber rum com Coca-Cola. — E acrescenta: — Não ri de mim. Eu poderia estar falando sério.

— Eu só achei que você precisasse de uma forcinha. — Aponto com a cabeça para o notebook em seus braços, aninhado como um bebê. Ela o aperta com mais força.

— Preciso estar aqui enquanto você lê? — pergunta.

— Você quer ir pra casa? — Franzo a testa. Não sei o que eu desejo mais: ler o livro de Autumn ou que ela fique aqui.

— Não — responde, rápido.

— Então acho que você não tem opção.

Autumn suspira, frustrada pelos limites da realidade, então marcha para a sala. Eu a sigo. Ela se joga no sofá e abre o computador. Alguns cliques e endireita a postura, depois olha para mim. Eu me sento ao seu lado.

Ela empurra o computador para o meu colo e explica:

— Esse é o título. Vai descendo até terminar. É bem curto. Mal é um livro.

— Se você mudar de ideia, eu paro — falo enquanto toco o teclado, porque sinto que preciso dizer isso. Por mais que eu queira lê-lo, me preocupo que Autumn possa não estar pronta para compartilhá-lo.

— Não. Está na hora.

Olho para seu lindo e assustado rosto e então começo a ler.

— Só não pensa muito nisso — diz, baixinho, mas já estou sob o feitiço de suas palavras.

Autumn se inspirou em muitas situações da nossa infância. Isso é óbvio. Provavelmente é por isso que ela está preocupada. Mas não é como se tivesse pegado nós dois crianças e anotado tudo; às vezes, a personagem de Izzy se parece com Autumn, mas então eu vejo flashes de mim nela e pedaços de Autumn em Aden. Eles fazem coisas que fizemos, como usar os dedos para desenhar nas costas um do outro à noite, e coisas que não fizemos, mas queríamos fazer, como construir uma casa da árvore.

Olho para Autumn, aninhada com um livro no outro canto do sofá. Quero dizer a ela que estou honrado em ver que ela usou partes da nossa vida em seu livro, mas sei que ela preferiria que eu continuasse lendo.

Izzy tem um pai ótimo e uma mãe ausente. Os pais de Aden o amam, mas são perturbados e distantes, por isso ele passa tanto tempo na casa ao lado. Entre a presença constante do pai de Izzy e o apoio ocasional dos pais de Aden, os dois têm o suficiente para sobreviver. É verdade ao mesmo tempo que não é.

Autumn não desenha bem, mas Izzy, sim, e ela faz gibis de suas histórias para Aden. Na realidade, eu desenhava as histórias de Autumn e nós fazíamos os gibis para nós mesmos. Então é verdade e não é, de novo.

É como viajar no tempo, mas para um universo paralelo. Como um caleidoscópio, a história se reconfigura na minha visão. Somos nós. Não somos nós. Somos nós. Não somos nós.

E então vem a parte em que não somos nós, não podemos ser, porque Aden está beijando Izzy e ela o beija de volta. Eu sinto minha boca formigar, mas não faço careta. Ao longe, estou ciente de que Autumn parou de ler e começou a ver um filme, e meu cérebro, sempre pronto para fazer várias coisas ao mesmo tempo quando se trata de Autumn, nota seu olhares ocasionais em minha direção.

Meu foco, no entanto, está principalmente no romance. Lógico que ela está preocupada que eu vá entender tudo errado. Quando o relacionamento romântico entre Izzy e Aden começa, começo a ver Jamie em Aden: os presentes aleatórios engraçados, a forma como ele toma posse de Izzy tão publicamente. Mas ainda me vejo nele. Há os detalhes óbvios, tipo Aden jogar futebol e ter cabelo loiro. Mas é mais do que isso, muito mais.

É a maneira como Aden enxerga através das inseguranças de Izzy e aprecia sua força.

É o jeito como Aden sorri para Izzy quando diz:

— Gosto como você simplesmente tem certeza de que vou te ensinar a dirigir.

Eu me levanto para pegar um copo d'água.

Tomo um gole da garrafa de rum.

Volto para a sala de estar e me sento.

É como se ela tivesse selecionado pedaços e fragmentos da própria vida e das pessoas que ela conhece, colocado tudo em um liquidificador e então jogado bastante ficção em pó.

Há um grande jogo de futebol no qual Aden bloqueia um gol do outro time nos quarenta e cinco do segundo tempo, evitando que a partida fosse para os acréscimos, e Izzy corre para o campo e salta em cima dele, mesmo ele coberto de lama. Sylvie fez exatamente isso depois que eu bloqueei um passe como esse uns anos atrás. Autumn não estava lá, mas acho que ficou sabendo. Sylvie teve problemas com a capitã da equipe de torcida por ter enlameado seu uniforme e perdido a pose ou algo do tipo.

Mas, no livro, Izzy não está usando uniforme, porque Autumn nunca foi líder de torcida. Izzy é e não é Autumn. Eu vejo lampejos de suas amigas, Brooke e Sasha, em Izzy também.

Izzy e Aden estão conversando nas vigas acima do palco do auditório da escola, o tipo de coisa que Autumn queria poder fazer.

Aden não é apenas eu. Ele também é Autumn, e também é Jamie, e talvez outros amigos que não conheço tão bem.

Mas o jeito como Aden ama Izzy? Isso sou eu.

A maneira como ele pergunta a ela se está bem só com um olhar e entende as respostas silenciosas dela? Isso sou eu.

A forma como Aden fala para Izzy ignorar os professores sugerindo que ela se formasse em educação porque escreve bem demais para não tentar sou eu. Sempre fui eu.

Autumn se levanta e alonga o corpo, mas eu continuo lendo. A história é boa assim. Duvido muito que a maioria dos primeiros rascunhos de outras pessoas sejam tão bons assim. Ela é uma ótima escritora e só vai melhorar.

Eu me levanto e noto que Autumn foi embora, então vou até a cozinha, pego o rum e me acomodo de volta no sofá.

Vou terminar de ler ainda esta noite.

nove

———

Eu bebo o rum enquanto leio, mais rápido agora que meu cérebro não está vigiando os movimentos de Autumn. À medida que a história vai chegando ao fim, fica mais fácil acelerar o ritmo.

O final me surpreende. Eu esperava algo cruel. Autumn já demonstrou que é fácil para ela abandonar amigos e eu esperava o mesmo de Izzy e Aden.

Fecho o notebook e o coloco na mesinha de centro. O romance é ainda melhor do que eu imaginava, mas não consigo mais focar o enredo.

Escritores escrevem sobre aquilo que conhecem. Eu sabia disso.

Se Autumn retratou o meu amor em nuances tão perfeitas, então significa que ela sabe. Ela sempre soube, sempre entendeu o que eu sentia por ela.

Durante todos esses anos, eu me convenci de que havia enganado Autumn, fazendo-a pensar que meus sentimentos eram, na melhor das hipóteses, hormônios da adolescência e, na pior, um amor de infância. Mas ela sabia a verdade. Autumn observou meu amor e o devolveu através da ficção.

Jack disse:

— Estou inclinado a acreditar que ela sabe que você a ama e está brincando contigo só para se sentir melhor.

Autumn sabia. Durante todo o verão, ela sabia.

Durante todos esses anos, ela sabia. Desde o fundamental.

Ela poderia ter contado que meus sentimentos eram óbvios e que a deixavam desconfortável ou que ela precisava de espaço. Teria sido suficiente. Eu teria compreendido. Ela nem precisaria explicar o porquê.

Em vez disso, desapareceu.

Eu fui burro por beijá-la naquela noite de Ano-Novo, mas não merecia o gelo que levei anos para derreter, para Autumn simplesmente sorrir para mim de novo, especialmente se sabia que eu estava apaixonado por ela e sentindo sua falta. Se Autumn estava ciente de que eu a amava, então deveria saber o quanto iria me perturbar ela magicamente voltar para mim naquele Natal só para me abandonar de novo.

O rum acabou; o livro chegou ao fim. Por que ainda estou aqui?

A noção de que Autumn sempre soube dos meus sentimentos parece uma pedra em cima do meu peito. Preciso fazer um grande esforço para me obrigar a levantar do sofá.

Bebo um copo d'água antes de ir atrás dela. Quero estar lúcido quando confrontá-la.

Eu checo o quarto da minha mãe primeiro, mas é claro que ela foi dormir na minha cama. Porque sempre soube e está me usando para se sentir melhor.

Quando giro a maçaneta, meu cérebro congela. Não sei o que vou dizer.

A luz do corredor cai sobre seu rosto e ela faz uma careta.

— Autumn. — Estou com tanta raiva dela, mas sua beleza acerta meu corpo como um soco.

Ela faz um barulho e pisca para a luz. Empurro a porta para que fique quase fechada e a luz não bata diretamente em seu rosto.

— Autumn — repito.

— O quê? — Ela se senta, afasta o cabelo do rosto e me olha, sonolenta e linda.

— Por que você me largou daquele jeito? — É o que sai.

— Eu estava cansada. Você estava lendo.

— Não. — Não vou engolir nada, então continuo: — Depois que fizemos 13 anos. Por que você me largou daquele jeito?

Autumn fica imóvel. Percebo que ela está completamente acordada e compreende o que estou dizendo.

Ela não tem resposta.

Sei disso agora.

Finalmente, ela diz:

— Eu não te larguei. — Nós dois sabemos que ela está mentindo. — Nós só fomos para direções diferentes.

Não vou mais deixá-la fazer isso comigo.

— Nós não fomos para *direções diferentes*, Autumn.

— Não foi de propósito — afirma. — Me desculpa. — Lágrimas brilham em seus olhos. Ela parece sincera.

Mas não é suficiente. Nem de longe.

— Eu já sei por que você fez isso. — Ela não precisa me explicar essa parte. Eu sei que nunca sentiu o mesmo por mim. Não preciso ouvir essas palavras saindo de sua boca. — Eu só quero saber por que você precisava ser tão cruel.

É hora de encarar o que Jack veio me dizendo durante todos esses anos.

Ela enrijece. Desta vez, não vou deixar passar.

— Ok, eu fui idiota e egoísta naquele outono. E eu sinto muito por isso. Mas tudo teria voltado ao normal se você não tivesse me beijado do nada, sem nem me pedir. Você tem ideia do quanto me assustou naquela noite?

Assustei? Uma visão do rosto dela se afastando flutua diante dos meus olhos. Ela estava enojada. Não, ela...

— Eu assustei você?

As lágrimas de Autumn começaram a rolar.

— Eu não estava pronta. — Ela passa o dorso da mão pelo rosto como uma criancinha. — E eu não sabia o que pensar.

Ela não estava pronta?

Eu a assustei.

É coisa demais. Eu me sento na ponta da cama. Estou de frente para minha janela, a janela dela, e não consigo suportar isso, então olho para minhas mãos.

Ela não estava pronta? E eu a assustei.

Eu agarrei seu braço. Tentei ser romântico, mas não percebi os sinais.

Eu mereci a forma como Autumn me tratou no ano seguinte. Tenho sorte por ela me dar atenção agora, por pensar em mim com carinho suficiente para colocar partes de mim em seu romance. Autumn traz à tona o que há de pior em mim. Durante todo esse tempo, eu soube disso, mas ainda a culpava.

Eu não só tinha errado o alvo com Autumn naquela noite, como sequer deveria ter tentado o tiro.

Se eu tivesse esperado, dado espaço a ela. Se eu tivesse confiado na Autumn que eu conhecia em vez de nas fofocas dos babacas no vestiário…

Sinto o colchão se mexer enquanto ela desliza pela cama.

— Me desculpa. Eu me odeio por ter te machucado.

Ela tenta dar uma olhada no meu rosto, mas ainda não consigo suportar encará-la. Eu a acordei para confrontar sua crueldade e então descobri que sou eu quem devo o maior pedido de desculpas.

— Me desculpa também — digo. Nós dois estamos muitos anos atrasados.

— Pelo quê?

Ela ainda deve estar meio sonolenta.

— Me desculpa por ter te beijado.

— Não diz isso. — Ela soa mais triste do que já a ouvi na vida. — Não pede desculpas por isso.

Devo um pedido de desculpa por outra coisa?

No fim das contas, eu não conheço Autumn de verdade, e também não conheço a mim mesmo. Uma risada sombria me escapa. Não importa o quanto eu tente, sempre acabo machucando-a.

— Eu nunca sei o que fazer para te deixar feliz, não é?

Autumn responde tão rápido que me surpreende.

— Você me faz mais feliz do que qualquer outra pessoa já fez.

A convicção em sua voz é inconfundível.

— Mesmo? — Como Jack me disse: a história dela não faz sentido.

— Todos os dias — afirma.

Nós ficamos em silêncio.

Autumn não estava pronta para que eu a beijasse.

Autumn não quer que eu peça desculpas por tê-la beijado.

Eu a faço feliz.

Esses três fatos novos rodopiam pela minha mente, chocando-se uns contra os outros até subitamente se alinharem de uma forma que faz sentido.

Exceto que não pode ser verdade.

Eu sei como fazer Autumn feliz?

Antes, eu a beijei sem pedir.

— E se eu te beijasse agora?

Ela inspira rapidamente e eu já estou morto.

— Isso me faria feliz — responde.

Eu quase não sei o que fazer a seguir.

Você não está de frente para ela, meu cérebro me avisa suavemente.

Eu me viro na cama, dobrando uma perna sob o meu corpo, esperando que Autumn me impeça, explique o que quis dizer, porque de jeito nenhum ela quer me beijar.

Autumn levanta o rosto e me encara, e sua expressão me tira o fôlego.

Estendo a mão, pronto para recuar a qualquer momento. Suavemente, toco seu cabelo, logo acima do pescoço. Autumn relaxa com o meu toque e algo se quebra dentro de mim.

Com avidez, eu a puxo em minha direção. Quando me inclino, bato o nariz dela com o meu. Estou prestes a pedir desculpas quando ela vira o rosto e seus lábios estão muito perto.

Todas as desculpas, cada uma delas, são esquecidas, e meus lábios estão sobre os dela.

Eu sou meus lábios. Nenhuma outra parte de mim existe.

Autumn.

Estou beijando Autumn.

Me vem o impulso de empurrá-la de volta para a cama e senti-la embaixo de mim, e começo a ter pensamentos de novo.

Não estrague tudo, Finn.

Apoio a mão no quadril dela para que meu polegar possa acariciar aquele pontinho que afunda abaixo das suas costelas, a forma gloriosa de seu corpo. Autumn suspira o suspiro de mil fantasias minhas.

Estou beijando-a e ela está se inclinando contra o meu corpo.

Isso é real.

Isso está acontecendo.

Autumn.

A mão dela está no meu ombro e eu acho que vai me empurrar, mas em vez disso ela me puxa mais para perto, embora já estejamos o mais perto possível sentados desse jeito.

Ela quer isso. Ela *me* quer.

Autumn coloca a mão no meu joelho e eu reprimo um gemido.

— Ai — diz ela.

Sua cabeça se move e eu noto que agarrei o cabelo dela com força demais.

Eu me afasto.

— Desculpa. — Começo a tirar as mãos dela.

— Não. Não para — protesta Autumn. A mão dela ainda está no meu ombro. Ela me puxa de novo, pedindo. — Deita comigo.

Autumn se estica na minha cama e abre os braços para mim.

— Ah, Deus — digo.

Ela quer…

Ela disse "comigo" não "em cima de mim", mas seus braços…

Eu me coloco por cima dela, apoiado no cotovelo direito. Um de seus seios está pressionado contra mim. Quando eu observo o rosto de Autumn, seus olhos encontram os meus. Seus braços se fecham em torno de mim e ela ergue os lábios na direção dos meus.

Eu a estou beijando.

Ela está me beijando.

É estranho sentir como se eu não tivesse um corpo, mas é essa a sensação. Sou apenas uma alma existindo em êxtase no universo. Tempo e espaço não fazem sentido, são temporários, insignificantes.

E então eu caio de novo em mim mesmo. Meu corpo, o corpo dela, a realidade do momento: tudo isso me atinge de uma vez.

Ela está me beijando apaixonadamente.

Autumn está me beijando.

Eu tomo o rosto dela em minhas mãos.

Quis tocar o rosto dela tantas vezes. Cada sorriso, cada cara fechada me tentou. As linhas daquele rosto me assombraram tanto quanto qualquer outra parte do corpo dela.

O corpo dela.

Autumn me segura com força, apertando-se contra mim. Ela geme baixinho quando nossos lábios se separam para inspirar e exalar. Se nosso cérebro não fosse tão bom em equilibrar nossas necessidades, provavelmente já teríamos sufocado a esta altura.

Espero estar fazendo isso direito. Parece que estou. Talvez meus instintos possam finalmente assumir o controle e meu lobo frontal vai relaxar antes que eu pense demais nisso e ache algum jeito de estragar tudo.

Autumn está beijando com a mesma intensidade que eu, rápido e com força. Tento desacelerar, temendo que talvez meu fervor fique cansativo. Mas Autumn se ajusta para o meu ritmo como se fôssemos parceiros de dança e a música tivesse mudado. Ela não me solta. Seus sons de prazer são atordoantes.

Como chegamos a este ponto? Examinar os últimos minutos é demais para mim agora. Preciso aproveitar este momento enquanto ele durar.

Ela.

Ela.

Quero tocar o seio dela.

Não, Finn.

Tento trazer meu foco de volta para seus lábios — os lábios de Autumn! — beijando os meus de novo, e de novo e de novo.

Tento ser grato pelo seio que aperta meu peito, mas o outro também está ali.

Eu sei como fazê-la feliz? Porque não consigo me afastar da boca dela o suficiente para falar. Minha mão esquerda desliza de sua bochecha e desce pelo pescoço dela, em volta do ombro.

Devagar, Finn. Devagar.

Procuro um jeito de sinalizar o que estou fazendo para que ela saiba. Sem surpresas, sem erros. Meu polegar está na base da elevação de seu outro seio, suas costelas, na ponta dos meus dedos.

Devagar.

Estou movendo a mão e então…

Estou segurando o seio de Autumn.

Depois de todos esses anos tentando não olhar para eles e ainda assim tendo sua silhueta marcada a ferro na minha mente, Autumn está embaixo de mim e nas minhas mãos e sob meus lábios e quadris.

Ela repete o suspiro que soltou na tenda esta manhã, aquele que eu queria ter provocado, e eu me acabo de novo. Sou apenas sensações. Não existe nenhuma outra realidade, apenas Autumn.

— Finny.

Eu sinto meu nome contra minha boca ao mesmo tempo que o escuto.

Mais uma vez, estou de volta no tempo e no espaço.

Lembro que meu corpo está beijando Autumn.

O sinal chega.

Pare.

Ergo a cabeça e olho para ela.

— Sim?

— Eu quero…

A luz ainda está fraca, mas posso ver seu rosto um pouco melhor. Ela está corada e seus olhos estão brilhantes, úmidos. Parece apreensiva novamente.

Vou dizer o que acho que ela não consegue falar.

— Você quer que eu pare?

— Não! — exclama, surpreendendo-me. — Eu quero o oposto disso. — Autumn morde o lábio depois de soltar essas palavras, e se remexe nervosamente embaixo de mim, disparando uma série de sensações pelo meu corpo que tornam difícil processar o que ela está dizendo.

Porque certamente ela não pode estar falando o que acho que está.

O oposto de parar é…

— Você quer que eu continue?

— Quero — responde Autumn.

Meu corpo grita pela mesma conclusão.

Meus instintos querem assumir o controle de novo, mas desta vez eles estão muito errados.

— E-eu não tenho…

Autumn deve imaginar que eu tenho camisinha, mas eu realmente não tenho. Ela quer mesmo fazer isso comigo depois de nos beijarmos uma só vez, depois de esperar tanto tempo com Jamie? *Sem erros. Sem mal-entendidos.*

— Eu não ligo — diz ela. Há uma firmeza em sua voz, uma certeza profunda.

— Autumn, não.

Eu deveria me sentar e deixar o clima esfriar, mas não me movo. Autumn está me acariciando. *Me acariciando.*

— Por favor, Finny — implora enquanto beija meu pescoço de uma forma que me derrete. — Por favor, Finny.

Em todas as minhas fantasias, nunca houve um motivo pelo qual Autumn e eu fazíamos amor. Eu sempre entrava na história depois de tê-la magicamente seduzido em situações inúmeras e variadas.

E houve várias circunstâncias fantásticas.

Mas nunca, em nenhuma sala de aula, banco de carro, quintal ou telhado, nunca foi Autumn me implorando.

— Por favor — diz ela enquanto seus lábios viajam pelo meu pescoço e maxilar. — Por favor, por favor.

A barreira dentro da minha mente está desmoronando.

Os lábios dela estão de volta aos meus e eu me perco no desejo.

Com certeza ela vai me dizer para parar.

Autumn tira a camiseta depois que eu deslizo minha mão por cima do tecido. Ela não me manda parar quando busco o fecho do seu sutiã.

Ele se vai e a sensação da pele dela e da forma sombreada de seu corpo me deixam estupefato. Ela puxa o botão do meu jeans.

Autumn está falando sério.

Ela faz um barulho frustrado quando seus dedos deslizam e os botões continuam fechados.

Ela me quer.

Toda a minha razão e lógica se perderam com este fato inegável: Autumn me quer.

Agora sou eu quem está impaciente.

Tiro a mão dela e abro o botão eu mesmo. Me afasto o suficiente para retirar o jeans e a cueca, e os jogo para fora da cama. Há o baque abafado do meu celular no bolso caindo no chão, e eu olho de volta para Autumn, que está erguendo os quadris para tirar o próprio jeans.

Eu sou só mãos de novo, tentando ajudá-la a empurrar a calça abaixo dos joelhos e quase puxando-a para o meu colo em vez disso. Autumn dá uma risadinha e eu beijo seus pés quando eles se livram do jeans.

E então eu arranco minha camisa e olho para ela.

— Ah, Autumn.

Minha amiga. Meu sonho. Meu amor.

A confiança em seus olhos é intensa. Não posso merecer esse olhar; isso não pode estar acontecendo.

Ela começa a tirar a calcinha, a última peça de roupa entre nós.

Perdi as forças para dizer que não podemos, embora eu saiba que isso tudo está acontecendo tão rápido que nós provavelmente deveríamos parar. Eu a ajudo. Jogo a calcinha dela no chão.

Se for um erro, vamos cometê-lo juntos.

Ela abre os braços para que eu me reaproxime. Preciso falar enquanto ainda tenho pensamentos no meu cérebro.

— Posso dizer que te amo primeiro?

Não vou perder a chance de dizer a ela, mesmo que isso não seja uma novidade para ninguém. Eu já estou arriscando demais.

— Pode.

Eu caio por cima dela, segurando-me a tempo de abaixar suavemente, posicionando-me entre suas pernas, os instintos animais assumindo o controle mais uma vez.

— Eu te amo — digo, por todas as vezes que não consegui antes e por todas as vezes que posso não conseguir de novo.

E então estou dizendo:

— Ah, Deus, eu te amo. — Porque ela está ali. Eu estou ali. Autumn não está pedindo para eu me afastar ou parar. Ela está me acariciando de novo, sua respiração quente nas minhas clavículas. — Ah, Deus, Autumn.

Devagar, Finn.

Sem erros.

Consigo notar pela forma como a respiração dela muda, a forma como ela me aperta mais, que Autumn sente agonia misturada ao êxtase.

Devagar. Foco no jogo, Finn.

Devagar.

Ela está tentando relaxar embaixo e em volta de mim. Posso sentir.

Autumn quer que eu continue fazendo amor com ela, mesmo que doa. Eu não sei como tenho tanta certeza disso depois de todos os erros no nosso passado, mas, de novo, a situação é inegável.

Autumn me seduziu.

O absurdo de entender isso me faria rir, mas ela sussurra no meu ouvido:

— Tudo bem, Finny. Estou bem.

Autumn pousa seu rosto contra o meu. Ela suspira alegremente.

Espero ser gentil o suficiente depois disso, porque sou consumido pelo ondular rítmico de seus seios contra o meu peito, a maneira como suas coxas apertam minha cintura, como se ela tivesse medo de que eu pudesse escapar.

É o nome dela que quero dizer quando chego ao orgasmo, mas não passo da primeira vogal.

dez

———

AUTUMN CHORAMINGA E EU SINTO UM DOS MUITOS MOTIVOS PELOS quais não deveríamos ter feito isso escorrendo entre nós. Eu me mexo, não tenho arrependimentos, porque sempre terei pelo menos essa memória de nós.

Estou saindo do meu transe e preciso saber se ela ainda está bem.

— Autumn. — É tudo o que sai da minha boca.

— Eu também te amo — diz ela. — Esqueci de te dizer isso.

Autumn começa a chorar, mas não como antes, não como quando estava de luto pelo fim de seus personagens. Ainda assim, são lágrimas, então eu arquivo suas palavras para mais tarde e me concentro nela.

Inclino-me e beijo seu rosto de novo e de novo.

— Tudo bem. Não chora — peço, porque todas as outras palavras que quero dizer não saem. *Você está segura.* Eu beijo os olhos dela. *Você é amada.* Eu beijo sua testa. *Serei o que você precisar que eu seja depois disso.* Eu beijo a bochecha dela. *O que você quiser que eu seja.* Eu beijo sua outra bochecha.

— Não chora. Está tudo bem.

— Me abraça? — pede Autumn, e é honestamente a melhor ideia que já ouvi. Deslizo para o lado e ela rapidamente seca os olhos e apoia a cabeça em meu ombro. Passo meus braços em volta dela, e a sensação é gloriosa.

— Assim? — Aperto-a suavemente, mas com firmeza.

— Aham — responde ela, e eu nunca mais vou me mexer de novo.

Inspiro o cheiro de seu cabelo e me sinto inebriado.

Nunca experimentei tamanha euforia.

Um coro de passarinhos está cantando um tributo a este lindo novo dia, ao corpo dela, à minha alegria. Na luz da manhã, consigo ver as sombras dos cílios de Autumn sobre seu rosto, a onda que seu quadril forma sob o cobertor.

Estou tão feliz que poderia morrer.

— Não acredito que isso aconteceu — deixo escapar. Meus olhos começam involuntariamente a se fechar e fico feliz quando ouço a voz dela, o que me ajuda a me manter acordado.

— Você estava falando sério quando disse que me amava? — pergunta ela.

— Claro que sim.

Estou tão cansado e tão feliz que não penso em como aquela é uma dúvida besta. Eu me movo de leve embaixo dela para saborear nossa pele se tocando antes de pegarmos no sono. Meus olhos se fecharam completamente quando ela continua:

— Não falou isso só porque é o que se espera que o cara diga?

Meus olhos ainda estão fechados e eu estou pensando *que cara?* quando percebo que ela está falando de mim. Eu sou o cara. O cara que deveria dizer...

Abro os olhos.

Ela está fingindo não saber dos meus sentimentos?

Totalmente acordado agora, repasso a pergunta de Autumn na minha cabeça.

Ela está fingindo não saber.

Por que está fazendo isso?

Saio de baixo dela e me apoio no cotovelo. Preciso ver seu rosto.

— Vamos lá, Autumn. Eu sei que você sabe que sou apaixonado por você desde sempre. Não precisa fingir.

O que quer que ela queira de mim depois de hoje, minha única regra é não deixar nenhum mal-entendido entre nós.

— O quê? — pergunta ela.

É bem convincente, mas eu sei como ela pode ser boa atriz.

— Tudo bem — suspiro. Não consigo não me sentir um pouco exasperado, mesmo agora. — Eu sempre soube que você sabia.

Mas Autumn está ficando chateada. Ela se senta e puxa a coberta como uma proteção. Franze a testa para mim. Os pássaros ainda estão cantando.

Por que Autumn está chateada por eu estar ciente de que ela sabia que eu a amava? Não estou bravo com ela.

Pelo menos, não agora. Esqueci minha reação ao livro dela na noite passada.

— O que você quer dizer com "desde sempre"? — questiona Autumn.

— Você sabe — respondo. — Desde sempre. Desde que tínhamos, tipo, 11 anos?

— Quinta série? O ano em que você deu um soco em Donnie Banks?

Tá vendo? Ela sabe do que estou falando.

— Isso. Você se lembra do que o Donnie Banks disse?

— Ele me chamou de aberração.

— Ele disse "sua *namorada* é uma aberração" e ele sabia que você não queria ser minha namorada, mas que eu gostava de você. — *Porque todo mundo sabia disso. Todo mundo. Incluindo Autumn.*

Certo?

— Você gostava de mim naquela época? — A confusão em seu rosto é verdadeira. Mas, se ela não sabia no fundamental, o que aconteceu conosco?

Eu me sento. Preciso pensar com clareza.

— Mas não foi por isso que você parou de andar comigo no fundamental? Porque se cansou das minhas expectativas de sermos mais que amigos?

Foi o que aconteceu. Eu estava lá.

— Não — declara Autumn. — Eu não fazia ideia de que você gostava de mim dessa maneira.

É a verdade. De alguma forma, de algum jeito, ela não sabia.

— Mas e depois que eu te beijei, você não sabia? — Porque Autumn sabe que eu a amo. Eu li o livro dela. Está lá.

— Não — insiste ela. — Eu não sabia por que você tinha me beijado e fiquei assustada. Achei que talvez estivesse experimentando comigo.

Experimentando com ela? Será que estou alucinando, afinal? Meu olhar percorre o quarto por um momento. Tudo ali parece normal.

Se Autumn não sabia que eu a amava no início do fundamental ou no final… não. Ela tinha que saber.

— Mas isso não faz sentido — digo a ela. — Se você não sabia, por que me deixou?

Autumn abaixa os olhos. É isso? Eu a peguei em uma mentira? Meu estômago embrulha. Sei que eu a amarei mesmo se for cruel. Essa é a minha maldição.

— Era tão bom não ser mais a menina esquisita — confessa Autumn. — Eu gostava de ser popular. Nós meio que tomamos caminhos diferentes naquele ano.

Ela está vermelha de vergonha, fico boquiaberto.

— E não estou dizendo que não é minha culpa. Eu só quero deixar claro que não fiz isso de propósito.

Ah, Autumn.

Nunca considerei a hipótese de ela se importar com o que os outros pensavam. Parece incongruente com sua personalidade. Sempre a defendi no início do fundamental, mas não porque parecia incomodada com o que as outras crianças diziam. Lembro-me de vê-la chorando com algumas provocações, mas acreditei quando ela me disse que estava só chateada pela injustiça, ou a essência da coisa.

Quando Autumn finalmente caiu na graça dos nossos colegas, pareceu aceitar isso com naturalidade, como se as coisas fossem como deveriam ser. Nos primeiros dias do Fundamental II, ela não disse nada sobre estar animada por se tornar popular do dia para a noite. Parecia distraída, não exultante.

Autumn é uma boa atriz, mas não tão boa. Por exemplo, neste momento, ela está tentando esconder sua vergonha e falhando. Autumn mente bem. Autumn não mente bem. É verdade e não é verdade.

— Você não sabia mesmo? — pergunto, para ter certeza.

— Não. Sério, eu não sabia mesmo.

Acredito nela, e é mais do que consigo aguentar. Meu sistema nervoso decide que, para continuar funcionando ou seguir com pensamento consciente, ele não pode me segurar em pé. Deito-me de costas e encaro o nada.

Autumn não sabia que eu a amava.

Observo o teto branco acima de mim, mas tudo o que eu vejo são milhares de lembranças sendo reescritas com essa nova informação. É como se o DNA do meu relacionamento com Autumn tivesse sofrido uma mutação. Todas as vezes que eu fiz uma careta interna por causa de quanto eu devia parecer patético para ela, Autumn não sabia ou sequer tinha notado.

— E, todos esses anos, vivi aterrorizado com a ideia de que você conseguia notar que eu ainda... você sabe — digo.

— Ainda o quê?

Porque, mesmo depois de tudo isso, ela ainda precisa que eu fale com todas as letras.

— Ainda queria você.

— Mesmo?

Eu nem consigo responder a essa.

Todas as minhas agonias foram causadas por invenções da minha imaginação. Na noite que tive que ligar para Jack e pedir a ele que desse uma carona para mim e para Sylvie, eu encontrei Autumn jantando sobras na varanda da frente. Ela estava chateada com os pais e foi paciente com minha embriaguez, enquanto eu pensava que tinha dito as coisas mais óbvias, bêbadas e apaixonadas para ela. Na manhã seguinte, fiquei deitado na cama, morrendo de ressaca e de humilhação.

Mas tinha sido tudo na minha cabeça. Nada disso fora real. Autumn não sabia. Autumn não escutara o amor que gritava tão alto dentro de mim.

Nesse semestre, quando fizemos dupla na educação física, eu me arrependi de muitas das coisas que disse depois da aula, e os momentos em que cedi à tentação de tocá-la pareciam especialmente horrendos. Eu tinha certeza de que estava sempre prestes a ser exilado de novo, porque eu estava fazendo um péssimo trabalho escondendo meu amor por ela.

Mas Autumn não sabia.

Eu não tinha ultrapassado os limites quando ela disse que Jamie não ia gostar se saíssemos juntos. Jamie provavelmente seria um babaca com isso, e se Autumn me amava naquela época…

O que se passou pela cabeça dela durante todos esses anos, essa menina que eu amava e achei que conhecia tão bem?

— E quanto a Sylvie? — pergunta Autumn, e eu não consigo me impedir de rir. Toda esta situação parece uma comédia trágica shakespeariana. Seria ironia do destino? Talvez Autumn saiba me dizer.

— O único motivo para eu ter começado a andar com líderes de torcida depois do treino de futebol foi porque pensei que elas ainda eram suas amigas. Achei que talvez pudesse ter uma chance com você, que talvez eu fosse legal o suficiente para que você me visse assim. Então, quando chegou o primeiro dia de aula, você nem me deu oi no ponto de ônibus. E eu descobri que não apenas você não era mais amiga delas, mas que vocês se odiavam. E aí você começou a sair com Jamie, e Alexis me perguntou por que eu estava enrolando Sylvie, e eu nem sabia do que ela estava falando…

Aquela conversa foi terrível. Foi depois de um jogo de futebol, o primeiro em que eu realmente pude ir para o campo. Alexis me puxou de lado quando saí do vestiário. Eu estava exausto e ensopado. Ela estava saindo com Jack naquela época e fiquei meio assustado com a maneira como agarrou meu braço. Ela parecia furiosa.

— Por que você está fazendo isso com ela?

— Quem? — Meu cérebro pensou em Autumn, embora não fizesse sentido.

— Ai. Meu. Deus — sussurrou Alexis. — Sylvie, seu monstro.

Meus sentimentos por Alexis depois dos últimos quatro anos são como muita gente descreve os sentimentos que têm por irmãos. Eu a amo porque a conheço há muito tempo, mas ela me enlouquece e eu não gosto muito de sua personalidade.

Alexis estava exagerando naquele dia, mas sempre há uma ponta de verdade em suas hipérboles malucas.

E eu meio que estava a fim de Sylvie.

Ela falava comigo no ponto de ônibus. Ninguém mais falava. O fato de que Sylvie era tão bonita quanto Autumn, mas de uma forma diferente, era uma distração bem-vinda. Parecia seguro olhar para ela.

Quando Alexis se explicou, eu entendi. E me senti responsável. Além disso, eu tinha visto Autumn beijando um cara naquela escada em que ela ficava. Meu plano falhara.

Então eu convidei Sylvie para ir ao cinema e nós nos divertimos. Bastante. Ela era a única outra pessoa que eu conhecia que escutava rádio se arrumando para a escola de manhã. Eu gostava que ela lia biografias e mantinha as favoritas em uma estante. Ela era linda. Era legal. E queria estar comigo.

Sylvie tem sido boa para mim. Eu gostei de quase todos os minutos que passei com ela. Ela me tornou uma pessoa melhor de muitas maneiras. Espero que um dia eu possa explicar isso para Sylvie, mas por enquanto justifico para Autumn:

— Não pense que eu nunca gostei da Sylvie, porque eu gostei. — *Eu gosto.* — Ela não é como você pensa. — *Ela é muito mais.* — E ela precisava que eu cuidasse dela quando você não precisava mais. — *Porque ela é como você: complicada.* — Eu a amei, mas de um jeito diferente de como eu sempre amei você.

Eu ainda amo Sylvie, e há muito que não estou dizendo em voz alta, apesar de não querer deixar mal-entendidos.

Mas há muita coisa para Autumn e eu conversarmos além disso.

— Ah, Finny — diz Autumn. A voz dela tem tanta emoção que meu coração aperta.

Encho os pulmões de ar para acalmar meus nervos. Eu a olho de soslaio. É um velho truque: olhar para Autumn sem olhar de verdade para ela.

Autumn está me observando, ainda sentada na cama. Seu cabelo brilha em volta do rosto como uma aura. O lençol caiu de novo. Eu não consigo confiar em mim para encará-la. Vou perder a coragem.

— Você disse… — começo. Eu preciso saber. Ela estava chorando quando falou isso e, por incrível que pareça, estava incerta quanto aos meus sentimentos por ela. — Você disse que também me amava. — Talvez, no momento de vulnerabilidade, ela tenha falado mais do que pretendia.

— Disse — confirma Autumn. — Eu amo. — A voz dela está trêmula, mas certeira.

— Desde quando? — *Noite passada? Mês passado.*

— Não sei — sussurra ela. — Talvez desde sempre também, mas não admiti isso para mim mesma até uns dois anos atrás.

Talvez desde sempre também?

Eu não consigo mais resistir. Olho diretamente para seu rosto. Autumn tem esse sorriso suave e sublime que se quebra em um suspiro quando ela cai de volta sobre o meu peito.

Ela me ama.

Ela realmente me ama. De verdade.

Eu a seguro, apertando-a com tanta força que preciso mandar meu corpo relaxar para não a machucar.

Autumn.

Minha Autumn.

Se ela quiser ser.

— Então… — Não sei como perguntar isso. Autumn me ama, mas eu estou tentando garantir que não haja mais mal-entendidos.

— O quê?

— Somos você e eu agora, certo?

Eu sinto sua risada contra o meu peito antes que ela fale:

— Phineas Smith, você está me pedindo em namoro?

Não é isso que eu estou sempre fazendo?, penso, louco. Meu coração está acelerado. Para mim, isso pareceu uma formalidade, mas talvez meu histórico de entender Autumn errado esteja me acertando novamente.

— Bem, sim. É estranho?

— Só porque parece que já somos muito mais do que isso.

Eu relaxo de novo.

— É, eu sei — concordo enquanto digo ao meu cérebro para ficar calmo, que pedir a Autumn para nos casarmos em Vegas é absurdo. — Mas vai ter que servir por enquanto.

Por enquanto.

Eu fecho meus olhos.

— Você ainda precisa terminar com Sylvie — sussurra ela.

Meus olhos se abrem de novo.

— Eu sei. Eu vou. Amanhã.

— Você quer dizer hoje — corrige ela.

Meu estômago embrulha. Claro, já é de manhã. Eu sou um tonto.

— Ah. Verdade. — Eu aperto Autumn. — Acho que deveríamos dormir um pouco.

— Também acho.

Nós nos aninhamos e logo Autumn está roncando baixinho.

Mas eu não durmo. Há coisas demais em que pensar.

onze

UMA COISA QUE PODE SER IRÔNICA — EU PRECISO ME LEMBRAR DE pedir a Autumn para me explicar ironia — é que agora eu tenho algo para contar a Sylvie.

Sylvie vai aceitar melhor que estou escolhendo Autumn em vez dela se for por algo além de uma amizade. É isso que torna tudo tão difícil.

Tento tomar cuidado com as minhas palavras. Tento ser claro e direto. As pessoas me acham difícil de ler, mas nunca entendi isso. Eu não sou furtivo. Geralmente, só não dou informação, a menos que me peçam.

Na primeira vez que Sylvie me perguntou a respeito de Autumn, não conversamos sobre ela.

Foi no último dia de aula do primeiro ano.

Jamie passara pela gente enquanto saíamos do campus. Ele estava levando Autumn por cima do ombro enquanto ela guinchava de alegria e fingia estar em pânico, e a corte de amigos esquisitos deles os seguia cantando uma canção ridícula a plenos pulmões.

— O que foi? — perguntou Sylvie.

O pequeno desfile de Jamie já tinha passado, retomamos a caminhada. Sylvie e eu estávamos indo para a lanchonete ali perto, e tive o pressentimento desanimador de que esse também era o plano deles.

— Ah, esse cara vive se exibindo — respondi. Observei Jamie girar Autumn no ar e colocá-la de volta no chão.

— Não — corrigiu Sylvie. — Quero saber o que acontece com você toda vez que vê ela com ele.

— Do que você está falando?

— Autumn Davis e Jamie Allen. — Sylvie puxou meu braço e eu a encarei. — Fala sério, Finn. Só faltava você fuzilar o cara com os olhos.

— Eu não gosto dele. — Dei de ombros. — Já disse isso: Autumn é uma velha amiga, de infância. É uma droga ela gostar desse exibido. — Dei de ombros novamente. Logo adiante, Autumn e seus amigos pararam na faixa de pedestres, esperando o sinal abrir.

— Quer dizer — comentou Sylvie —, eles não são todos meio "uhuu, eu sou muito esquisito"? Ela usa uma tiara todo dia e parece gostar de como Jamie a exibe por aí.

— Autumn nasceu estranha — corrigi. — Ela está sendo ela mesma. Jamie faz essas coisas para chamar atenção, e você sabe o que eu acho disso.

Foi um golpe baixo, mirado tanto em Sylvie quanto em Jamie, e nós ficamos em silêncio por um tempo.

Algumas semanas antes, incentivada por alguns caras mais velhos e alguém com quem Victoria estava saindo, Sylvie tinha beijado Alexis em uma roda-gigante, e nós tivemos nossa primeira briga de verdade.

Eu disse a Sylvie que não teria me importado que ela tivesse beijado Alexis se fosse algo que ela realmente quisesse fazer. Eu teria achado legal se alguma das duas estivesse realmente curtindo. Mas o fato de Sylvie ter feito isso para impressionar uns caras que nós nem conhecíamos me deixou com nojo. E deixei isso bem claro.

— Não posso estar com você se só está querendo chamar atenção.

Durante o resto do caminho até a lanchonete, nós dois ficamos em silêncio. Autumn e seus amigos já estavam lá quando chegamos. Sylvie foi ao banheiro. Eu fiz o nosso pedido e me sentei de costas para a turma.

Quando Sylvie voltou do banheiro, parecia que ela tinha chorado.

— Syl…

Ela levantou a mão para me impedir.

— Preciso contar uma coisa para você mais tarde — disse.

Nós comemos, e eu fiquei feliz quando Autumn e seus amigos foram embora, assim não poderiam ver como Sylvie e eu estávamos desconfortáveis. Depois disso, caminhamos até o parque e nos sentamos em uma colina, e Sylvie me contou sobre o sr. Wilbur.

Ela me explicou como na sétima série esse professor estava interessado em ajudá-la a desenvolver seus múltiplos talentos. Ele se ofereceu para lhe dar aulas particulares, prometendo prepará-la para que ela pudesse se formar mais cedo no ensino médio e começar a faculdade aos 16 anos. Os pais de Sylvie acharam que isso era uma prova de como a filha era intelectualmente avançada.

Wilbur teve calma em revelar suas reais intenções. Ele afirmou repetidas vezes estar decepcionado com o progresso de Sylvie, perguntando a ela por que se recusava a se esforçar tanto por ele quanto ele se esforçava por ela. Ele a isolou dos amigos e fez com que ela abandonasse outras atividades para se concentrar apenas nos estudos. E então vieram os comentários sobre ela precisar se cobrir, sobre como ele era um homem, afinal, e ela era muito bonita. Foi apenas na metade do segundo semestre do oitavo ano que ele finalmente disse a Sylvie que ela o tinha decepcionado academicamente e que o havia tentado sexualmente vezes demais. Segundo Wilbur, ela estava em dívida com ele.

Por sorte, alguém chegou a tempo.

— Nós fomos pegos — disse Sylvie, então franziu a testa e se corrigiu. — Alguém chegou e *ele* foi pego.

— Sim, ele foi pego. Você não fez nada de errado. Você foi resgatada.

Eu queria dizer muito mais, reforçar como ela tinha sido forte, como realmente era inteligente, que isso não tinha sido uma mentira inventada por aquele homem, mas um fato que ele havia explorado.

Sylvie deu de ombros.

— Meio tarde, de todo modo.

Nós estávamos sentados numa colina com vista para o lago. Estava quente demais para ser confortável, mas nenhum de nós dois mencionou isso. Fiquei horrorizado ao me ver congelado, incapaz de oferecer conforto ou apoio a ela. Só fiquei ali, sentado ao seu lado, escutando.

— Então — continuou Sylvie, e pela primeira vez em quase uma hora ela olhou para mim. — Eu vou nesse terapeuta uma vez por mês, e estou te contando tudo isso só para dizer que você estava certo.

Minhas sobrancelhas se contraíram em confusão e eu pisquei.

— Sobre a roda-gigante. Eu contei ao dr. Giles da nossa briga e conversei com ele sobre os motivos que me levaram a fazer isso. É só…

— Sylvie, não importa.

— Não — interrompeu ela. — Importa, sim. Eu preciso que você entenda isso. Wilbur foi horrível comigo, mas a aprovação dele era como uma droga. Ele me deixou tão desesperada por validação que era uma adrenalina quando ela vinha. Sei lá. O dr. Giles diz que às vezes eu sinto falta dessa sensação. Eu… — Ela revirou os olhos. — Eu "apronto", mas talvez ele esteja certo.

— Acho que entendi — falei. Era tudo que eu tinha para oferecer a ela. Eu a havia ferido para proteger minha antiga ferida com Autumn, sem me perguntar se Sylvie também estava machucada. Fiquei chocado comigo mesmo e impressionado com a força e dignidade dela.

Sylvie continuou sua explicação, sem olhar para mim dessa vez.

— Estou tentando trabalhar com o dr. Giles isso de entender quando estou sendo eu mesma e quando estou sendo quem o sr. Wilbur me fez pensar que eu era. A coisa da roda-gigante… eu estou trabalhando nisso, ok?

— Sylvie… — comecei.

Ela levantou a mão como antes e eu fiquei em silêncio.

— Wilbur tentou roubar os meus anos de ensino médio. Sem amigos, sem festas, só ele e algumas aulas numa faculdadezinha enquanto enganava meus pais, fazendo-os acreditar que ele estava me preparando para Harvard. Mudei de escola e estou fazendo tudo que uma aluna normal faz: sou líder de torcida, faço parte do conselho estudantil, dos comitês de bailes. Eu quero me divertir, fazer coisas loucas e cometer erros normais de adolescente.

— Sinto muito que você tenha passado por isso. Me desculpa por ter dito…

— Me deixa terminar, Finn. Minha ambição? Isso sempre fez parte de mim, não foi algo criado pelo sr. Wilbur, embora ele a tenha explorado. Então, quando eu digo que quero fazer todas as coisas de ensino médio, estou falando sério. Esse é o plano, e essa sou eu de verdade.

Sylvie me olhou pelo canto do olho e eu assenti. Eu conseguia enxergar suas intenções. Ela continuou:

— E parte disso, você sabe, é ter um namorado de ensino médio. Mas o dr. Giles diz que não posso estar com alguém que faz eu me sentir insegura.

— Me desculpa. Eu não queria…

— O que eu preciso ouvir, Finn, é que você quer estar comigo. Que não sou o prêmio de consolação porque você não pode estar com a pessoa que realmente ama.

Ela olhou para mim, calma e comedida, pronta para receber minha resposta, seja lá qual fosse.

— Você é tão forte — falei, porque era verdade. Eu estava tentando encontrar as palavras certas para respondê-la com sinceridade. *Era* conveniente estar com ela. Autumn não me amava. Mas eu realmente queria estar com Sylvie. — Eu quero estar com você. E tudo que você me contou só me faz te respeitar ainda mais. Eu te amo, Sylvie. — Eu nunca tinha dito "eu te amo" para alguém antes, e entrei em pânico, mas ela abriu um sorriso suave.

— E? — perguntou Sylvie.

— Eu não sei o que mais você quer que eu diga — menti.

— Que você não quer estar com mais ninguém. Que você só quer estar comigo — respondeu ela.

Passei o braço em volta de Sylvie. Eu não era muito de demonstrar afeto publicamente, em especial naquele primeiro ano. Ela se apoiou em mim.

— Sylvie, você é uma das meninas mais lindas que eu já vi na vida. E a mais inteligente. Você é tão determinada. Antes de te conhecer, eu nunca tinha notado como ambição é algo que me atrai. — Beijei a testa dela antes de continuar. — Quero fazer todas as coisas de ensino médio com você, Sylvie, quero ir a todos os bailes, eventos e tradições que você quiser. Nós vamos a festas e vamos cometer erros idiotas que vão se tornar histórias hilárias.

Continuei assim por um tempo, fazendo promessas a respeito de tudo o que faríamos juntos nos três anos seguintes enquanto a abraçava com força. Terminei dizendo que a amava novamente e a beijei até ficarmos sem fôlego.

Na época, achei que ela não notara o que eu não havia dito, mas eu estava errado.

Autumn se mexe dormindo. Para minha própria proteção, tiro a cabeça dela do meu ombro e passo para um travesseiro. Olho no relógio. São sete da manhã. Hoje preciso contar a Sylvie que estou escolhendo Autumn, como ela sempre temeu.

Eu me deito de lado e me permito encarar o rosto de Autumn até o sono finalmente chegar.

Ela me acorda com golpes diversas vezes e talvez os barulhos que eu faço quando os golpes me acertam a acordem também. Cada vez que estou pegando no sono de novo, eu a toco, seu rosto, suas mãos. Tento sussurrar, mas não tenho certeza de que as palavras chegam a deixar minha boca:

— Eu te amo.

doze

Eu acordo.

Meu celular.

Está tocando, dentro do bolso da minha calça, no chão, onde eu a joguei quando Autumn e eu…

Ela se mexe ao meu lado. Saio da cama correndo e tento parar o toque antes que o barulho a acorde. Vejo na tela o nome que eu imaginava que estaria ali. Rejeito a ligação. Quando levanto os olhos, Autumn está me observando.

— Oi. — Eu gosto de vê-la acordar.

— Era ela? — pergunta Autumn.

Coloco o celular na mesinha de cabeceira. Já é uma e meia da tarde.

— E isso importa? — Quero que sejamos só nós dois, o máximo possível pelo maior tempo possível.

— Importa.

— Era ela.

Autumn baixa os olhos. Seus lábios rosados se contraem. Solto a calça e volto para a cama.

— Vem aqui. — Puxá-la para mim é um alívio.

Autumn se aninha em mim e, quando vira o rosto, inspira profundamente. Parece que ela está sentindo meu cheiro da mesma forma que fiz com ela. Sou atingido de novo pela nova realidade. Ela me ama. Autumn definitivamente está apaixonada por mim. Isso é muito mais do que eu poderia ter imaginado.

Em todos esses anos que fantasiei com Autumn, nunca me permiti imaginar como seria ser seu namorado, não de forma consciente pelo menos.

No entanto, sempre tive sonhos. Eu podia controlar meus pensamentos quando estava acordado, mas à noite meu cérebro se concentrava em sua obsessão secreta. Ao longo dos anos, era um sonho frequente e recorrente que Autumn e eu fôssemos um casal. Como nas minhas fantasias conscientes, nunca havia explicação para como chegamos ali. Nós simplesmente estávamos juntos.

Não importava sobre o que era o sonho, se passava no espaço sideral ou em uma versão da Escola de Ensino Médio McClure em que os corredores estão de ponta-cabeça, eu sempre ficava aliviado quando descobria que estávamos juntos. Era como se o sonho fosse minha realidade e, quando eu acordava, entrava em um pesadelo no qual Autumn e eu namorávamos outras pessoas e não éramos sequer amigos. Neguei meus sentimentos para Jack, para Sylvie, para mim mesmo, mas meu cérebro continuava a insistir teimosamente que Autumn e eu deveríamos ficar juntos. Pensei que fossem meu desejo e ciúme se misturando para criar a ilusão de que um equívoco fora cometido e que os pares que nos mantinham separados eram um grande erro.

Mas.

Aqui estamos.

— Você se sente culpado? — A voz de Autumn é leve como uma pena, como se ela estivesse tentando soprar suavemente as palavras para fora de sua boca.

A culpa é só minha. Preciso que ela entenda isso.

Tenho que explicar que eu precisava fazer isso. Eu precisava aproveitar a chance de estar com ela. O meu amor por Autumn faz parte de quem eu sou.

— Sim — respondo. — Mas também sinto que estou sendo leal a algo maior. — Esse é só o início do que quero contar a ela, mas sou interrompido por um bipe que eu deveria ter esperado.

Decido ignorá-lo, mas Autumn sugere:

— Você deveria ver quem é.

— Não quero — digo instintivamente.

— Podem ser as Mães, e, se não respondermos, elas vão achar que morremos e voltar mais cedo.

Eu posso apostar que a mensagem é de Sylvie confirmando os detalhes do voo antes de embarcar em Chicago, mas Autumn tem razão. Não quero as Mães interrompendo nosso momento.

Eu rolo para longe dela, sento-me e pego o celular.

ORD>STL Voo#5847 16h17 Jantar depois S/N?

Fico feliz por estar de costas, porque não consigo evitar o pequeno sorriso que se abre no meu rosto. É uma mensagem tão *Sylvie:* as abreviações militares, presumir que eu reconheceria o código do aeroporto de Chicago. Parte do motivo pelo qual Sylvie se subestima é que ela não percebe como a maioria das pessoas não é eficiente como ela. Sylvie acredita que todos sabem exatamente o que querem da vida e que estão planejando estrategicamente como chegar lá o mais rápido possível. Autumn é a única outra pessoa que eu conheço que é assim.

Feliz que vc chegou bem. Acordado noite toda. Preciso descansar. T vejo sozinha? 19h?

Coloco meu celular no silencioso.

Eu me deito de volta e nós nos aproximamos, de frente um para o outro.

— Era ela de novo? — pergunta Autumn, já sabendo a resposta.

— Eu disse que não vou encontrá-la no aeroporto. Vou vê-la depois que ela jantar com os pais.

— Ah. Quando?

— Temos algumas horas. — Quatro horas e cinquenta e um minutos, e contando. — Volta a dormir.

— Não estou cansada.

— Nem eu.

Não me importa o que vamos fazer, desde que eu possa olhar para ela.

Talvez Autumn sinta o mesmo, porque ela me encara e eu faço o que desejei fazer milhares de vezes: estico o braço e tiro seu cabelo da testa.

Os olhos de Autumn se fecham enquanto eu acaricio suas têmporas e seu cabelo. Ela parece tão feliz. Como é possível que eu a esteja fazendo sorrir assim só com a ponta dos meus dedos? Não há nenhuma outra coisa que possa ser a responsável por aquele sorriso: nenhuma música, nenhuma outra sensação.

Tem que haver algo de errado.

Depois de quatro anos dizendo não para Jamie, por que ela disse sim para mim?

Quase rio quando me dou conta de que ela não disse sim para mim. Ela propôs. Eu cedi ao seu pedido, apesar dos indícios que diziam que aquela poderia ser uma ideia ruim.

Autumn estremece sob meu toque, como se o toque dos meus dedos fosse mais do que ela é capaz de aguentar.

— Você se arrepende? — pergunto, porque com certeza algo vai dar errado.

Os olhos dela se abrem.

— Não. — Antes que o alívio possa me alcançar, ela continua: — Mas eu queria que tivesse sido sua primeira vez também.

Autumn desvia o olhar e eu congelo.

Sem trair Sylvie, preciso explicar a Autumn quanto a noite passada foi significativa para mim.

Deixo que minha mão caia e me concentro nas palavras que estou prestes a dizer.

— Eu e ela estávamos tão bêbados na primeira vez que nenhum de nós se lembra direito. E aí percebi que ela não conseguia fazer se estivesse sóbria. E, se ela estivesse bêbada, parecia errado para mim. Não acontecia muito, nem era muito bom quando rolava. Então, quer dizer, de certa forma, foi uma primeira vez para mim.

Espero não precisar entrar em detalhes, mas Autumn pergunta:

— O que você quer dizer com "ela não conseguia fazer se estivesse sóbria"?

— Alguém a machucou uma vez — explico.

Sylvie realmente foi machucada, mas não foi só uma vez.

— Ah — diz Autumn.

É meio chato não me lembrar de verdade de quando perdi a virgindade, mas não foi só por isso que a noite passada pareceu a primeira vez para mim. Com Sylvie, a maioria das noites terminava comigo dizendo que ela estava bêbada demais para que eu continuasse. Havia noites em que ela estava sóbria o suficiente para consentir, mas precisávamos parar no meio. Era raro que tivéssemos uma relação sexual bem-sucedida, e eu viva com medo de machucá-la.

Autumn coloca a mão sobre a minha e, de repente, eu me lembro de todas as coisas que ainda preciso contar a ela. Entrelaço nossos dedos.

— Queria que a sua primeira vez fosse especial. É por isso que fiz você me prometer que não faria nada quando estivesse bebendo, mas só a ideia de você transando com outra pessoa me deixava doido. — Preciso que ela entenda o efeito que causa em mim. — Você lembra quando me contou que ia transar depois da formatura? E aí no dia seguinte você estava sentada na varanda e disse que estava esperando Jamie?

— Sim?

— Eu subi e soquei a parede do quarto — admito. — Eu nunca tinha feito isso antes. Doeu.

— Você achou…

— Achei. — Eu também preciso avisá-la de como posso ser egoísta por sua causa. — Então, depois que eu descobri que vocês tinham terminado, foi difícil te ver arrasada por causa dele enquanto eu estava tão feliz. Eu queria te abraçar e te girar no ar. — Como eu tinha visto Jamie fazer tantas vezes.

Em vez de responder à minha hipocrisia, Autumn confessa:

— Você ficou tão triste quando Sylvie terminou o namoro. Eu fiquei com tanta raiva dela por ter te magoado que pensei em empurrá-la na frente do ônibus da escola.

Quase rio do exagero de Autumn.

— Eu estava triste — concordo —, mas a culpa foi minha. Falei para todo mundo que não gostava quando faziam comentários sobre você, e Sylvie ficou com ciúme. Ela me perguntou se eu sentia algo por você. — Ela tinha sido tão direta daquela vez. — E eu disse para ela deixar para lá e fiquei tentando mudar de assunto. Ela percebeu.

Eu tentei o que já tinha funcionado antes, dizer coisas verdadeiras de uma forma que escondesse aquilo que eu não queria revelar. Em várias ocasiões, tentei fazer Sylvie fingir que eu tinha contado o que ela queria ouvir, mas, daquela vez, ela não quis colaborar. Sylvie me deu um fora e eu mereci. Ela foi fria e direta.

— Finn, mesmo que você não estivesse se esquivando de propósito, isso ainda seria um problema. Estou cansada dessa farsa. — As palavras dela me magoaram, porque eu não nunca pensei em nosso relacionamento como um fingimento.

Parte de mim queria poder contar a Autumn como eu tive saudade de Sylvie naquelas semanas. Senti falta de conversar com ela sobre política. Senti falta de sair para correr com ela quando mais ninguém queria ir comigo porque estava muito frio. Senti falta de ligar para dar boa-noite. Senti falta das nossas noites juntos na biblioteca, trabalhando lado a lado, sem falar nada.

Eu acabei mentindo para Sylvie. Menti várias vezes. Claro, contei a ela que tivera uma quedinha por Autumn. Mas eu disse que ficar sem *ela* me fez perceber que eu não estivera apaixonado de verdade por Autumn. Contei a Sylvie que ela era a única pessoa com quem eu queria estar e, depois disso, ela voltou a acreditar em mim.

— Por que você voltou com ela? — pergunta Autumn, surpreendendo-me.

— Você também amou Jamie durante todo esse tempo, não?

— Amei — concorda, e eu fico impressionado por ainda sentir uma fagulha de ciúme.

— Então o que você não entende? Eu queria... eu tentei amar só ela.

A expressão de Autumn me confirma que ela entende pelo menos isso, então eu continuo:

— Quando eu te contei mês passado que eu ia terminar com a Sylvie, não foi por que pensei que tinha uma chance de ser mais do que seu amigo. Era porque te amar de longe era uma coisa, mas não seria justo com ela se eu estivesse apaixonado pela minha melhor amiga.

Abruptamente, Autumn se senta. Ela enrola as cobertas em volta do corpo como curativos em torno de uma ferida. Eu não entendo o que aconteceu. Confessei socar paredes indefesas e ter ficado feliz pelo coração partido dela e ela sorriu com doçura para mim. Por que está chateada agora? Eu me sento também.

— Autumn?

O cabelo dela cai na frente do rosto.

— E se você perceber que isso tudo não passou de um erro quando encontrá-la?

— Isso não vai acontecer.

— Mas pode.

— Não vai.

— Se você a ama... — diz Autumn, mas não posso continuar deixa que continue.

— Mas se eu tenho a chance de estar com você... — É surreal para mim, mas de alguma forma, depois de tudo, Autumn ainda não entende o quanto sou incontrolavelmente apaixonado por ela. — Deus, Autumn. Você é o ideal pelo qual eu julguei todas as outras meninas durante minha vida inteira. Você é engraçada, inteligente e esquisita. Eu nunca sei o que vai sair da sua boca ou o que você vai fazer. Eu amo isso. Você. Eu amo você.

Depois de todos esses anos sentindo como se eu estivesse engolindo as mais eloquentes palavras de amor, meu grande discurso soa fraco para mim, mas tento deixar que minha emoção transpareça na voz.

O cabelo castanho de Autumn se parte diante do rosto e seus olhos enormes me espiam por baixo dos cílios.

Não sei como ainda estou respirando.

— E você é tão linda. — Eu me ouço dizer.

Ela abaixa a cabeça de novo e eu gargalho.

— Vai, eu sei que isso você já sabia. — Estou rindo porque a vi dispensar esse exato elogio muitas vezes.

— É diferente quando você diz. — Autumn fala tão baixo que eu mal consigo ouvi-la.

Eu rio.

— Como?

— Não sei — sussurra ela.

Doce Autumn.

— Você é tão linda. — Seguro o rosto dela e levanto seu queixo. Preciso que ela me veja dizendo isso. — A noite passada foi a melhor coisa que já me aconteceu. Nunca pensaria que foi um erro, a menos que você diga que foi.

— Eu nunca diria isso — sussurra ela novamente.

Eu sorrio e apoio minha testa contra a dela. Fecho meus olhos enquanto respondo:

— Então tudo vai ficar bem. Estamos juntos agora, certo? — Preciso ouvi-la dizer isso. Sem mais enganos.

— É claro — confirma Autumn, e eu não consigo me impedir de rir de novo.

Autumn se afasta.

Eu explico:

— Eu nunca, jamais, pensei que isso poderia acontecer, e então você diz "é claro" como se fosse a coisa mais natural do mundo.

— Não parece que é? — pergunta ela.

Parece e não parece. Estar com Autumn parece natural, mas também sobrenatural. Penso em como seu livro capturou e demonstrou meu amor por ela de forma tão perfeita sem que Autumn soubesse conscientemente o que estava no meu coração. Penso nos meus sonhos recorrentes em que eu ia para a linha do tempo correta, na qual nós dois sempre estivemos juntos.

— Como chegamos até aqui? — Eu me pergunto em voz alta. Como é possível que duas pessoas possam, ao mesmo tempo, parecer que são pré-destinadas a ficarem juntas e separadas?

De novo, sinto que algo deve estar errado, que o destino não vai me permitir ficar com ela; mas quando olho para Autumn e a vejo me observando tranquila e em silêncio, esperando pelo que quer que eu vá dizer ou fazer em seguida, percebo que isso não importa.

Meu rosto deve ter mudado de expressão, porque ela sorri e sobe no meu colo. Passamos os braços em volta um do outro e nos acomodamos. Depois de um momento, ela diz:

— Sabe, eu também nunca achei que isso poderia acontecer. Quando Jack me falou… — E então ela para.

Afasto o meu rosto o suficiente para olhá-la.

— Ah. Eu não expliquei essa parte ontem à noite.

— Que parte? — Eu espero não transparecer o pânico que estou sentindo de repente. O que Jack contou a ela?

— Foi algumas semanas atrás, depois do filme de terror que vimos com ele, lembra? Você entrou para pegar pretzels ou algo assim, e ele ficou todo "Finn levou uma eternidade para te esquecer da última vez. Você está brincando com o coração dele?". — A imitação que Autumn faz de Jack é até decente. Ela continua: — Eu fiquei tipo "o queeeê?", porque não fazia ideia de que você tinha algum sentimento desse tipo por mim. Mas aí Jack disse que você já tinha me superado, que ele só estava preocupado. Então, durante as últimas semanas, pensei que tivesse perdido minha chance com você.

Não respondo nada. Minha cabeça está transbordando de pensamentos e sentimentos conflitantes.

— Finny?

— Desculpa — digo. — Eu estava tentando decidir se deveria matar Jack por dizer que eu era a fim de você ou por dizer que eu não estava mais a fim de você. Decisão difícil.

— Nãooo — protesta Autumn. Ela beija minha bochecha. — Não fica bravo. Ele estava cuidando de você. Foi fofo. Ele te ama.

— Eu sei. — Jack estava me protegendo, mas de jeito nenhum ele acreditava que eu já tinha superado Autumn. — O que você teria feito se ele tivesse dito a verdade, que eu estava… — Eu tento me lembrar do que Jack havia dito — Loucamente apaixonado por você?

Autumn apoia a cabeça no meu ombro. Não consigo acreditar que esta é a vida real, abraçá-la desse jeito.

— Hum. Acho que seria difícil acreditar nele.

— Mesmo?

— Aham! Eu não sou exatamente seu tipo.

— Eu... — Decido pular toda a coisa de "tipo". — Vamos dizer que Jack conseguiu te convencer. Tenho certeza de que ele seria capaz. E aí?

— Acho que eu teria... — Autumn se perde e começa de novo: — Eu acho que teria flertado com você?

— Como?

— Não faço ideia — confessa. — Mas quando te dei meu livr... Ah. — Antes que eu possa reagir, ela desliza do meu colo e me olha com uma expressão frenética. — Com tudo que aconteceu na noite passada, quase esqueci que você leu meu livro.

Autumn está me encarando como se eu tivesse me transformado em um animal selvagem no qual ela não confia.

— Autumn, o livro é ótimo — declaro. Ela ainda me olha desconfiada. — De verdade.

— É um primeiro rascunho — pondera ela. — Não pode ser ótimo. Mas, se você gostou, ok, é um bom começo.

— Eu amei — corrijo.

Ela sacode a cabeça, afastando meu elogio.

— Por que você estava tão nervosa de compartilhá-lo comigo?

— Porque... — Autumn brinca com o cobertor em seu colo. — Sou eu inteira naquelas páginas, dissecada e exposta. Não estou mais nervosa com a maneira como você interpretou o relacionamento de Izzy e Aden, mas, ontem à noite, pensei que poderia ser o fim da nossa amizade. Porque você me esqueceu. Depois que eu te abandonei.

— Mas eu não esqueci — digo. — Eu jamais poderia esquecer você.

Ela me olha novamente

— Fico feliz com isso. — Um sorriso atravessa brevemente sua preocupação. — Então você gostou do livro, é? Obviamente, você não é parcial.

— Você se lembra de como eu estava furioso ontem à noite? Pensei que você tivesse registrado minha devoção em detalhes perfeitos só para jogá-la no meu colo sem considerar meus sentimentos. E mesmo assim eu amei a história. Você é uma boa escritora, Autumn. Sempre foi.

Ela dá de ombros e desvia o olhar, mas seu sorriso voltou.

— Obrigada — diz, num sussurro.

Não consigo mais me segurar. Eu me inclino e a beijo profundamente. Alguns minutos se perdem assim e então eu arfo quando sinto seus dedos se fecharem em volta de mim.

— Não podemos dobrar as chances de você engravidar — protesto, embora eu esteja beijando o pescoço dela agora e não faça nada para impedir sua mão.

Autumn se afasta e coloca a outra mão no meu ombro.

— Não se preocupa — fala, baixinho. — Eu sei o que fazer.

Autumn me empurra de volta para a cama e, durante um período indeterminado de tempo, eu fico totalmente à sua mercê.

treze

— QUANTO TEMPO AINDA TEMOS? — PERGUNTA AUTUMN.

Não quero pensar nisso, mas olho para o relógio mesmo assim. Passamos a tarde toda nos beijando e cochilando.

— Preciso entrar no banho daqui a uma hora — informo.

Quando ela foi ao banheiro mais cedo, chequei discretamente meu celular e vi uma mensagem de Sylvie confirmando que eu posso buscá-la em casa depois das sete.

Autumn se aperta de novo contra o meu peito e eu paro de acariciar seu braço para abraçá-la. Levanto a cabeça e beijo sua bochecha. Nós estamos deitados assim há um tempo.

Depois que Autumn me torturou encantadoramente com suas mãos e então me destruiu triunfantemente com sua boca, tentei devolver o favor. Eu precisei de mais instruções, mas o entusiasmo dela permaneceu.

Em muitos momentos nesta tarde, Autumn me olhou como se estivesse tentando acreditar que sou real. Era um espelho muito estranho dos meus próprios sentimentos.

Repetidas vezes, ela disse que me ama, entre beijos, ofegante. Rugiu antes de me morder suavemente no ombro, fazendo-me gemer por um prazer surpreendente. Falou de maneira convencida depois de me destruir, enquanto eu ainda tremia em suas mãos.

Essa afirmação está começando a se estabelecer em meu cérebro como um fato. O amor que eu sinto por Autumn é correspondido.

— Amanhã — sussurra ela.

— O que tem?

Amanhã vai ser maravilhoso, assim como o dia seguinte, e o dia depois também, porque eu sou dela. Esta noite é o único ponto de preocupação, e ele é só meu.

— E se você esperasse até amanhã?

Eu a aperto com mais força e enterro meu rosto em sua nuca.

— Não, é a coisa certa a fazer. — Beijo o ombro de Autumn. Em algum lugar no fundo do meu cérebro, ainda estou impressionado com o fato de que ela anseia pelo meu toque.

Autumn rola e nós nos acomodamos de frente um para o outro.

— Me conta uma história — exige ela.

— Que tipo de história? — Tento esconder que estou achando seu tom solene engraçado.

— Sobre nós dois — responde. — Algo verdadeiro. Algo que aconteceu quando ainda não sabíamos que nos amávamos.

— Hmmm. — Acho que entendo o que ela está pedindo e eu me pergunto se ela tem as próprias histórias. — Você se lembra daquela tiara que minha mãe te deu de Natal? Ela disse que eu tinha escolhido. Na verdade, fui eu que comprei. Eu vi numa loja e sabia que você ia amar. Dei para minha mãe e pedi para ela dizer que era de nós dois.

Autumn fica boquiaberta.

— Ah, Finny! — exclama ela. — Você poderia ter me cont…

— Não — interrompo. — Não poderia. Nós não comprávamos presentes de Natal um para o outro havia anos. Teria sido estranho.

— Ah, Finny — repete ela, mas dessa vez concordando comigo.

— Sua vez — falo.

— Bom — começa Autumn —, lembra o Dia dos Namorados logo depois desse Natal? Você estava doente e eu trouxe aquele cartão de…

— Ela enrola nessa parte, mas eu não preciso que explique de quem era o cartão.

— Eu me lembro.

A agonia que eu senti naquele dia seguiu viva pelo resto do inverno. Fiquei obcecado com aquela conversa desconfortável por semanas.

— Você estava tão gato. — Autumn geme, desviando os olhos, e eu pisco, surpreso. Ela franze a testa e fecha os olhos com a memória. — Você estava sem camisa, suado, corado e... — Ela se interrompe em um rosnado frustrado. Quando olha para mim, pergunta: — Mas você notou que eu estava te secando, certo? Você tem que ter notado. Tava na cara. — Autumn sorri como se esperasse que eu concordasse.

— Eu pensei que *você* tinha me trazido um presente de Dia dos Namorados. Fiquei confuso e feliz, e então fui tomado por um tipo diferente de confusão quando vi que era de Sylvie. — Eu me pego hesitando novamente. — Eu achei que você tinha percebido meu engano, e estava tão doente e nojento, e você estava tão linda como sem...

— Você achou que eu... como eu poderia... Finny, não!

Nós nos encaramos, chocados.

— Eu queria poder voltar no tempo — comenta ela.

— Você pode voltar a dizer que eu sou um gato, que tal?

Autumn ri. Ela me conta como amava e odiava ir com as Mães aos meus jogos de futebol. Diz que minhas pernas musculosas nos shorts de corrida a enlouqueciam, e é absurdo pensar que ela desejou certas partes do meu corpo de longe do mesmo jeito que eu fiz com ela.

Como se estivesse lendo meus pensamentos, Autumn me conta que sempre esteve secretamente ciente de todos os movimentos que meu corpo fazia quando eu estava por perto, no ponto de ônibus, no sofá enquanto assistíamos à televisão, na mesa de jantar nos feriados, assim como eu memorizei cada detalhe dela.

Eu acaricio seu cabelo e seu braço enquanto ela fala, e observo seu rosto e seus olhos se fecharem de prazer, então se abrirem para me encarar enquanto conversamos.

— Eu quero outra história — pede.

Tento recuperar minha lembrança de mais intenso desejo por ela. Desço minhas carícias pelas suas costas e ela suspira. Estou fazendo direito. Estou aprendendo.

— Halloween passado — digo finalmente. — Eu observei você a noite toda. Não conseguia evitar. Você estava… — Penso em todas as palavras que associei a ela em meus estudos para me ajudar a lembrar. — Você estava esplendorosa naquela noite, Autumn. Tipo, se eu tivesse um daqueles celulares novos que tiram fotos? Provavelmente teria passado pela minha cabeça tirar uma sua. Não que eu teria feito isso! — Ela está sorrindo enquanto eu confesso como sou horrível; acho que deveria ficar feliz por ela achar *O morro dos ventos uivantes* romântico.

— Eu nem estava usando uma fantasia sexy. — Autumn dá uma risadinha.

— Você estava radiante — comento.

Eu estava particularmente alucinado naquela noite. A pele clara e o brilho do cabelo escuro dela sempre tiveram o poder de me hipnotizar. Naquele Halloween, ela estava especialmente encantadora, sua risada estonteante e todos os seus movimentos como um balé alienígena.

— Eu não conseguia tirar os olhos de você — confesso. — Antes de você esbarrar em mim, desviei o olhar para que você não percebesse que eu estava encarando, mas calculei mal a velocidade e nós…

Nós dois rimos da lembrança.

Eu consigo vê-la procurando no fundo de sua mente.

— Você estava preocupado que Jamie e eu faríamos sexo naquela noite.

— É, bom, é porque se eu estivesse no lugar de Jamie…

Ela morde o lábio quando um sorriso surge.

— Eu acho que agora sabemos o que teria acontecido — brinca ela.

— Bom, não consigo imaginar como chegaríamos a esse ponto.

O olhar de Autumn se move como se ela estivesse assistindo a um filme que eu não consigo ver.

— Digamos que, quando nos trombamos — reflete Autumn —, minha bebida tivesse caído em cima de mim, e eu tivesse dito "sobe comigo e fica vigiando a porta enquanto troco de blusa". Eu teria curtido passar um tempinho com você e aposto que você teria me obedecido.

— Claro — respondo, encorajando-a a continuar.

— E então, no andar de cima, você teria terminado sua bebida enquanto eu trocava de blusa.

— Talvez?

— Aham — afirma Autumn. — Porque você estaria meio nervoso, né? Você disse que a magia do Halloween tinha te pegado e que você não estava dirigindo, pra variar. — Autumn não espera que eu concorde. Sabe que está certa. — Você teria virado aquele copo enquanto encarava a porta, tentando não me imaginar tirando a blusa do outro lado. E, quando eu saísse de novo, eu teria sorrido pra você, um pouco bêbada também, e te encarado por um tempo um pouco longo demais…

De repente, consigo ver a cena exatamente como ela a descreve, como se tivesse acontecido desse jeito. Os lábios de Autumn se curvando para cima enquanto eu olho seu rosto no corredor escuro, o barulho da festa lá embaixo, de algum jeito tornando tudo mais íntimo, secreto. Sinto as circunstâncias tentadoras nas quais ela nos colocou, e, nessa versão dos eventos, nenhum de nós dois teria sido capaz de resistir ao outro.

— Se você tivesse me beijado, Finny, eu teria ficado chocada, mas eu teria puxado você de volta para o quarto e… bem, como eu disse antes… — Ela sorri.

— Eu acho que nós não teríamos ido até o fim — discordo, devolvendo o sorriso dela. — Não sou imprudente. Você sabe bem. Além disso, você estaria pronta?

— Nunca foi questão de não estar pronta com Jamie — explica ela. — Não parecia certo com ele, mas eu não sabia disso até te beijar. Você provavelmente tem razão: se tivéssemos ficado naquele Halloween, não teríamos chegado aos *finalmentes*. — Autumn dá uma risadinha. — Mas teríamos tirado parte das nossas roupas até um de nós recuperar o juízo e perceber que iam nos pegar ou perceber que tínhamos sumido.

— E aí? — pergunto. — A festa ainda está acontecendo, nós estamos na sua cama e…

Ela sorri, mas eu quero ouvir a história!

— Certo, então. Aguenta aí. — Os olhos de Autumn ganham aquela expressão distante e ela murmura: — Nós reconhecemos que precisamos parar antes de sermos pegos e, enquanto nos separamos, sussurramos algumas confissões alcoolizadas. Não dá tempo para muita conversa.

Nenhum de nós teria coragem suficiente de dizer a palavra com A, eu acho. Arrumaríamos nossas roupas e cabelo, mas saberíamos que não poderíamos ser vistos descendo as escadas juntos.

Estou fascinado. É nisso que ela está pensando quando fica com essa expressão?

— Nós concordaríamos que devo ir primeiro — decide Autumn. — Já que a casa é minha, vão sentir minha falta primeiro. Eu desceria discretamente, de volta para Jamie, e fingiria estar mais bêbada do que estou, e você esperaria e desceria sorrateiramente para a festa alguns minutos depois. — Ela me olha de novo, nesta realidade. — Você acha que teríamos voltado para os nossos pares a tempo? Que acreditariam nas nossas desculpas?

Fico feliz por ela querer minha opinião. Penso nos nossos colegas, na disposição da casa dela e nas minhas memórias daquela noite.

— Alguém teria visto alguma coisa — concluo. — Mas nada comprometedor o suficiente para que comentasse alguma coisa a respeito até o dia seguinte.

Autumn assente e continua:

— Precisaríamos agir normalmente e tentar evitar um ao outro pelo resto da festa. Provavelmente beberíamos mais para disfarçar nossas emoções, nós dois tentaríamos evitar observar um ao outro no meio das pessoas, mas falharíamos. Antes de a noite terminar, eu estaria me perguntando se aquilo tinha significado alguma coisa pra você, ou se só estava muito bêbado. — Ela me olha em busca de confirmação.

— E eu estaria pensando o mesmo — concordo.

— De manhã, eu fingiria estar passando mal… não, eu provavelmente estaria passando mal e usaria a desculpa para fazer com que meus amigos que dormiram lá em casa fossem embora o mais rápido possível. Onde você estaria?

Essa pergunta é fácil.

— Em casa. Sozinho. Eu teria ligado pra você no minuto em que visse o carro de Jamie saindo.

Autumn sorri, feliz com a minha contribuição à narrativa ou com minha natureza obsessiva, não sei dizer.

— Certo — prossegue ela. — No telefone, em meio a nossas dores de cabeça atordoantes, nós gaguejaríamos confirmações dos sussurros sinceros da noite anterior, daríamos explicações mais detalhadas sobre nossos verdadeiros desejos. Um de nós acaba na casa do outro e... — Ela aponta com a mão para nossa situação atual e nós sorrimos. — Quer dizer, é meio que isso.

— Mas lembra: alguém viu alguma coisa na noite anterior — instigo. Autumn boceja.

— Bom, é claro que precisaríamos terminar nossos relacionamentos para ficarmos juntos. A fofoca da cena suspeita vista na festa teria se espalhado de forma exagerada. Não tem como evitar esse capítulo. Estaríamos no centro de um escândalo, condenados ao ostracismo por sermos traidores. Ou, não sei... Todo mundo gosta de você, então talvez não fosse tão ruim pro seu lado?

Por mais feliz que eu esteja de saber que Autumn teria terminado com Jamie por mim e enfrentado quaisquer consequências que viessem, ainda noto que ela continua a evitar habilmente dizer o nome de Sylvie enquanto nós dois já mencionamos Jamie casualmente. É por isso que preciso terminar com Sylvie hoje. Será que Autumn não consegue ver isso?

— Eu gostaria que tudo isso tivesse acontecido — conto a ela. — Eu queria que tivéssemos tido esse tempo juntos e hoje fosse só mais um dia normal para nós.

O olhar de Autumn encontra o meu novamente e ela repete as minhas palavras:

— Tudo vai ficar bem. Estamos juntos agora, certo?

— Eu te amo. — Quantas vezes eu já disse isso? Com certeza vai ficar irritante logo.

— Eu também te amo, Finny — diz ela, cutucando meu nariz. — Já que estamos falando de coisas não ditas, você não deseja secretamente que eu te chame de Finn?

— Não — respondo. — Finn é como penso em mim mesmo, mas é justamente isso que me faz gostar de ouvir você me chamar de Finny. É especial.

— Mesmo que as Mães te chamem assim também?

Cutuco o nariz dela e agora sou eu quem repete suas palavras.

— É diferente quando você diz.

— Finny. — Autumn me beija de novo e então de novo, com voracidade. Alguns minutos depois, ela exala na minha orelha. — Temos tempo, não temos? Não podemos só…

Nós temos tempo suficiente, mas está ficando cada vez mais difícil resistir a transar com ela de novo, então eu decido comprar camisinhas hoje à noite.

Mais tarde, pergunto a ela se quer tomar banho comigo. Autumn cora e esconde o rosto nas mãos. Nós estamos deitados de lado, ainda entrelaçados.

— Autumn?

Ela diz alguma coisa por trás das mãos.

— Não consigo te ouvir, amor.

Fico surpreso com o termo carinhoso. Eu nunca o usei antes na vida, mas saiu da minha boca naturalmente, e eu me pergunto se vai virar um hábito.

— Tenho vergonha demais — responde ela. — Não posso tomar banho com você.

— Nós já… estamos pelados? — Estamos juntos na minha cama há horas.

— Mas tem água no chuveiro! — exclama Autumn, e eu decido que esse é um daqueles momentos em que o cérebro dela só é esquisito.

— Ok. Banhos são um nível de intimidade que podemos conquistar.

— Pode levar um tempo — diz ela para o meu peito nu.

Não consigo evitar uma risadinha. Passo meus dedos pelas suas costas uma última vez e ela estremece de um jeito que quase me tenta a ficar, no fim das contas.

— Temos a eternidade — sussurro em seu cabelo, e então me pergunto se a eternidade é tempo demais para ela.

Autumn levanta o rosto e sorri para mim.

— Tudo bem. Você tem razão.

Nós unimos nossos lábios profundamente, então eu beijo a testa dela e saio da cama. Autumn não me segue, e eu junto minhas roupas. Ela fica na cama e me observa. Eu a olho intrigado.

— Não consigo me vestir na sua frente — explica ela. — É esquisito demais.

Eu paro, tentando decidir como fazer minha primeira pergunta, mas depois rio e falo:

— Eu te amo, Autumn.

E, de alguma maneira, ela ainda não se cansou de ouvir isso.

catorze

QUANDO SAIO DO BANHO, A CONFIANÇA DE AUTUMN EM NOSSO futuro se foi. Ela está sentada no meio da minha cama, enrolada em suas roupas amarrotadas, o cabelo penteado com os dedos. Parece selvagem e élfica... e assustada.

— Vai ficar tudo bem. — Eu queria que o cérebro dela pudesse aceitar a verdade que o meu já aceitou: nós conseguimos voltar um para o outro.

— Você não pode esperar até amanhã?

— Eu quero resolver isso logo. — Não consigo explicar como vai ser difícil terminar com Sylvie. Falar sobre isso agora não ajudaria na confiança de Autumn. Mas a certeza do nosso futuro juntos me motiva e, quando eu voltar, ela vai entender. Eu vou demonstrar todos os dias, pelo tempo que Autumn me quiser. — Eu quero que seja só nós dois.

Eu estou inquieto, mas a verdade é que chegou a hora de eu ir. Voltarei em algumas horas. Está tudo bem. Autumn está nervosa porque é ela quem tem que esperar por mim, mas não há com que se preocupar. Eu olho para ela, ainda sentada com os joelhos sob o queixo.

— Me leva até a porta? — Eu estou tentando soar casual, mas todo o pavor de ver Sylvie, de saber que vou magoá-la, está voltando.

Eu preciso contar a Sylvie.

Autumn pega minha mão e caminha ao meu lado, descemos as escadas e saímos de casa. O céu está cinza com nuvens pesadas e o vento aumentou.

A sensação de aperto dentro do meu peito seguirá ali até eu voltar para ela, mas ela precisa ver minha determinação. Estou fazendo isso por nós e, de alguma forma, incrivelmente, Autumn ainda não entende a profundidade e a amplitude da minha paixão.

No meu carro, eu digo:

— Eu prometo, vou voltar assim que puder. Mas pode demorar um pouco.

— Por favor, não vai — pede ela.

Ah, amor.

Eu a pego nos braços e a seguro com força.

— Preciso resolver essa situação. Você sabe disso, Autumn.

Ela fica quieta, mas se aperta contra mim.

— Isso é o que vamos fazer — explico, com meu queixo apoiado no cabelo dela. — Quando as Mães chegarem em casa, você vai pra cama cedo, e assim que eu voltar, vou entrar escondido pela porta dos fundos da sua casa e vou até o seu quarto, e então ficaremos abraçados a noite toda. — Ou faremos mais do que isso, se ela quiser. Quando estiver pronta de novo, eu estarei preparado com camisinhas.

Ela se afasta o suficiente para me olhar.

— Tá bom — responde, como se estivéssemos fazendo um voto sagrado. Eu queria que estivéssemos.

Não consigo me impedir de beijá-la rapidamente, mas, quando ela se move para me beijar de novo, eu me perco no encanto. Autumn me quer. Autumn me ama.

Apoiada contra o carro, ela me puxa para si e eu me aperto contra ela. Eu a desejo de novo, agora mesmo, que se dane a ética e o cuidado. Autumn me beija desesperadamente e eu fico sem ar de tanto amor. Se eu não voltar para dentro, pele contra pele com ela no próximo minuto, vou enlouquecer.

Eu a sinto ficar tensa antes que meu cérebro registre o som da porta do carro batendo. Autumn espia por cima do teto do carro e eu olho por cima de sua cabeça. As Mães voltaram mais cedo. Tia Claire está com um sorriso tranquilo. Minha mãe parece estar tentando esconder o rosto.

— Você acha que elas viram? — pergunta Autumn.

— Com certeza. — Nós estamos a menos de dez metros de distância, mas elas estão fingindo não ter notado seus filhos, que elas não veem há dois dias, se beijando na entrada.

— Ai, meu Deus — reclama Autumn.

Eu sei que ela já está sofrendo pela maré de sorrisos discretos e comentariozinhos que está por vir. A questão é, quando éramos bebês, as Mães sonhavam que nos casaríamos para que pudessem ser avós juntas. Sei que elas ficarão felizes por mim. Foi impossível esconder o quanto eu queria isso.

— Acho que minha mãe tem uma garrafa de champanhe especial escondida só para essa ocasião. — Faço essa brincadeira sabendo que ela tem um fundo de verdade. Minha mãe reservou algumas bebidas para ocasiões especiais, tipo para quando George W. Bush terminasse o mandato e coisa do tipo. Uma bem cara dizia "Dia de Finny-Autumn ou Ano-Novo 2010". Na época, eu fiquei feliz por ela ter feito planos alternativos.

— Ai, meu Deus — repete ela, enterrando a cabeça no meu peito. O dia de Finny-Autumn chegou, no fim das contas.

Eu olho para Autumn, meu amor. Tornarei esse apelido um hábito. Combina com ela.

— Daqui a pouco estou de volta pra te ajudar a se livrar delas.

— Ok — responde Autumn. Está na hora.

Com espaço entre nossos corpos, eu me inclino e a beijo antes de ir, porque eu posso, porque não é a última vez.

Abro a porta do carro. A sensação de aperto no meu estômago aumenta a cada momento, mas eu sou impelido por saber que vou voltar para Autumn e abraçá-la e beijá-la e deitar ao seu lado enquanto ela luta guerras entre dragões e fadas em seu sono. Eu sorrio para ela, sua expressão é sombria.

— Depois disso, as coisas vão ser como sempre deveriam ter sido — prometo. Não posso mais adiar. Eu me sento e fecho a porta entre nós. — Não vai demorar — murmuro enquanto dou a partida. Não me permito encará-la de novo, até que ela esteja no meu espelho retrovisor. Viro na rua e desço a colina enquanto a chuva começa a cair.

quinze

Eu só olho para o meu celular porque sei que quem está ligando é minha mãe. Ainda nem saí do nosso quarteirão. Autumn já deve ter dado uma desculpa e fugido.

— Tecnicamente, mãe — digo, em vez de alô —, está chovendo e estou dirigindo, então eu não deveria ter atendido.

— Meu conselho funcionou, filho! — diz ela. — Eu mereço um minuto pra me gabar. E mal está chovendo.

Eu tinha me esquecido do que minha mãe sugeriu antes de viajar: "Fale com ela". Ela tinha visto a situação melhor do que eu.

Nenhuma das mães nunca disse nada sobre namorarmos nesses anos todos, não diretamente. Esta é a coisa de ser criado por mulheres: você aprende a ler nas entrelinhas desde cedo. Sem nunca terem falado com todas as letras, as Mães me contaram várias vezes que desejavam, por mim, que Autumn correspondesse os meus sentimentos. Jamais me ocorreu que talvez elas estivessem tentando me dizer que Autumn *de fato* me amava de volta.

— Esse não era o resultado que eu estava esperando — admito, tentando compartilhar o suficiente para me livrar da conversa e ao mesmo tempo dizer o mínimo possível.

— Tem sido um verão e tanto — comenta minha mãe, e eu não consigo segurar a risada.

— Pois é.

— Claire e eu estamos aqui em casa tomando champanhe — diz ela, e eu preciso engolir outra risada. — Autumn escapou para o quarto e vamos deixá-la em paz por enquanto. Prometo. — Minha mãe faz uma pausa. — Eu deveria convidar a Claire pra ficar aqui até tarde hoje?

— Hum, sim. Parece bom — respondo, corando.

Eu agradeceria à minha mãe por intuir meus planos clandestinos e me ajudar, mas é demais para mim.

— Certo, então — diz ela, dando uma trégua. — Vou deixar você fazer o que precisa fazer. Eu te amo. Estou orgulhosa.

— Você sempre diz que está orgulhosa de mim pelas coisas mais estranhas, mãe — digo a ela. — Eu também te amo. Tchau.

Eu vou resolver dois problemas ao mesmo tempo naquele posto de gasolina: comprar todo o estoque das balas favoritas de Autumn e algumas camisinhas. Acho que o turno daquele nojento ainda não começou.

Mas estou errado. Estaciono no mesmo lugar da noite passada e consigo vê-lo pela janela. Será que esse homem mora aqui? Está chovendo para valer agora. Planejei ligar para Jack no caminho da casa de Sylvie, mas não gosto de dirigir e falar no celular quando o tempo está assim. Pego meu celular e procuro o nome de Jack.

— Oi? — Ele parece confuso, provavelmente porque me disse para ligar depois de terminar com Sylvie, e ele sabe que é cedo demais para isso.

— Oi. Estou indo buscar a Sylvie. Eu te liguei pra contar que você estava certo.

— Claro que eu estava certo! — concorda Jack. — Sobre o quê?

— Autumn e eu somos as pessoas mais idiotas da Terra.

— Espera. Quê?

— Ela me ama. — Estou tão alegre que minha voz soa ridícula até para mim mesmo. — Nós conversamos sobre várias coisas noite passada e ela não fazia ideia. Nunca imaginou. Autumn me pediu desculpas pelo fundamental, mas não foi tudo culpa dela. Foi minha também… e estamos juntos agora. — Eu paro de repente.

Há silêncio do outro lado. Quase acho que a ligação caiu, mas então Jack pergunta:

— Tem certeza?

— Absoluta — respondo, rindo. — É sério, cara. Nós passamos o dia todo… confia em mim. Ela está apaixonada, eu juro.

— Ok. Hum — diz ele. — Bom, estou feliz por você, eu acho. E, enquanto você está feliz e distraído, vou aproveitar para dar a minha notícia. Alexis e eu meio que estamos ficando de novo.

— Ah, fala sério, Jack — brigo com ele.

— É só até o fim do verão! — insiste Jack. — Não estou concordando com servidão incondicional de novo. É só um lance físico.

— Ainda bem que ela vai para Carbondale, senão vocês dois iam acabar se casando sem querer.

— Bem, quando você terminar com Sylvie, pode ser que Lexy me dê um gelo. Especialmente quando você contar que está saindo com a porra da Princesa Autumn Davis.

— Não a chame assim.

— *Elas* a chamam assim. Só estou te avisando.

— Se Alexis der um gelo em você porque estou com Autumn, vai estar fazendo um favor pra vocês dois — respondo. — E eu já sei o quanto a minha conversa com Sylvie será difícil. Você deveria estar comemorando comigo e está falhando miseravelmente nisso.

— Estou feliz por ela ter pedido desculpas — diz Jack.

— Ela fez bem mais que isso. Confia em mim.

— Estou feliz por você estar feliz. Já chegou na casa da Sylvie?

— Fiz uma parada rápida. Preciso comprar umas coisas.

Finalmente saio do carro e corro para a porta da loja. Meu cabelo fica encharcado imediatamente.

— Não vai demorar demais — aconselha Jack.

— É necessário — explico enquanto sigo para o corredor de doces. — Depois eu vou encontrar a Sylvie. Provavelmente não vou conseguir te ligar mais tarde.

— Por que não? — pergunta Jack. — Passa aqui depois.

Estou enchendo meus braços com a geleca e o pó açucarados enquanto respondo.

— Vou estar com Autumn. — Examino os corredores e percebo que as camisinhas ficam atrás do balcão, então vou ter que falar com o nojento. — Preciso ir. Te ligo amanhã.

— Tá bom, Finn. — Jack suspira. — Até mais tarde.

Desligo. É, elas estão atrás do balcão.

Eu não deveria ter presumido que esse sujeito começaria a trabalhar mais tarde. O salário dele provavelmente é péssimo e ele deve fazer hora extra. Eu só vou pedir as camisinhas e torcer para ele não fazer um comentário desagradável.

Aproximo-me do balcão e espero. O nojento está fazendo piadas para o cliente na minha frente. Ele só nota minha presença quando chega a minha vez e eu solto a carga de açúcar no balcão.

Ele olha atrás de mim, esperando vê-la, e seu rosto se fecha. Eu olho para o brilho de sua testa, não seus olhos.

— E umas... um pacote de camisinhas. — Tento manter minha voz casual.

Odeio me sentir intimidado por esse cara. O comportamento dele exala tudo que eu repudio nos estereótipos do meu gênero, mas, ainda assim, parte de mim quer provar para esse sujeito que sou homem o suficiente. Isso deve estar relacionado com o fato do meu pai ter sido ausente, mas a questão é que caras assim fazem eu me sentir enjoado e inadequado.

Ele passa os doces de Autumn antes de pegar as camisinhas da prateleira. Então me olha com um sorriso malicioso, tentando chamar minha atenção. Preciso alertar Autumn sobre esse cara.

Estou tão perdido em meus próprios pensamentos que nem ouço quando ele fala comigo.

— O quê?

— Grandes planos pra esta noite? — Ele bate na caixa de camisinha com o indicador.

— Você é muito nojento — digo e, por um momento, nós dois ficamos surpresos. — Desculpa. — Apesar de não querer me desculpar. — Para de secar adolescentes. Encontra alguém da sua idade.

A testa brilhante do sujeito subitamente é cortada por uma veia vermelho-arroxeada. Seu bigode treme de fúria.

Jogo o dinheiro no balcão e saio da loja. Eu juro sempre levar dinheiro vivo comigo, pelo resto da minha vida, para o caso de outra situação parecida.

O homem grita algo para mim, mas não importa o que é, porque já estou deslizando para dentro do carro. Eu saio do estacionamento. Tenho lugares para ir.

dezesseis

A CASA DE SYLVIE NÃO É TÃO GRANDE QUANTO VÁRIAS PESSOAS NA escola esperariam. Não quer dizer que não seja perfeitamente boa, mas Sylvie se porta como se morasse em uma mansão. Isso não é algo ruim. Eu amo a elegância dela. Admiro como encontra peças de marca em promoção e lava à mão seus vestidos de seda e suéteres de cashmere.

Não é que Sylvie finja ser rica. É como se estivesse se vestindo para a adulta que ela quer ser. Foi uma das maneiras que encontrou para assumir o controle da própria vida depois de Wilbur, eu acho. E, embora ela não saiba que sonho quer perseguir, sabe que poderia ser uma senadora ou uma CEO.

Sylvie e eu formamos uma dupla e tanto. Eu nunca pensei *quero me casar com ela,* mas também não conseguia me ver terminando nosso relacionamento.

Eu a amo, e esse pensamento faz a dor no meu peito aumentar. Eu encosto o carro.

Não é uma situação de "mas não estou *apaixonado* por ela". Eu estou apaixonado por Sylvie, mas não posso mais estar com ela e isso dói. Também dói saber que vou magoá-la. O fato de que tudo isso é escolha minha não ajuda em nada. Preciso sair do acostamento e dirigir até a casa dela, mas não faço isso. Ainda não. Eu ligo o som e coloco a música que toquei para Autumn ontem à noite. Ontem, quando tudo era diferente entre nós.

Se eu simplesmente tivesse dito que a amava anos atrás, não estaria aqui agora. Porque ela me amava. Ela me amou esse tempo todo.

Apenas duas coisas me ajudarão a superar isso.

A primeira é que eu quero que Sylvie esteja com alguém que a ame como eu amo Autumn. Ela merece.

E a segunda é que Autumn está esperando por mim. Não posso decepcioná-la. Só poderemos começar a nossa história de verdade depois que eu terminar este relacionamento. Quero abraçar Autumn sem culpa.

Preciso fazer isso e voltar para casa.

Quando a música termina, eu já estou dirigindo de novo. Estou quase na modesta casa de dois quartos de Sylvie, onde estudamos e nos beijamos e tentamos fazer amor algumas vezes. Ela devia estar me esperando na porta, porque corre na chuva na direção do meu carro antes mesmo de eu ter encostado na entrada.

Eu destranco a porta do passageiro e, antes que eu veja, ela já entrou, sacudindo o guarda-chuva e batendo a porta.

Sylvie.

Ela tira o cabelo loiro do rosto, olha para mim e diz:

— Seu babaca do cacete.

dezessete

Parte de mim torcia para que Sylvie também sentisse que estávamos nos afastando e suspeitasse de algo para que eu não a pegasse totalmente de surpresa, mas eu não esperava isso.

Nos encaramos, apenas o som da chuva ao fundo.

— O que você sabe? — pergunto depois de um momento.

— Tudo — responde Sylvie, o que não pode ser verdade.

Nem eu sabia tudo até a noite passada. E Jack não teria ligado para ela antes de eu chegar.

— Tipo o quê? — Eu não sabia que podia me sentir mais culpado, mas aparentemente esse é um poço sem fundo.

— Você está brincando? — Sylvie está tão surpresa quanto furiosa. — Todas as vezes que você e Autumn foram à Blockbuster neste verão, recebi pelo menos dois e-mails de pessoas que te viram. Você nem tentou esconder.

— Até recentemente, éramos apenas amigos — começo a explicar, mas ela está certa. Esse argumento não muda nada.

— Cala a boca e dirige pra algum lugar — exige. — Eu não contei para os meus pais que você vai terminar comigo esta noite. Eles acham que você planejou algum gesto romântico. Preciso gritar com você antes de descobrir como vou desapontá-los de novo.

— Eles não vão ficar decepcionados com você por causa do que eu fiz, Sylvie — discordo.

Ela coloca o cinto de segurança.

— E eu não estou nem um pouco animada pra explicar isso pra eles, ok? Mas deixa esse papo sobre meu medo de desapontar figuras de autoridade para o dr. Giles. Você não tem mais o direito de fazer seus discursos de motivação pra mim. Não depois das mentiras que me contou.

— Eu… eu… — Não consigo dizer que nunca menti para ela. Quer dizer, eu menti anos atrás, quando disse que não estava mais apaixonado por Autumn, e meio que menti por omissão o verão inteiro.

Eu sugiro irmos a algum lugar em que possamos sentar e conversar, mas Sylvie diz que não vai conseguir gritar comigo se formos a um café.

— Por que você não foca em dirigir e escutar, pode ser, Smith? Porque eu tenho uma lista de perguntas que você precisa responder.

Então Sylvie Whitehouse puxa uma folha de papel amassada da bolsa e a alisa sobre o colo. Isso teria me feito rir de amor por ela se também não me fizesse querer chorar pelo mesmo motivo. Eu queria que ela e Autumn pudessem ser amigas.

— Primeiro de tudo — diz Sylvie, e eu engulo minhas emoções e presto atenção. — Quando foi a primeira vez que você me traiu?

— Ontem à noite — respondo, mas só isso não basta, porque ela não acredita em mim.

Eu levo tanto tempo para convencê-la de que nada físico tinha acontecido até a noite passada que dirijo pelo rio e a planície rural depois do leste de St. Louis. A chuva aumenta e relâmpagos cortam o céu, roubando nossas palavras. É assustadoramente íntimo.

— Então você fez… o que quer que você tenha feito com ela só na noite passada, Finn.

Não preciso desviar o olhar da estrada para saber que Sylvie está revirando os olhos.

— Mas isso não significa que você foi fiel durante o verão — continua ela.

Eu dirijo e nós discutimos a respeito da definição de traição.

Nossa discussão teria durado mais tempo se Sylvie não fizesse parte da equipe de debate, mas teríamos terminado no mesmo lugar. Porque ela está certa.

Isso não começou ontem à noite.

Desde a ligação, semanas atrás, quando eu disse a Sylvie "estou indo tomar café da manhã" e não contei que era com Autumn, eu a traí.

Eu disse a mim mesmo que não falava de Autumn nas nossas ligações pelo bem de Sylvie, mas isso não era verdade. Não contei a Sylvie que Autumn e eu éramos amigos de novo porque não queria explicar que éramos amigos platônicos. Quando Sylvie ligava da Europa e perguntava o que eu andava fazendo, eu dizia "assisti a um filme" e deixava de fora o "com Autumn", mais ainda o "com Autumn na minha cama, e, quando ela pegou no sono antes do final, eu mutei o filme e me deitei ao lado dela."

Depois que decidi que ia terminar com Sylvie, eu cogitei começar a responder honestamente, dar a ela a chance de suspeitar de algo, mas, quando ela perguntava o que eu andava fazendo, eu dizia "nada" em vez de "Autumn e eu estacionamos perto do aeroporto e ficamos vendo os aviões decolarem enquanto ela comia tanta bala que seus dentes ficaram verdes".

— Você está certa — admito enquanto cruzamos a ponte de volta à cidade. — Eu menti para você o verão inteiro. Me desculpa.

— Então você entende que isso não é só por causa da noite passada?

— Entendo — respondo. Voltamos para o Missouri. Eu viro para o norte, na direção de casa. Ainda está chovendo, mas os trovões se afastaram.

— Minha segunda pergunta — pontua Sylvie. — Em algum momento você esteve apaixonado por mim?

— Syl. — Não sei por onde começar. Eu me mantenho na estrada, passando por todas as saídas que poderiam nos levar para casa.

— Você já esteve apaixonado por mim? — repete Sylvie. A voz dela é firme e contém toda a sua raiva. — Não quero ouvir que você se importava comigo ou qualquer tipo de amor além do romântico. Chega de mentir.

Respiro fundo.

— Eu *estou* apaixonado por você, Sylvie. — Espero que ela proteste. O único som é a chuva e os limpadores de para-brisa.

— Acredito em você — responde ela.

Eu fico tão surpreso que minha mente trava. Espero que ela diga algo para eu saber o que pensar.

— E não posso te obrigar a pedir desculpas por amar ela mais do que me ama.

— Eu não amo ela mais do que amo você — interrompo. Pelo canto do olho, consigo vê-la se mexendo no banco. — Não é questão de mais.

— É do quê, então? — Sua pergunta quase se transforma em uma risada.

— Nossas almas. — Sei que soa ridículo, mas eu devo a verdade a Sylvie, mesmo que seja prova de como eu sou tonto.

— Suas o quê?

Respiro fundo.

— Do que quer que nossas almas sejam feitas, a dela e a minha são iguais.

— O q… Você está… — É tão raro ver Sylvie sem palavras que eu dou uma olhada nela por instinto. Ela está rosada e com raiva. — Você está citando *O morro dos ventos uivantes* para justificar a sua traição?

— Não — respondo. — Não posso justificar isso. — Cerro os dentes e engulo o nó na minha garganta, porque é hora de contar a verdade mais cruel. — Estou citando *O morro dos ventos uivantes* para explicar por que estou escolhendo Autumn em vez de você.

Os limpadores fazem barulho demais no vidro e eu diminuo a urgência deles. A chuva está diminuindo. Os postes estão acesos e eu me ocupo ajustando o ar para as janelas não embaçarem.

— Para. Eu preciso sair deste carro — diz Sylvie e pigarreia.

Desvio o olhar da estrada para o rosto dela. Lágrimas escorrem pelas suas bochechas. Sua voz calma escondeu o que a luz da rua revela.

— Eu vou te levar pra casa — digo, baixinho.

A estrada suburbana está vazia. Dou seta para fazer um retorno. Sylvie diz:

— Não, eu quero descer aqui.

Faço o retorno apesar do pedido dela. Sylvie solta o cinto.

— Syl — começo enquanto dirijo na direção da casa dela, acelerando um pouco. — Não seja ridícula. Eu já fui babaca o suficiente. Não vou deixar você voltar para casa andando na chuva.

— Eu só quero ficar longe de você! — grita ela.

Olho de esguelha em sua direção, mas não tenho certeza do que acontece depois disso. A estrada está molhada e o carro derrapa. Tento frear e virar, mas estamos indo rápido demais em direção à vala. Estamos girando.

Pode ser isso. Pode ser assim que eu morro.

Nós batemos em algo.

De repente, tudo fica quieto.

O que aconteceu? Ainda estou vivo. Meu rosto dói. Eu toco meu lábio superior e minha mão sai ensanguentada. Os airbags não abriram. Eu bati meu rosto no volante? Por que tem vidro?

Olho para minha direita, para…

Sylvie!

Onde ela está? Ela saiu?

E então eu a vejo.

Do outro lado do canteiro baixo em que batemos, jogada no asfalto molhado.

Ela está encolhida. Certamente quebrada.

Eu estou… bem. Consigo me mexer.

Vá até Sylvie. Diga a ela para ficar parada.

Faça a ligação.

Leve Sylvie para o hospital.

Depois volte para Autumn.

Com um plano, eu saio do carro e corro pelo asfalto molhado até ela.

Caio de joelhos na frente de Sylvie, coloco minhas mãos no chão. Ele está molhado…

jack

um

———

— PHINEAS SMITH ESTÁ MORTO.

— Lexy. — É cedo demais para ela estar ligando. Não importa se voltamos a ficar. — Para de ser dramática — grunho para o celular e rolo na cama.

— Não estou brincando, Jack.

— Lex, eu não ligo pro quanto você e a Sylvie estão bravas com ele...

— Finn morreu ontem à noite, Jack. — Ela ergue a voz. — É isso o que estou tentando te contar. Ele morreu. Ele está morto, porra.

Eu me sento.

— Mentira.

É cedo demais mesmo para Alexis estar me ligando porque Finn finalmente deu um fora em Sylvie. O sol mal nasceu.

— Finn está morto, Jack — repete ela. — Eu acabei de voltar do hospital com a Sylvie e os pais dela. Houve um acidente. Sylvie teve uma concussão, mas Finn morreu.

— É mentira — digo novamente, porque precisa ser. Não. Não?

— Estou falando sério. Finn se foi. — Alexis está chorando. Ela está chorando de verdade.

— Porra! — exclamo. — Não! Como?

Isso não pode ser verdade.

Isso realmente não pode ser verdade.

Alexis precisa dizer que ele está em coma ou clinicamente morto e respirando com a ajuda de aparelhos, mas que ainda há uma chance. Tem que haver alguma esperança.

— O quê? Não dá pra acreditar, Lex.

Eu me esforço para escutá-la. Lá fora, os pássaros estão cantando. O céu está limpo depois da chuva de ontem.

— Como o Finn foi eletrocutado, caralho?

Eu tento achar conforto e esperança em todas as situações ruins, mas é como bater minha cabeça contra a parede. Não há conforto nenhum.

Finn está morto.

Eu tento consertar.

Ok, digo para mim mesmo. *Finn é forte. Ele aprenderá a viver com...*

Mas não.

Deve ter algum jeito de desfazer isso.

Mas não.

Ele morreu.

Desliguei a ligação com Alexis há alguns minutos. Eu deveria estar me arrumando para ir à casa dela, mas estou sentado na cama.

— Finn está morto — digo em voz alta.

Nós precisamos voltar no tempo e consertar isso, eu penso.

Viajar no tempo não é uma opção. Exceto que todos os problemas da vida têm uma solução. Se você pensar bastante, se esforçar bastante, há uma solução. Certo?

Preciso dizer a Finn que ele pode terminar com Sylvie por telefone. Essa é a solução.

Mas já aconteceu. Ele se foi.

Minha mente gira, tentando, tentando, tentando encontrar um caminho para fora desse labirinto. Tem que ter um jeito de eu acreditar que isso não é verdade. A morte é tão definitiva. Acabou. Feito. Finn.

— Eu vou até a casa dele — digo para o celular enquanto tiro o carro da garagem. Minha voz está tremendo.

Depois que desliguei com Alexis, congelei, encarando tudo e nada, tentando entender o que aconteceu. Então eu chamei minha mãe como quando eu era criança e acordava depois de um pesadelo. Eu não confiava que minhas pernas funcionariam.

Ela sentou-se ao meu lado na cama e me abraçou e eu dei a notícia. Faz anos que eu não a abraço desse jeito, como se eu estivesse me afogando. Com mais seis irmãos em casa, era preciso um machucado sério para ter um momento cara a cara com minha mãe. Ela acariciou meu cabelo e, quando meu soluço diminuiu, lembrei a última vez que precisei dela assim, quando quebrei a perna na sexta série. A espera no pronto-socorro pareceu infinita até me darem os analgésicos, embora minha mãe tenha jurado que foram só vinte minutos.

Não há remédio para essa dor.

Em certo momento, ela me perguntou da mãe de Finn, e eu disse que não sabia como estavam as coisas. Isso me tirou da cama. Minha mãe hesitou em deixar eu sair, mas depois de usar o argumento dela mesma, de que Finn não tinha a sorte de ter uma família grande como a *nossa*, ela aprovou.

Tirei o carro da entrada e apoiei o celular contra o rosto com o ombro para poder usar as duas mãos para virar. Finn me diria que deixar as duas mãos no volante não compensa o fato de estar falando no celular enquanto dirijo.

— Mas todo mundo está vindo pra cá — disse Alexis.

— Eu vou checar se a mãe dele precisa de alguma coisa. Passo na sua casa mais tarde. Vicky e Taylor estão aí?

— Estão, m…

— Lex, depois eu passo aí. Preciso fazer isso.

— Por quê?

— Eu… Ele era o meu melhor amigo, Lex. E ela é importante pra mim. Você sabe disso. — Alexis e eu tínhamos conversas profundas, pelo menos às vezes.

— Desculpa, o quê? Jack, preciso ir. As pessoas estão chegando. Eu sei. Eu não consigo acreditar…

Desligo. Finn estava certo a respeito de Alexis e de mim.

Nossa última conversa.

Isso me atinge novamente.

Não vou poder dizer a Finn que ele estava certo a respeito de Alexis.

Ele me ligou para dizer que eu estava certo a respeito de Autumn, ou, na verdade, que eu estava errado. Ele tinha um jeito engraçado de analisar a situação.

Isso foi ontem à noite… não, à tarde?

Anteontem, eu acordei em um forte de cobertores que Finn tinha construído para Autumn. Eles estavam aconchegados um no outro como gatinhos numa ninhada, Autumn roncando como um trem de carga.

Será que ela também está apaixonada por ele ou é uma sociopata de verdade?, eu me perguntei enquanto os observava.

Eu não tinha considerado que as estatísticas estavam a favor de Finn. Então, quando ele me ligou para dizer que ela o amava, perguntei a ele se tinha certeza.

— Absoluta — disse ele. Parecia tão feliz.

Ele está morto agora.

Finn está morto.

Mas ele não pode estar.

Minha respiração acelera. Encosto o carro e apoio a cabeça contra o volante.

E se foi um caso de identidade trocada ou um erro do hospital?

Alexis disse que Sylvie o viu com os próprios olhos. Viu-o morto.

Morto.

Finn.

Este é um novo mundo. Finn está morto.

E eu estou anestesiado.

É um saco entrar e sair da garagem da casa de Finn por causa da ladeira, então eu estaciono na rua e cruzo o gramado. A casa dele parece a mesma de sempre, embora seu carro não esteja ali.

Finn não vai estar lá dentro, ou no andar de cima ou a caminho de casa. Finn nunca mais vai voltar para cá.

Quando penso nisso, todos os "nunca mais" caem na minha cabeça e eu congelo, parado na grama que ele nunca mais vai reclamar de ter que cortar. Ele nunca mais vai chutar uma bola de futebol ou jogar um videogame novo. Finn nunca mais vai me contar uma história ou uma piada. Ele nunca mais vai estudar para uma prova, comer um hambúrguer, revirar os olhos para mim ou assistir àquele filme novo de super-herói que estávamos ansiosos para ver em dezembro.

Acabou tudo.

A história de Finn acabou.

Toda a sua vida.

Foi isso.

Nem sequer 19 anos de idade, e ele nunca, jamais, fará qualquer coisa outra vez. Finn não vai para a faculdade ou comemorar seu aniversário. Ele não vai cortar o cabelo ou trocar o óleo do carro. Não vai roer a unha do dedão ou comprar mais um CD. Finn Smith já fez tudo que vai fazer.

Ele não vai conseguir ficar com Autumn.

A lembrança da última alegria que ele teve me acerta de novo.

A questão é que eu sempre detestei Autumn. A primeira vez que a vi, ela estava ignorando Finn no aniversário dele. E continuou fazendo isso por, sei lá, os quatro anos seguintes? Foi só nos últimos dois que, quando ele falava dela (quando eu tolerava), parecia que tinha melhorado. Um pouco.

Então, de repente, Autumn termina com Jamie e começa a passar cada minuto com Finn. Eu tinha certeza de que isso era uma prova de que ela era tão ruim quanto eu suspeitava. Mas eu me diverti quando saí com os dois. Eu sempre entendi por que Finn era tão a fim dela. O que eu nunca entendi era por que ele passou tanto tempo apegado quando os dois claramente não teriam nada, e eu estava me preparando para passar meu primeiro semestre de faculdade cuidando de Finn depois que Autumn o abandonasse de novo.

Então, eu ainda não tinha processado o que Finn me contou no telefone ontem à noite. Não dava para acreditar no que ele alegava que havia acontecido entre eles, mas ele estava tão confiante, tão feliz. Ele tinha tanta certeza de que ela o amava.

E agora ele está morto.

Não posso perguntar a Finn o que lhe deu essa certeza. Não posso perguntar mais nada para ele. Ele nunca mais terá um pensamento para compartilhar comigo, porque seu cérebro não pensa mais.

Eu tive medo de que Autumn partisse o coração de Finn. Agora eu queria que ela tivesse tido a chance. Eu queria que ele estivesse lá dentro, devastado por Autumn ou talvez seriamente ferido por causa do acidente. Não importa o quanto fosse horrível, eu queria que Finn pudesse sentir alguma coisa, qualquer coisa.

Ainda estou parado no quintal, encarando a grama que ele nunca mais vai cortar. Não sei quanto tempo se passou quando ouço uma voz feminina:

— Jack, não é?

É a amiga de Angelina, a mãe de Autumn. Acho que Finn a chamava de tia Claire ou algo do tipo.

— Oi. Desculpa — falo, embora não saiba bem o motivo… por estar aqui ou porque Finn não está. — Eu vim saber como Angelina está. Se ela precisa… Se eu puder fazer… alguma coisa?

Sinto que estou implorando, mas não sei bem por quê.

Ela me abraça e eu começo a chorar na frente da casa dele, na frente dessa mulher que eu mal conheço, e ela toca meu cabelo como minha mãe fez mais cedo.

— Eu sei — diz ela. — Eu sei. Eu sei. Eu sei.

Sei que ela entende de uma forma que minha própria mãe não conseguiria. Ela sabe o quanto isso é injusto. Como Finn é a última pessoa que deveria ter sofrido um maldito acidente. Como todo mundo o amava.

Então é como se uma torneira se fechasse. Meu choro para. Estou tentando controlar minha respiração quando ela se afasta de mim.

— Olhe para mim — pede, então eu o faço. Ela olha bem nos meus olhos como se estivesse tentando chegar até o meu cérebro. — Vai ser assim por um tempo, tá? Você vai estar bem um minuto e chorando no outro. Você não está ficando louco. O que aconteceu é horrível demais para você absorver de uma vez. Entende o que quero dizer?

Faço que sim, apesar de não entender totalmente.

— Certo. — Ela para e me examina por um momento antes de continuar. — Tem uma coisa que você pode fazer por Angelina, ou melhor, por nós duas. Preciso ir ao hospital com ela. Não posso deixá-la fazer isso sozinha. Você pode ficar com Autumn enquanto vamos até lá?

Ela estuda o meu rosto e eu lentamente compreendo o que Angelina vai fazer no hospital.

O corpo.

O corpo dele.

Finn.

Alexis disse que Finn foi dado como morto no local do acidente. Ele não ouviu o zíper da lona sobre seu rosto. Não tocaram sirenes quando a ambulância o levou embora, porque não havia por que correr, não havia mais motivos para se preocupar com Finn. Diferente dos pais de Sylvie, devem ter dito a Angelina para ir quando pudesse. Eu me pergunto quem disse isso a ela: um policial na porta da casa, alguém ligou do hospital? Eles explicaram para ela como encontrar o necrotério?

— Fico — respondo. — Claro.

Parece fácil o suficiente e eu faria qualquer coisa que me mandassem se fosse para a mãe de Finn. Sigo Claire até os fundos da casa. Estou pensando no corpo de Finn, no corpo que costumava correr ao lado do meu pelo campo de futebol, agora um item a ser retirado como uma bagagem.

Mais uma vez, minha mente se pergunta se é ele mesmo. Mas então me pergunto onde poderia estar o verdadeiro Finn e me lembro de que Alexis disse que Sylvie o viu quando ela recobrou a consciência.

Finn está morto. Preciso parar de tentar fugir da realidade.

Quando entro na casa, uma casa na qual ele nunca mais vai entrar, fico atordoado pelo cheiro de Finn. Não que ele fedesse, todo mundo tem um cheiro. É parte xampu, ou o que quer que seja, e parte a pessoa. Consigo sentir o cheiro de Finn nesta casa, embora eu nunca mais vá sentir o cheiro de Finn nele de novo.

Corríamos muito juntos, não só no treino de futebol. Como nós dois gostávamos de correr, o cheiro do suor dele misturado ao seu desodorante de velho era tão familiar para mim quanto as zombarias um do outro quando apostávamos corrida. Eu daria tudo no mundo para mais uma corrida, para sentir de novo o cheiro do suor de Finn.

Eu não estava preparado para como o ar da casa dele me afetaria, muito menos para as fotos na parede ou na escada onde escorreguei uma vez e Finn me diagnosticou com tornozelo torcido. Eu devia ter imaginado que seria difícil estar aqui.

Mas lembro a mim mesmo que estou aqui por Angelina e, pela primeira vez, eu me pergunto por que Autumn não pode ficar sozinha.

Tenho a resposta assim que a vejo.

Acho que não me resta mais nenhuma dúvida do que Autumn sente por Finn. O rosto dela está tão inchado de chorar que ela quase não parece ela mesma. Está enrolada em um canto do sofá, roendo as unhas, encarando o chão como se estivesse dormindo de olhos abertos.

— Autumn? — chama a mãe dela. A cabeça de Autumn se vira roboticamente na nossa direção. — Vou levar Angelina ao hospital.

Autumn se encolhe.

— Jack está aqui. Ele veio ver se precisávamos de alguma coisa. Não é gentil?

— Oi. — A voz de Autumn soa terrível, tão rouca que mal chega a ser um grunhido. Tudo nela está achatado e sem emoção, como uma estátua de jardim que, após sofrer com a ação de décadas de chuva, tinha apenas a impressão de um rosto.

Não sei bem o que deveria fazer, mas me sentar do outro lado do sofá parece apropriado. A mãe dela sobe as escadas. Quando eu olho de volta para Autumn, ela está me encarando.

— Oi — digo, já que não respondi antes. Ela continua a me encarar e eu começo a me sentir desconfortável.

— Quem te contou? — pergunta ela finalmente. Parece doloroso para ela falar.

— Alexis. Os pais de Sylvie ligaram e pediram para ela ir ao hospi…
— Eu paro, mas minha referência a Sylvie não parece tê-la chateado.

— Como ela está?

— Alexis?

Autumn ri, tosse e faz uma careta.

— Não. — Ela engasga. — Alexis provavelmente organizou um velório não oficial e fez a coisa toda ser sobre ela. — Seu rosto se contrai de um jeito que não consigo interpretar. — Eu estava falando da Sylvie.

— Não sei. — Eu me pergunto se deveria ter ligado para Sylvie e checado se ela precisava de alguma coisa antes de vir para cá.

A escada atrás de nós range e eu escuto a voz de Angelina vindo dos fundos da casa.

— Autumn, Jack, eu amo muito vocês dois, mas, se eu olhar para a cara de vocês agora, vou chorar. Eu preciso ir. Eu preciso ir. Eu preciso ir… — repete ela, e a mãe de Autumn murmura algo em um tom reconfortante até a porta dos fundos se fechar.

Autumn inspira, trêmula.

Não sei bem por que vim aqui, mas parecia mais apropriado do que ir para a casa de Alexis, onde haveria gente que conhecia Finn, mas que também não o conhecia.

Não como Autumn e eu.

Eu olho para ela de novo.

Ela voltou a encarar o tapete e fala sem me olhar:

— Você pode ligar a TV se quiser.

— Obrigado — respondo. — Talvez daqui a pouco.

Autumn volta a roer as unhas. Seu cabelo está desgrenhado e eu consigo sentir de leve o cheiro do seu suor. Não sei se ela amava Finn tanto quanto ele a amava, mas ela o amava. Eu acredito agora.

Estou tentando decidir se deveria dizer o que está se passando pela minha cabeça. Nada parece real, então é difícil pensar com clareza. Finalmente, decido que é o que ele gostaria que eu fizesse.

— Eu fiquei sabendo — comento. — Finn me ligou ontem à noite quando estava a caminho da casa dela.

Autumn me olha assustada.

— Acho que você deveria saber que ele estava muito, muito feliz.

Por um momento, seu rosto se ilumina de alegria, e então se apaga de novo.

— É? — diz, em um sussurro.

Eu pigarreio para me livrar do tremor.

— Ele estava feliz de verdade.

— Tive medo de que ele pudesse mudar de ideia quando a visse — confessa Autumn. Eu mal consigo ouvi-la.

— Isso… não… de jeito nenhum.

Não sei como explicar. Eu não conheço Autumn, não de verdade, mas essa é uma coisa tão íntima e vital, preciso que ela entenda, por Finn.

Engulo o nó na minha garganta.

— Não. De jeito nenhum. Autumn, ele já era apaixonado por você quando eu o conheci.

Ela me olha com interesse, mas parece não acreditar em mim.

Tento de novo.

— Tipo, um amor de conto de fadas. Personagem de desenho com corações flutuando em volta. Ou uma montagem de filme com a melhor música. É o que você era para ele. — Estou fungando, mas preciso terminar. — Você era o maior e mais impossível sonho de Finn. — Eu afasto as lágrimas com os dedos antes que elas caiam.

— Você tem certeza? — Parece que são as últimas palavras que ela vai ser capaz de dizer.

As lágrimas que eu vinha combatendo recuam tão rápido quanto tinham me vencido, como a mãe dela me disse que aconteceria.

— Absoluta — confirmo.

Os ombros dela relaxam de leve e um pouco da tensão deixa seu rosto inchado. Tento a técnica da mãe dela.

— Olhe para mim — peço, tentando soar firme.

Ela ergue os olhos, mas não o rosto.

— Finn te amava — repito, confiante. — Ele ia voltar para você. Pode ter certeza disso.

— Tá bem — responde, mas eu não ouço. Sua voz se foi e eu só vejo seus lábios se mexendo. Talvez tenha aliviado uma fração de toda a devastação que esteja sentindo. Não há mais nada que eu possa fazer pelo resto.

Em certo ponto, ligo a TV e nós ficamos sentados em silêncio.

Eu me pergunto quanto tempo leva para identificar formalmente um corpo e assinar os papéis.

Finn Smith está em um necrotério. As pernas estupidamente longas dele e seu cabelo loiro nunca mais ficarão suados em uma corrida de novo. Seu corpo está frio.

O corpo que é Finn mas não é Finn, porque Finn se foi.

Eu choro um pouco, secando discretamente as lágrimas e dando algumas fungadas. Tento fazer silêncio, porque estou com vergonha. Eu olho fixamente na direção da TV e acho que estou fazendo um bom trabalho em esconder minhas emoções, mas, assim que eu recupero o fôlego, Autumn grasna.

— Você foi um bom amigo para ele. — Ela estava esperando que eu terminasse. — Fico muito feliz por ele ter tido você. Você foi um amigo melhor do que eu nos últimos anos. — Ela tosse e se esforça para falar, então faz um som que parece uma risada, mas talvez não seja. — O último terço da vida de Finn — solta ela finalmente.

— Você está bem? Sua voz está assim porque você está doente? — pergunto. — Ou é de tanto chorar?

Os olhos dela ganham uma expressão distante que me assusta de alguma forma.

— Eu gritei por um tempo — explica. — Só queria que não fosse real, fiquei tentando não acreditar, e gritar funcionou… por um tempo.

Não sei o que dizer, mas ela não parece esperar uma resposta. Acho que Autumn está assistindo à televisão de novo, mas também parece que ela foi dopada. Nós ficamos em silêncio depois disso.

Quando as mães deles voltam, eu abraço Angelina e fico mais um pouco. Ela está acabada, mas consegue conversar comigo calmamente por alguns minutos antes de eu ir embora. A mãe de Autumn me acompanha até a varanda e me agradece por ter ficado com ela.

— Sra. Davis, hum, Autumn está bem? Quer dizer, nenhum de nós está bem e me preocupo com Angelina também. É só que... — De repente, sinto-me péssimo por perguntar.

— Autumn vai ficar bem e você também. Nós todos vamos. — Ela me olha do jeito que fez quando eu cheguei, mas, desta vez, acho que também está tentando convencer a si mesma. — A vida pode ser, e muitas vezes é, ferozmente cruel — continua ela. — Você e Autumn aprenderam isso um pouco mais jovens do que a maioria, mas todos vocês, incluindo Finny, teriam que aprender essa lição mais cedo ou mais tarde. — A voz dela falha. Ela respira fundo e me dá um sorriso fraco. — Angelina e eu já estávamos sabendo disso a respeito da vida. Ela... nós... perder um filho é o pior, mas vamos sobreviver, porque precisamos. Nós todos vamos, incluindo Autumn. Incluindo você.

Assinto porque ela precisa que eu faça, não porque concordo.

— Ainda vamos cuidar dos preparativos, mas tenho certeza de que veremos você no velório, Jack — diz antes de entrar. — Obrigada de novo.

dois

———

ENQUANTO DIRIJO ATÉ A CASA DE ALEXIS, UMA COISA ESTRANHA acontece. É como se eu estivesse assistindo a mim mesmo. Não é uma experiência extracorpórea; não consigo me ver, mas também não estou no controle das minhas próprias escolhas nem sinto qualquer emoção. Tudo que eu faço é automático e remoto.

Só depois que estaciono é que vejo que a rua está cheia de carros. Parei um pouco distante da minha vaga de sempre.

Não reconheço a menina com rosto choroso que abre a porta e me indica o porão antes de entrar no banheiro. Acho que ela também não me reconhece.

Quando chego no porão, percebo que, de fato, algum tipo de festa estranha e triste está acontecendo, com muito mais gente do que eu imaginava. Há choro, mas também álcool e maconha misturados ao choro, apesar de ser só meio-dia, apesar da possibilidade de os pais de Alexis voltarem mais cedo do trabalho e nos pegarem.

Eu gostaria de poder dizer a Finn como ver a mesa de pebolim me faz querer cair de joelhos aos prantos, porque ele acharia graça e teria feito uma piada a respeito das vezes que acabou comigo no jogo. Mas, se eu pudesse contar qualquer coisa a Finn, então essa mesa de pebolim não teria nenhum significado. Nunca mais pensaríamos nessa mesa de novo depois do ano que vem. Neste momento, eu quero ao mesmo tempo beijá-la e colocar fogo nela, para que ninguém mais possa tocá-la agora que Finn se foi.

Antes que meus pensamentos saiam do controle, Alexis vem até mim e passa os braços pelo meu pescoço como se ainda estivéssemos apaixonados um pelo outro.

— Não consigo acreditar que isso aconteceu — diz ela, como se algumas horas atrás não fosse ela que estava tentando me convencer.

Dou um tapinha em suas costas enquanto examino o ambiente. A sensação de estar vivendo fora de mim continua. As pessoas estão reunidas em grupinhos ao redor do cômodo, falando em voz baixa. Ricky, do time de futebol, está com a mão no ombro de uma menina que nunca lhe deu atenção antes.

— Como você está? — pergunta Alexis.

Jasmine se aproxima de Ricky, e eu penso em Finn dizendo a ele para pegar leve, que a gente não precisava ouvir tudo que ele pensava sobre o corpo dela.

— Jack? — chama Alexis. Ela dá um passo para trás e meu olhar percorre a sala antes de focar nela.

— Não importa — digo.

Alexis assente.

— Isso põe tudo em perspectiva, não é? Lembra quando eu disse que minha vida tinha acabado porque fiquei na lista de espera da Universidade de Washington? Parece tão idiota agora.

— É — digo, como se ela tivesse respondido ao que eu falei. Dá para perceber que Alexis repetiu essa fala a noite toda.

O dia todo.

A luz entra na sala pelas janelas altas do porão, iluminando as partículas de poeira no ar. Essa atmosfera noturna à tarde tem um quê de absurdo que combina com esta situação horrorosa. Nada parece certo.

Alexis está dizendo alguma coisa para mim, mas todo o meu foco está em tentar entender como este momento pode parecer um déjà vu se Finn está morto.

— Sim? — pergunto.

Alexis começa a estender a mão na minha direção, mas então parece entender que não estou a fim de fingir ser um casal. Eu noto a facilidade com que ela troca de postura.

— Que tal eu pegar uma cerveja pra você? — oferece.

Depois que Alexis me passa uma bebida e vai fazer seu papel de anfitriã em outro ponto do porão, tento achar um lugar para me sentar, de preferência sozinho.

Minha sensação de distanciamento se foi, totalmente substituída por um horror silencioso. Passei tanto tempo com Finn e Sylvie nesta sala. Seria esse o motivo desse sentimento novo, mas ainda assim familiar?

Algumas pessoas me cumprimentam hesitantes quando eu passo. Pelo menos duas pessoas sussurram "era o melhor amigo dele", mas eu não me junto a nenhum grupo. Encontro um pufe no canto, longe o suficiente do grupo mais próximo para eles não se sentirem obrigados a me incluir. Limpo a umidade da mão que segura a cerveja e tomo um gole. Conversar com Alexis me trouxe de volta um trecho do que conversamos por telefone esta manhã.

— *Sylvie viu que ele estava morto quando acordou.*

Tento focar a minha atenção na luz dourada. Tento observar as partículas de poeira e pensar em como, quando criança, eu teorizava que eram pequenos planetas e cosmos que existiam e deixavam de existir. Concluí que a nossa Via Láctea era partículas de poeira no mundo de algum gigante, nossa existência, desde o Big Bang, era tão breve para aqueles que nos observavam quanto a dança das partículas de poeira parecia para mim.

— *O que você quer dizer, Lex?*

— *É melhor eu não explicar.*

A menina que abriu a porta para mim cruza o cômodo, e as partículas de poeira giram de novo, como pequenos nadadores sincronizados no ar.

Ainda é o dia da morte de Finn.

— *As queimaduras elétricas subiram até o braço dele. Foi isso que o matou, eles disseram. Da mão, subindo pelo braço até o coração, e esse lado do rosto dele estava...*

Se Alexis disse que Finn foi declarado morto logo depois da meia-noite, então ele morreu antes da meia-noite? Penso de novo nos paramédicos chegando, embrulhando-o e levando-o ao hospital sem urgência.

— *Sylvie me disse que, quando viu o rosto dele, desejou ter morrido também.*

Eu examino a sala em busca de Sylvie. Alexis disse que ela, por algum milagre, teve apenas uma concussão e recebeu alta. Mas Sylvie não está aqui. Penso em procurar Alexis e questionar se dar esta festa é uma ideia melhor do que estar com sua melhor amiga depois de ela ter quase morrido, mas eu sei que não adianta, como tudo com Alexis.

Não poderei dizer a Finn que ele estava certo. Mas, se ele estivesse vivo, eu provavelmente ainda ficaria com Alexis até ir para a faculdade e nas férias de Natal, se ela estivesse a fim.

Parece tão óbvio agora; é importante selecionar com *quem* você passa seu tempo e *como* você passa seu tempo, porque você não sabe até quando estará por aqui.

Olho ao redor da sala novamente. As pessoas estão rindo, ou chorando, ou conversando, e todas elas vão morrer. Talvez não hoje. Talvez não amanhã. Mas elas vão morrer. Todo mundo que elas amam vai morrer também, e ninguém pode impedir isso.

Finn e eu lemos um livro na escola no ano em que nos conhecemos, contava a história de um menino que vê uma maçã mudar, mas ele não entende como ela mudou, apenas sabe que ela mudou de alguma forma. Mais tarde, você descobre que ele enxergou em preto e branco a vida toda e estava percebendo o vermelho na casca da maçã pela primeira vez.

Estou olhando para todas essas pessoas no porão e é como se eu fosse esse menino, exceto que eu estou vendo todo mundo como um futuro cadáver.

Bebendo e tagarelando, elas são apenas carne em volta de esqueletos. Uma fagulha mínima de eletricidade — a quantidade exata! — corre por cada um de nós, mas vai parar um dia. Vamos apodrecer ou ser cremados, mas seremos descartados de alguma maneira.

Somos todos cadáveres que ainda não morreram.

A maçã sempre foi vermelha; o menino só não conseguia ver.

Respiro fundo e olho para o meu próprio peito. Imagino meus pulmões rosados por baixo das minhas costelas brancas, puxando o ar, empurrando-o para fora, puxando, empurrando. Sinto meu coração carnudo batendo, batendo, trabalhando para levar o oxigênio dos meus pulmões ao meu sangue. Sinto até mesmo minhas artérias pulsando, empurrando, trabalhando.

Eu estou vivo.

Sempre estive vivo.

Mas hoje eu sinto.

Inspiro de novo e seguro o ar até meu corpo implorar por mais, e então eu solto para poder inspirar de novo.

Depois de um tempo, alguém coloca para tocar repetidamente uma música daquele disco deprimente de que Finn gostava. Penso em descobrir quem é para dar um soco na pessoa ou abraçá-la. Ele tem isso agora, nenhum alarme, nenhuma surpresa, como a música diz.[1]

Sinto uma dor repentina nos dedos do pé e ergo os olhos.

— Ah, desculpa.

É a menina chorosa da porta. Ela para de pisar no meu pé e dá um passo para mais perto dos amigos, que se juntaram ao lado do pufe. Ela não está mais chorando, mas eu ainda não a reconheço.

— Vou sobreviver — digo para ninguém em particular e estremeço.

Ela não percebe minha escolha de palavras. Os amigos dela, Jacoby, Melissa e Seth… eu os conheço. Seth pelo menos estava no time.

— Enfim — diz a menina de quem não me lembro —, eu sei que é uma coisa superpequena ele ter aquele lápis. Mas foi tão gentil da parte dele, e era mesmo um lápis incrível.

— Não, eu entendo — assente Seth. — Todo mundo sabia que Finn era um cara incrível. — Todos murmuram concordando.

---

1 Refere-se ao refrão da música "No Suprises", do álbum *OK Computer* da banda Radiohead. (N.E.)

Jacoby acrescenta:

— É, ele realmente era.

Quero perguntar a ele como eles conseguem falar de Finn no passado com tanta facilidade, como se fizesse séculos que ele morreu.

— Eu deveria ter guardado aquele lápis, para me lembrar de ser mais gentil com as pessoas — diz a menina, solene.

Que direito você tinha de chorar?, quero perguntar a ela. *Por que você está aqui?*

A voz de Alexis corta a conversa vinda do outro lado do cômodo.

— Ele a amava tanto.

Ela está falando mais alto que todo mundo ou eu reconheço a voz dela na multidão porque é muito familiar?

— Eles foram o casal mais duradouro da nossa turma, não? É. — Alexis acena com a cabeça.

Então essa vai ser a história.

Eu não sei se Sylvie contou a Alexis que Finn estava terminando com ela na noite passada. Parte do motivo pelo qual eu o pressionava a agir era que, sempre que eu ficava com Alexis, ela me fazia perguntas que me levavam a questionar se ela sabia que tinha algo rolando entre Finn e Autumn.

Mas isso não importa agora. Alexis vai contar a história do casal feliz, e é essa a narrativa que será repetida. Quando Sylvie voltar à vida normal, isso já vai ser o evangelho.

— Não, ele nunca faria isso — diz Alexis.

Dou outro gole e descubro que a latinha da cerveja que eu não me lembro de beber está vazia. Eu me levanto e passo por Alexis e o grupo com o qual ela está conversando no caminho para a lixeira.

— Quer dizer, eu já fui amiga de Autumn Davis. Se ela flertava com ele? Isso é outra história.

Eu acho que poderia defender Autumn, mas como? Contando a todos que Finn sempre amou uma garota que não era sua namorada?

A postura de Alexis começa a fazer sentido pra mim.

Finn provavelmente teve uma única atitude merda em toda sua vida, e foi trair Sylvie no dia antes de morrer. Que diferença faz se Finn e Sylvie estavam terminando naquela noite? Provavelmente será mais fácil para Sylvie assim.

Enquanto estou voltando para o meu canto solitário com uma nova cerveja, ouço Alexis dizer:

— Pergunte a qualquer um. Finn vivia para cuidar de Sylvie. Provavelmente foi por isso que...

Tento bloquear a voz dela quando me acomodo de volta no pufe. O mesmo grupo de pessoas paira ali perto. Elas não estão mais falando de Finn. Estão compartilhando histórias de outras pessoas que elas conhecem que morreram, como se a morte de avós fosse algo comparável à de Finn.

Como um raio, eu finalmente descubro quem é a menina que não está mais chorando.

Na última semana de aula, Finn e eu estávamos conversando na sala antes do sinal tocar. Pedi a ele para me emprestar um lápis. Quando ele me deu, disse que eu precisava devolver porque era "o lápis da Maddie".

Não sei que expressão o meu rosto exibiu, mas ele correu para se explicar.

— Nós sentamos um do lado do outro o ano todo em trigonometria, e, quase todos os dias, ela perde o lápis na última aula. E você sabe como a sra. Fink é quando alguém não está preparado para a aula. Tentei sempre levar um lápis extra para ela, mas acabei emprestando algumas vezes e me esqueci de pedir de volta.

Novamente, eu devo ter feito alguma careta, porque ele se apressou em terminar a explicação.

— Eu disse a ela para comprar uma caixa de lápis e me dar um, e eu guardaria esse lápis na minha mochila e nunca emprestaria para mais ninguém. Ela perdeu todos os outros lápis da caixa, mas eu ainda tenho esse, e tem cinquenta por cento de chance de ela precisar dele hoje. Se não fosse você me pedindo, eu teria mentido e dito que não tenho um lápis pra emprestar.

— Porque esse é o lápis da Maddie? — perguntei.

— Exatamente — concluiu Finn.

Se fosse qualquer outra pessoa, eu teria perguntado quanto essa Maddie era gata, porque, sabe, por qual outro motivo seria problema dele ela não ter um lápis no fim do dia? Mas era Finn, então é claro que ele se esforçava para ajudar alguém só porque essa pessoa se sentava ao lado dele na aula.

O comentário dela a respeito de "guardar esse lápis" faz sentido de uma outra forma agora, porque é lógico que Finn se certificou de que ela fosse embora com o lápis no final do ano letivo. Era o lápis dela.

Maddie, Jacoby e Melissa não estão mais falando de morte. Eu poderia interromper e dizer a eles que Finn *tinha* me emprestado o incrível lápis de trigonometria de Maddie uma vez. Então, claramente, se ela teve o direito de chorar, eu deveria ter o direito de gritar. Gritar como Autumn fez.

Ou eu poderia me levantar e contar a Alexis, contar a todo mundo, que Finn não vivia para cuidar de Sylvie, ele vivia como ele mesmo e era alguém que cuidava das pessoas ao seu redor.

Mas não é culpa de Maddie que eu não consiga chorar como ela, ou gritar como Autumn, ou até mesmo contar todas as histórias que tenho de Finn como Alexis, que está garantindo que ninguém saiba da única atitude merda de Finn.

— Autumn sempre teve uma queda por ele, mas ela era como uma irmã para Finn — explica Alexis.

Eu daria risada, mas não consigo. Tudo que consigo fazer é sentar aqui, beber minha cerveja e escutar gente que mal conhecia Finn falar dele como se fossem amigos.

Finn não está aqui e, por um momento, eu sinto inveja dele.

três

O TREINADOR E ALGUNS CARAS DO TIME VÃO CARREGAR O CAIXÃO, e ele pediu que nos encontrássemos no início do velório para decidir como seria no enterro no dia seguinte. Parece uma reunião pré-jogo, exceto que estamos no estacionamento da casa funerária, não no campo, e usando calças cáqui e ternos em vez de short. Abaixamos a cabeça, como se estivéssemos tomando uma bronca depois de uma jogada ruim, embora a voz do treinador esteja o mais suave que já ouvi.

— O caixão vai estar fechado — diz ele. — Não perguntem o porquê. Na verdade, não falem muito na frente da família, ok? Escolhi vocês por um motivo. Me deixem orgulhoso.

As pessoas assentem e murmuram.

— Ninguém atrasado amanhã. Cheguem cedo. Certo. Vejo vocês lá.

O grupo começa a dispersar, mas o treinador chama meu nome, então fico chutando o chão até os outros irem embora.

— Como você está? — pergunta ele.

Descobri que isso vai ser comum daqui em diante. Tornei-me adulto por um breve período depois da formatura, mas voltei a ter os adultos se preocupando comigo, me dizendo como o mundo funciona.

— Vou sobreviver. Todos nós vamos — respondo, porque achei que é um mantra útil.

— É bom ouvir isso — diz o treinador. — Se amanhã for demais para você ou…

Levanto os olhos do asfalto.

— Eu quero fazer isso.

— Só estou dizendo que tudo bem se você mudar de ideia. — Ele me dá um tapinha no ombro. — Te vejo lá dentro.

Meus pais vieram comigo e estão esperando no carro. Eu sou o sétimo filho deles, o último. Meus pais não gostam muito um do outro, mas somos católicos. Ou eles são católicos. Meu ponto é, no que diz respeito aos dois, sei que me amam, mas já fizeram tudo isso antes e não têm energia para ter um relacionamento muito forte comigo. Além disso, se deixarem suas rotinas cuidadosamente organizadas para passar tempo comigo, poderão acabar se encontrando, o que os dois decidiram que não vale a pena.

Então, é bom e estranho ter ambos aqui. Eu estou grato e ressentido, e ao mesmo tempo "Finn está morto, Finn está morto" ressoa na minha cabeça como um tambor. Essa constatação pulsa pelo meu corpo como se tivesse o poder de mudar a forma como meus órgãos estão dispostos dentro de mim.

O estacionamento está lotado. A princípio, acho que tem outro velório ou funeral acontecendo. O lugar é pequeno e tem duas salas. Os funerais dos meus dois avós foram aqui. Eu o conheço bem.

Mas as duas são para Finn. Uma fila de pessoas serpenteia pela parede, de uma sala para outra, como a espera de um brinquedo em um parque de diversões. Um funcionário vestido de preto e com ar de preocupado pergunta se somos da família, então nos aponta para o fim da fila.

Como eu disse, vejo quase todo mundo que conheço aqui. Gente que eu nem sabia que conhecia Finn e gente que eu nunca vi na vida, todos esperando para se despedir, para dizer *lamento, lamento muito*.

Eu queria que Finn pudesse ver isso.

Esse pensamento abre uma nova ferida, porque eu gostaria que Finn soubesse que toda essa gente se importava com ele.

Ele sempre minimizava quando as pessoas diziam coisas tipo "como você consegue ser a pessoa mais legal do mundo, Finn?". É como se ele não soubesse que sua gentileza impactava a vida dos outros. Mas é apenas o jeito dele.

Era.

É tão difícil pensar em Finn no passado.

Na aula de história, lemos a respeito desses monges que batem em si mesmos enquanto rezam e entram em transe, e eu nunca entendi isso, mas talvez agora eu entenda.

Dói, mas é tão bom pensar em Finn.

Não consigo parar de cutucar a ferida, porque a ferida é tudo que restou dele.

Meus pais murmuram palavras de conforto para os outros adultos à sua volta. Uma espécie de expressão de cumplicidade passa entre eles, uma atitude de *bem, aqui estamos,* como se acompanhar um filho na morte de um colega fosse um marco esperado.

Todo mundo concorda que Finn era um menino maravilhoso, e eles concordarão com esse fato para sempre, e nada poderá mudar isso.

Dizem que só os bons morrem cedo, mas alguém me falou uma vez que isso não era verdade, nós só nos lembramos das coisas boas a respeito daqueles que morrem cedo. Eu não sei quem está certo. Só sei que Finn era bom. Espero que daqui a alguns anos todas essas pessoas lembrem que Finn era prestativo e gentil porque essa era a natureza dele, não porque elas se esqueceram das vezes que ele não foi assim.

A fila avança. Vejo gente que nunca esperei voltar a ver depois da formatura. Vejo gente que não vejo há anos porque foi para a escola particular depois do fundamental. Às vezes, levantamos a mão em um pequeno aceno. Alguns cometem o erro de cumprimentar os outros com um automático "e aí?" ou "como vai?" antes de notarem que a resposta está ao nosso redor.

Procuro por Sylvie, embora não espere vê-la. Meus instintos me dizem que ela não virá, que está guardando suas forças para o enterro.

Eu olho em volta, procurando Alexis, e me pergunto se ela sentiu que já tinha cumprido seu dever ao fazer o próprio velório, se está em casa dando outra festa mórbida. Talvez esteja com Sylvie? Eu não tive notícias dela.

Alguém cuja voz me eu não reconheço está falando de como Finn disse a ele que seria seu trabalho manter o controle das conversas de vestiário na equipe de atletismo ano que vem, e como isso era legal, e como ele tinha se sentido inspirado. Não consigo ver seu rosto, mas ele parece jovem. Isso meio que soa como algo que Finn diria, mas também não. Não sei bem o que fazer com isso.

Uma funcionária da casa funerária se aproxima de nós, seu crachá dourado brilhando na luz quente.

— Você é Jack Murphy?

— Sim? — Estou estranhamente assustado.

— Esses são seus pais? Por favor, venham comigo. — Ela faz sinal para sairmos da fila. — A família perguntou por você.

Claramente ela espera que a gente a siga. É estranho, como ser escolhido para ir ao backstage de um show. Meus pais me acompanham formalmente. Meu pai pousa rápido a mão no meu ombro enquanto caminhamos.

A mulher comenta:

— Já trabalhei em funerais de adolescentes antes. Nunca vi uma fila assim.

Ela fala isso como algo reconfortante, mas não sei o que responder. *Obrigado? Quantos adolescentes morreram este ano?*

Então chegamos às portas da outra sala e ali está. Ali está ele.

E ali ele não está, porque Finn se foi e o caixão está fechado.

A funcionária aponta para Angelina, em pé ao lado do caixão.

Ela está ao lado da foto do filho, o retrato de formatura, tirado em uma festa. Ao lado daquele rosto familiar e cabelo loiro caído na testa. Do sorriso dele.

— Eles estão esperando por você — informa a mulher.

Há uma aura estranha ao nosso redor conforme nos aproximamos. Eu me sinto tão jovem, como se estivesse sendo acompanhado para o jardim de infância, e me sinto ressentido e grato novamente. Meus pais se colocam um de cada lado meu, e eu percebo que toda a atenção deles está em mim. Não falam, mas é estranho: quanto mais perto chegamos daquela caixa horrível, da foto sorridente do meu amigo em cima dela, é como se eu conseguisse ouvir meus pais me dizendo: *viu, Jack? Isso é a morte.*

Eu me sinto tão pequeno. Sou novo demais para estar passando por isso. Meu melhor amigo não pode estar morto.

— Jack. — Angelina me abraça.

Eu me sinto confuso antes de saber por que estou confuso. É só quando ela se afasta o suficiente para me olhar, como se fizesse anos que não me vê, que registro que está sorrindo.

— Como você está?

— Bem — respondo, apesar de não ser verdade.

Angelina também não parece bem. Embora não esteja com a aparência que eu esperava. Há lágrimas brilhando em seus olhos, mas eles estão brilhantes de uma forma diferente, mais feliz. A boca dela se contrai.

— Ele deixou uma marca em muitas pessoas — diz ela, com muita certeza, ao mesmo tempo que me olha em busca de confirmação.

— Deixou mesmo — concordo.

— Pais e meninos me contaram histórias, coisas que eu nunca soube. — Seu rosto se contrai, mas então é como se ela se erguesse pela borda de um penhasco depois de ficar pendurada pelos dedos. Angelina sorri para mim. — Finny realmente foi um bom menino. — Ela me abraça de novo e, por cima de seus ombros, Finn está dentro de uma caixa cinza e prateada, morto.

Eu choro e a mãe dele me aperta.

Eletricidade correu pelo corpo de Finn, fazendo seu coração parar, queimando-o de dentro para fora, e eu não posso ignorar isso. Não consigo parar de imaginar o rosto dele.

Eu sinto de novo, a colisão com aquela parede de tijolos do "não pode ser".

A mãe dele me solta e eu percebo que parei de chorar.

Parece que nosso luto é tudo que ela ainda tem de Finn. Nossa dor é a prova da vida dele.

— Acho que nunca mais vou ter um amigo como ele — digo.

Angelina sacode a cabeça de leve.

— Você terá outra amizade assim, Jack, sem dúvidas. — Ela dá um tapinha no meu ombro. — Só me prometa que nunca vai esquecê-lo.

— Eu não poderia.

E aí está de novo, a alegria dolorida no rosto de Angelina. Ela se vira para meus pais e agradece por nossa presença. Sou mais uma vez uma criança, deixando-me ser levado de volta para o carro e para casa, sentado em silêncio no banco de trás.

Pela primeira vez eu me pergunto se conseguirei fazer isso amanhã.

Carregar o caixão dele.

Carregar o corpo dele.

Colocá-lo em um buraco na terra onde ele — Finn — ficará para sempre.

quatro

Eu preciso fazer isso. É a última coisa que eu vou poder fazer pelo meu amigo.

Acordo com esse pensamento e me agarro a ele a manhã toda.

Estou fazendo isso por Finn, penso enquanto me levanto da cama.

Estou fazendo isso por Finn, penso enquanto visto minhas meias e sapatos pretos brilhantes, e enquanto me enfio no paletó.

Vou de carro para a casa funerária, cedo, por Finn, caso tenha algo que eu possa fazer para ajudar.

Estaciono e entro no prédio. Sigo para a sala onde ele deve estar.

Ela está lá.

Autumn está sentada em um banquinho ao lado do caixão, com o rosto apoiado na tampa como se fosse o ombro dele. Ela estava falando quando eu entrei, mas fica em silêncio e levanta a cabeça.

— Desculpa — digo. Sinto como se tivesse pegado os dois pelados juntos, mas Autumn dá de ombros e apoia a cabeça de volta no caixão.

Alguns momentos depois, ela pergunta:

— Você quer falar com ele sozinho? — Sua voz ainda está rouca e baixa.

— Não. Vim pro caso…

Autumn fecha os olhos como se tivesse esquecido que estou aqui.

— Quer que eu saia?

— Só se você quiser. — A indiferença dela me assusta. — Só estamos passando tempo juntos uma última vez. — Ela pressiona o rosto contra o metal cinzento e meu estômago se revira.

— Autumn — digo, mas ela não me responde. Está com ele.

Eu a observo, com medo de deixá-la sozinha, mas não sozinha. Os minutos passam. Acho que ela esquece que estou parado à porta. Ela começa a sussurrar de novo e eu a escuto rir em um momento.

— Eu também te amo — diz a ele na caixa, e eu saio correndo da sala.

Eu me sento no sofá duro do saguão. Um funcionário me pergunta se estou aqui para o funeral da família Smith e eu digo a ele que vou carregar o caixão. Ele me diz o que eu já sei: cheguei cedo e devo continuar esperando onde estou.

Antes que as pessoas comecem a chegar, Autumn se arrasta para fora da sala. Ela está de jeans e camiseta. Olha para mim quando passa, como se não soubesse se deveria falar comigo ou não.

— Aonde você está indo? — pergunto.

— Eu vou deixar o funeral para Sylvie — responde por cima do ombro. — Parece justo. Eu e meu pai vamos ao museu de arte enquanto isso. De todo modo, Finny não iria querer meu pai no enterro. Vou passar no cemitério mais tarde para ver se ele está acomodado.

E então ela sai.

cinco

———

Durante todo o enterro, a imagem de Autumn aconchegada no caixão de Finn, seu rosto contra o metal frio, me assombra. Escuto a ausência dela nas histórias que são contadas, mesmo quando eu rio e lamento junto. Finn parece tão vivo com toda essa gente aqui. O fantasma é Autumn.

Sylvie se senta na primeira fileira, entre Angelina e um homem que deve ser o pai de Finn. Eu só consigo ver a parte de trás de uma cabeça loira e um pouco de seu perfil. Seus ombros estão tensos, mas não tremem. Ele olha para a frente, inabalável, para quem quer que esteja falando a respeito do filho que ele mal conhecia.

As pessoas falam de Finn e choram. Elas falam de Finn e riem. Todos estão unidos pela saudade, mas eu não entendo como podem estar agindo como se isso tudo fosse completamente normal. Como se Finn estar morto fizesse algum sentido.

Não tem tanta gente no enterro quanto no velório, mas é mais do que eu esperava. Jamie Allen, o ex de Autumn, está aqui com uma menina que eu tenho quase certeza de que costumava ser próxima de Autumn, embora pareça que ela é bem próxima de Jamie agora. Finn me contou da situação com os amigos dela. Os dois ficam olhando em volta e cochichando. Talvez estejam procurando Autumn.

Então o cerimonialista dá um sinal. Eu e os caras do time nos levantamos. Chega de falar de Finn. É hora de mandá-lo embora.

Antes de o funeral começar, o cerimonialista explicou como ergueríamos o caixão juntos, mas parece que estamos encenando uma peça que não foi ensaiada. Conseguimos, porém. Um cara atrás de mim tropeça e, por um segundo, eu me pergunto se Finn sentiu o sacolejo, mas então eu preciso morder o lábio para me impedir de chorar quando lembro que Finn não pode sentir mais. Acabou. Ele está sobre o meu ombro. Finn. Dentro dessa caixa está Finn, o que era Finn, e sua cabeça provavelmente está perto da minha. Enquanto caminhamos com ele para o carro funerário, escuto a voz de Autumn, *só estamos passando tempo juntos uma última vez.*

Esta será a última viagem de carro de Finn. As portas se fecham atrás do caixão e meus pais me perguntam se me importaria se eles pulassem o cemitério.

Eu digo a eles que está tudo bem, embora nada disso esteja bem, porque a presença dos dois não tornaria as coisas mais fáceis.

Vou com o treinador para o cemitério. Ele pergunta se quero conversar. Digo que não.

Nós seguimos o carro funerário até o Cemitério Bellefontaine. Passando pelos portões, o carro funerário desce por um longo caminho cheio de mausoléus, alguns do tamanho de casas, alguns parecendo barracas de pedra. Finn foi o único da sala a acertar aquela questão valendo ponto extra na prova de Literatura Americana: *Que ícone da geração Beat está enterrado no Cemitério Bellefontaine, aqui em St. Louis?* Deu de ombros quando eu perguntei como ele lembrava, e nós nunca imaginamos que em tão pouco tempo ele teria algo em comum com Burroughs.

Seguimos para uma parte mais nova e aberta do cemitério. Não há nenhum mausoléu grandioso por aqui, apenas lápides, por enquanto.

Nós nos alinhamos como um time de novo e o erguemos com mais elegância do que antes. Desta vez, tento apreciar o peso dele no meu ombro. Apoio o rosto onde imagino que seja perto do dele.

E então, contando até três em silêncio, nós soltamos Finn para sempre.

Há choro de novo, mas nenhuma risada.

Na fileira de cadeiras perto da cova, o homem que deve ser o pai de Finn está sentado, inclinando-se para a frente, com a cabeça entre as mãos, e não ergue os olhos nenhuma vez. Sylvie, sentada ao lado dele, está reta como uma tábua, como se seu propósito fosse ser um muro entre ele e Angelina. Talvez seja.

Eu sabia que o poema sobre um atleta que morreu jovem viria. Eu não sabia como ele soaria diferente quando o treinador o lesse aqui, ao lado do túmulo de Finn.

Seu último lugar de descanso. Seu último tudo.

Estão prestes a fazer.

Há um ruído mecânico quando o caixão é baixado.

Não é ele de verdade, mas é ele, e o estão guardando para sempre. Quero implorar para que alguém pare com isso, que me deixem ficar com ele, por favor.

Mas acabou. Finn, meu amigo, está em um buraco debaixo da terra. Pelo resto da minha vida, não importa por quanto tempo eu viva, sempre saberei exatamente onde ele está, porque ele nunca mais vai se mexer.

As pessoas estão fazendo fila para atirar um punhado de terra na cova antes de deixá-lo, mas não consigo fazer essa última coisa por ele, então eu fico ali e observo.

Enquanto é lentamente preenchida por terra, penso em Autumn vindo aqui mais tarde, depois que todos nós tivermos ido, para estar com Finn.

seis

Observo enquanto a fila de pessoas que esperaram para falar com Angelina diminui lentamente. Alexis e eu trocamos um olhar antes de sair, mas não nos falamos. Quando o treinador estava indo embora, eu disse a ele que havia algo que precisava fazer, que pegaria uma carona com outra pessoa. Não sei pelo que estou esperando, porém. Não preciso dizer nada a ela, ou para a mãe de Autumn, e meus deveres terminaram. Finn está em sua cova.

Tiro o paletó e a gravata, desabotoo a camisa.

Comparado ao calor de agosto, o metal do caixão dele parecia fresco contra o meu rosto.

Eu me pergunto como Angelina consegue confortar essas pessoas, em sua maioria garotos da escola, mas alguns adultos também. Eles estão esperando para apertar a mão dela, ou lhe dar um abraço ou lamentar, e o filho dela ainda nem acabou de ser enterrado, a alguns metros dali.

A mãe de Autumn fica ao lado dela, protetora. Imagino que se Angelina não se fortalecesse falando com essas pessoas, a mãe de Autumn levaria a amiga para casa.

— Você está esperando para falar com ela? — pergunta Sylvie.

Eu me assusto porque não fazia ideia de que ela estava ali perto, muito menos atrás de mim. Eu tinha me afastado um pouco, em uma pequena colina entre alguns túmulos dos anos 1970.

— Não — respondo. — Só não estava pronto para ir. Você está?

— Não — diz. Ela tem um hematoma perto da têmpora e um arranhão no rosto. Fora isso, passou externamente, fisicamente, ilesa do acidente. Seu cabelo loiro está preso no alto da cabeça, para trás, tenho certeza de que o penteado tem um nome especial. Seu elegante terninho preto provavelmente leva uma marca francesa na etiqueta.

— Pensei em mandar mensagem ou algo assim — tento me desculpar, mas Sylvie dá de ombros.

— Nada disso foi sua culpa — diz ela.

— Ainda assim, eu poderia ter dito alguma coisa. — Não tenho certeza se estamos falando do acidente ou de Autumn.

— Você não precisa fingir que éramos mais do que amigos por conveniência, Jack. Estou cansada das pessoas fingindo gostar mais de mim do que de fato gostam.

— Credo, Sylv! — exclamo. Não é como se eu achasse que nós dois teríamos naturalmente virados amigos, mas, nos últimos quatro anos, passei a enxergar a gente como uma espécie de parceiros.

— Desculpa — diz, e isso já é mais do que eu disse para ela, mas decido criticá-la pela merda que sua fala implicou.

— Finn não fingiu nada do que ele sentia por você — explico. — Ele mentiu a respeito do que sentia por Autumn, mas ele te amava.

— Só não amava o suficiente?

— Eu… — Arrependo-me de não ter deixado isso passar. — Eu acho que não era questão de ser ou não suficiente, Sylv.

Ela ri, o que me espanta. Eu a encaro. Sylvie não está sorrindo e seus olhos estão fechados.

— Foi o que ele disse.

— É? — Estou distraído, porque eu nunca saberei o lado dele dessa conversa. — O que você respondeu?

Ela sacode a cabeça.

— Eu não lembro. — Ela abre os olhos. — A boa notícia é que os médicos dizem que é amnésia dissociativa, não amnésia retrógrada, o que significa que o fato de eu não me lembrar dos minutos anteriores ou posteriores ao acidente não é um indicativo de dano cerebral. Segundo eles, estou me protegendo. — Ela solta a mesma risada fria e, por um momento, tem a mesma aparência de Autumn no sofá, mas respira fundo e passa.

Eu não deveria perguntar a ela, mas o jeito que Alexis descreveu a cena em detalhes está me incomodando… porém, a memória de Sylvie daquela noite não é completa.

— Alexis disse que você o viu quando acordou e ligou pra emergência.

Sylvie não ri desta vez

— É o que ficam me contando, mas eu não me lembro de fazer a ligação. — Ela sacode a cabeça. — Eu me lembro de dizer a um paramédico que eu sabia que Finn estava morto por causa do rosto dele. Só que mais tarde, no hospital, quando a polícia tentou colher meu depoimento, eu não me lembrava de acordar ou de ter visto o rosto dele. Os médicos fizeram todos os exames e é uma concussão normal. Aparentemente, quando eu estiver pronta, vou me lembrar.

— Ah. Você pode escolher nunca estar pronta? — Estou sendo sincero, mas ela ri de novo, e dessa vez é real.

— Vou perguntar para o meu novo terapeuta — responde.

— O que aconteceu com o cara que o Finn gostava?

Ela suspira.

— O dr. Giles sempre detestou o Finn.

A ideia de alguém detestar Finn me deixa sem palavras.

Ao longe, Angelina e a mãe de Autumn estão caminhando juntas para a limusine, os braços em volta da cintura uma da outra. Em breve, Sylvie e eu seremos os únicos aqui: nós, Finn e todas as outras pessoas mortas como ele.

— Talvez detestar seja forte demais — continua Sylvie —, mas o dr. Giles não confiava nele. Além disso, disse que Finn parecia codependente. Era em parte por isso que ele achava que eu deveria passar o verão fora.

Me dar espaço para cuidar de mim mesma. — Sylvie dá de ombros. — Nós concordamos que, depois de todo o progresso que eu tive em lidar com… outras coisas, talvez fosse melhor para mim começar do zero com algum profissional que não tem nenhuma noção preconcebida de Finn, já que ele vai ser o foco das minhas consultas por um bom tempo.

— Hum — murmuro.

Sylvie olha para o pé da colina. Juntos, nós observamos a limusine ir embora.

Foi uma grande traição Alexis ter me contado aquelas coisas sobre Sylvie e um professor de sua antiga escola. Eu não ouvi a história toda, e parte de mim se perguntou por que ela estava me contando tudo aquilo, mas geralmente eu só focava o corpo de Alexis, e não se ela era uma boa amiga.

Sylvie começa a descer a colina, afastando-se do túmulo de Finn e seguindo na direção da parte mais antiga do cemitério. Eu a acompanho.

— Engraçado — digo, só para quebrar o silêncio. — Eu estava justamente pensando em como ninguém conseguia odiar o Finn, e você me diz que seu médico, pelo menos hipoteticamente, não gostava dele.

— Ah, eu odeio o Finn — garante ela. Sylvie sorri suavemente quando eu pareço chocado. — Não me entenda mal. Eu o amo também. Se eu tivesse o poder de parar de amá-lo, eu teria feito isso há muito tempo. Então eu o amo, e o odeio.

— Eu acho… — Quero defender Finn, mas desta vez não consigo. — Eu acho que é justo.

Sylvie sorri de novo e balança a cabeça. Ela para de andar.

— Jack, se você realmente é meu amigo, pode fazer uma coisa por mim?

— Quer dizer, se eu realmente sou seu amigo, você pode parar de ficar questionando isso?

— Justo. — Sylvie aceita e eu não sei se ela notou que eu estava brincando. — Se eu parar de questionar nossa amizade, você vai parar de cair no papo da Alexis?

— Eu… eu achei que Alexis era sua amiga?

— Ela é. Mas ainda precisa crescer bastante.

Conheço Sylvie bem o suficiente para saber que não tem por que lembrá-la de que Alexis é duas semanas mais velha que ela. Além do mais, ela está certa; Alexis não amadureceu muito nos últimos quatro anos. É uma coisa tão simples, mas explica tanto sobre ela. Sem falar no nosso relacionamento. Estou chocado demais para dar qualquer resposta além de:

— É.

— Quer dizer — continua Sylvie —, você já era mais maduro que ela antes do segundo ano ao menos começar.

Estamos em um caminho de cascalho agora, e estou acompanhando o passo apressado de Sylvie. Aparentemente, estamos fazendo uma caminhada juntos.

— É — repito pelo mesmo motivo.

Desta vez, ela deve ter percebido no meu tom de voz, porque pergunta:

— Você nunca notou como todas as suas brigas foram porque você disse alguma coisa que ela não queria admitir que era verdade?

— Vou ser honesto com você, Sylv. Eu nunca soube os motivos das minhas brigas com Lexy.

— Tudo bem. — Ela ri. — Lexy também não sabia, mas ela não sabia que não sabia.

— Parece que você amadureceu mais que ela também — comento. Sylvie dá de ombros e continua avançando a passos largos. Eu acrescento: — Tenho visto algumas coisas em Alexis com mais clareza. Ela nem sempre foi uma boa amiga para você.

Sylvie me olha de um jeito diferente de todos que já olhou, eu acho.

— Anotado — diz ela.

O cascalho estala sob nossos pés.

Eu sinto que deveria dizer algo profundo, alguma lembrança de Finn que tornará a dor dela menos complicada. Se isso fosse um filme, haveria um flashback conveniente me dizendo qual recordação compartilhar com Sylvie agora, mas nada me vem à cabeça.

De repente, não estamos mais andando. Notei que Sylvie parou e pensei que ela estivesse tirando o blazer. Mas ela puxa um mapa impresso e o estuda, a testa franzida.

— Você está procurando, hum, o túmulo de William Burroughs? — pergunto.

Sylvie me olha com uma expressão vazia.

— O escritor, sabe? Ele está enterrado aqui.

— Não — responde. — Ele era um drogado que atirou na esposa. — Ela dobra o mapa e o coloca de volta no blazer, que ainda está usando, mesmo neste calor. — Eu ia ver o túmulo de Sara Teasdale. Ela era poeta. — Sylvie retoma o mesmo ritmo apressado.

— Não achei que você fosse fã de poesia. Tipo, nem um pouco?

Estamos seguindo pela trilha novamente, mas ela desvia para a direita.

— Não sou. Geralmente eu acho poesia um tédio. Mas gosto dos poemas de Teasdale. Diferente da maior parte dos poetas, ela sabia ir direto ao ponto. E já que eu estaria aqui de qualquer forma… — Ela não termina a frase e nós deixamos o caminho de cascalho e começamos a andar na grama.

Sylvie conta as lápides pelas quais passamos em voz baixa enquanto sigo atrás dela. Penso em como este lugar era cerca de cem anos atrás, quando esses túmulos eram novos, como eles deveriam ser importantes, como as pessoas vinham aqui para chorar e recordar. Eu me pergunto se, um dia, a lápide de Finn não será nada para ninguém além de um marcador a ser contado no caminho de outra pessoa em seu descanso final.

— Aqui está. Ah.

A princípio eu não entendo, mas então eu vejo.

Sara Teasdale nasceu em 8 de agosto de 1844.

— Eu não sabia que a data do aniversário dela era hoje — comenta Sylvie.

— Apenas uma coincidência — explico.

Ela dá de ombros e olha fixo para a data.

— Qual seu poema favorito dela?

Ela sorri de uma forma que me informa que não consegui mudar de assunto como pretendia.

Sylvie fecha os olhos antes de recitar.

"Enquanto meus lábios vivem,
Suas palavras devem caladas permanecer,
E minha alma se lembraria
De falar quando eu morrer?

Mas se minha alma o fizer
Nada mudaria, minha cara,
Pois agora não me ouves
E então não escutará."[2]

Sylvie não abre os olhos; ela só fica ali. O calor finalmente a venceu e seu rosto tem um brilho rosado e úmido que faz parecer que ela estava chorando, embora eu tenha quase certeza de que não chorou.

— É isso?

Sylvie abre os olhos e pisca para mim.

— Parece completo, mas é tão curto.

— Eu disse que ela sabia ir direto ao ponto — repete Sylvie. Finalmente, ela tira o blazer. — Encontrei o livro dela na prateleira de livros em inglês em um sebo de Paris. Li esse poema e comprei o livro. — Ela dobra o blazer sobre o braço e suspira. — Eu li inteiro duas vezes no trem para Berlim.

— Sabe — não tenho certeza do que estou prestes a dizer, embora pareça importante. — Finn teria amado isso. Você planejar visitar o túmulo da única poeta que você achou que não era uma merda depois do funeral dele. — Apresso-me a dizer. — Ele não teria amado ter... você sabe, um funeral. — Percebo que Sylvie está tentando entender, então continuo: — Mas, se um funeral fosse necessário, ele teria amado que você fez isso logo depois. O que está fazendo agora.

— Porque é o tipo de coisa que Autumn faria? — Ela ergue o queixo e me olha nos olhos.

---

2 Tradução livre de: "*Now while my lips are living, / Their words must stay unsaid, / And will my soul remember / To speak when I am dead? / Yet if my soul remembered / You would not heed it, dear, / For now you must not listen, / And then you could not hear.*" (N. T.)

Eu balanço a cabeça.

— Ela não teria imprimido um mapa. E, se tivesse, ela o perderia, ou se perderia, mesmo com o mapa. — Afasto o fantasma de Autumn com as mãos. — Mas, Sylv, meu ponto é que Finn teria amado você ter esse mapa no bolso do blazer durante o funeral dele. Teria amado você dizer que, diferente dos outros poetas, essa sabia ir direto ao ponto. Ele amava você.

Sylvie voltou a olhar para o túmulo.

— Mas não como ele a amava.

Eu não tenho como discutir com esse fato. Mais do que ninguém, não posso contestar isso, então me junto a ela e encaro a data na lápide.

O vento aumenta, trazendo um alívio. Há tantas árvores antigas nesta parte do cemitério, e o farfalhar das folhas é tão alto que eu mal consigo ouvi-la perguntar:

— Onde ela está?

— Autumn?

Sylvie assente.

— Pensei em perguntar a Angelina, mas percebi que ela sabia que Finn e eu estávamos terminando naquela noite e por quê. Achei melhor deixar pra lá.

— Autumn disse que você deveria ficar com o funeral. — Não tinha feito sentido para mim quando ela falou, e eu não espero que faça sentido para Sylvie, mas ela assente.

— Eu não esperava isso dela — confessa.

Nós ficamos em silêncio de novo. O vento está começando a parecer o prenúncio de uma tempestade de fim de tarde. Não poderemos ficar aqui por muito mais tempo.

— Hum, você não queria ficar sozinha com a sua poeta ou coisa assim, né?

— Minha poeta? — Sylvie abre outro sorriso triste. — Ela foi a primeira poeta a ganhar um Pulitzer, então não acho que seja "minha". Mas não, e obrigada por perguntar. — Ela faz uma pausa. — Você precisa de uma carona pra casa?

— Hum, sim? — respondo. — Desculpa. Eu não planejei bem o meu dia.

— A maioria das pessoas não planejou — diz Sylvie enquanto veste o blazer de novo. Ela toca a lápide da poeta com dois dedos. — Certo, vamos embora.

Sylvie encontra o caminho de volta para o túmulo de Finn sem precisar checar o mapa. Quando voltamos ao local, a chuva está começando a cair e nós corremos até o carro dela. Parece uma traição deixá-lo na chuva.

Dentro do carro, eu abro minha boca para perguntar a Sylvie se ela tem certeza de que quer dirigir com o tempo daquele jeito, mas, antes que eu diga qualquer coisa, ela se antecipa:

— Se você vai se oferecer para dirigir, saiba que o motivo para eu ter vindo separada dos meus pais é porque eu não consigo estar em um carro dirigido por outra pessoa. Vou ficar bem. Só bota o cinto de segurança.

Olho para trás enquanto ela se afasta dele, mas me conforto lembrando que Autumn vai passar mais tarde para ver se Finn está bem.

sete

————

UMA SEMANA DEPOIS DO FUNERAL, RECEBO UMA MENSAGEM DE Charlie, o sexto irmão e, portanto, segundo a tradição dos Murphy, o responsável por coisas tipo me pegar no ônibus do jardim de infância e me ensinar a dirigir.

Mamãe disse que você não está correndo

Tradução: Você está bem?
Eu respondo:

Tem feito muito calor. Ocupado fazendo as malas pra faculdade.

Tradução: Estou bem.
Charlie responde:

Mamãe também disse que você não fez mala nenhuma.

Tradução: Está bem porra nenhuma.

Vou correr mais tarde.

Tradução: Estou bem, sim.

Mamãe me pediu pra te ajudar a fazer as malas.

Tradução: Está bem porra nenhuma.

Eu vou tirar ela do seu pé

Tradução: Eu vou ficar bem.

Ok. Mesma coisa. Vai correr.

Tradução: Eu vou dizer para a mamãe que você está bem, mas não me faça mentir.

Então agora eu preciso ir correr.

A razão pela qual eu ainda não tinha saído para correr é porque eu sabia que precisaria encontrar um lugar novo. Não é como se eu só corresse com Finn. Nós corríamos juntos de vez em quando. Finn gostava de ir correr em lugares diferentes, pela vista ou o que fosse. Eu sempre achei que era idiota dirigir até algum lugar só para correr, então ele convidava Sylvie quando queria ir correr em um jardim de esculturas ou uma reserva natural.

Mas às vezes ele me ligava ou me mandava mensagem e dizia que queria sair para correr naquele minuto, e eu já queria estar correndo, então nós nos encontrávamos no meio do caminho entre nossas casas e só *íamos*.

Nós corríamos por toda Ferguson. Não há uma só rua perto da minha casa que não esteja pintada com as lembranças de conversa-fiada com Finn, de me forçar a ir mais rápido por causa dele ou parar um pouco porque ele disse que tudo bem.

É por isso que eu estava adiando. Agora eu preciso dirigir para algum lugar e começar a correr, o que é idiota. Mas aqui estou eu, vestindo minha roupa de corrida e entrando no carro como se não houvesse uma calçada perfeitamente adequada ali fora. Em maio do ano passado, fui com Alexis à festa de aniversário do primo dela num gazebo no parque, e eu tenho certeza de que tinha um caminho em volta de um lago ou algo assim, então sigo nessa direção e, para minha surpresa, eu o encontro.

Tudo bem, então. Vou correr.

Não vou me alongar mais do que faria normalmente, apesar de Finn viver dizendo que eu não me alongava o suficiente. Só porque ele está morto, não significa que tudo que ele já disse estava certo.

Depois de um tempo aceitável de alongamento, começo a correr e estou indo bem.

Mas é óbvio que estou pensando em Finn, já que é a primeira corrida.

Porque ele não vai correr de novo.

Sinto que a morte de Finn afetou meu cérebro. Quantas vezes ainda vou lembrar que estar morto significa que você nunca mais vai fazer merda nenhuma?

Eu deveria ter checado quantas voltas ao redor do lago equivalem a um quilômetro. O cascalho espalhado por cima do caminho de terra foi moído e está me fazendo escorregar mais do que está absorvendo o impacto. Vai ser uma corrida de resistência, não velocidade. E tudo bem. Eu não cheguei que horas eram antes de começar e nunca saberei quando fizer meu primeiro quilômetro.

— Vamos correr sem pensar no porquê — dizia ele, e nós só *íamos*.

Porra. Porra. Porra.

Por que Finn não podia ficar no carro? O que ele achou que estava fazendo? Que ia salvar Sylvie com as próprias mãos? Quer dizer, ok, uma vez estávamos vendo televisão e ele ficou todo tipo "não é assim que se faz massagem cardíaca".

Eu achei que alguém tivesse pesquisado antes de filmar, mas Finn começou a tagarelar sobre como a pessoa nunca atravessaria o esterno naquela posição. Eu disse que eles provavelmente não teriam conseguido dar um close no corpo na posição que ele estava descrevendo. Finn olhou para a tela e disse:

— Ah, certo. — Naquele tom decepcionado, como se a série o tivesse frustrado ao escolher peitos em vez de uma representação precisa de primeiros socorros. O que era estranho, porque eu sabia que ele gostava dos peitos daquela atriz.

Então talvez Finn pudesse ter feito massagem cardíaca em Sylvie se ela precisasse.

Estou começando a minha segunda volta em torno do lago. Não sinto como se tivesse corrido nem meio quilômetro.

Ainda assim, Finn devia ter tomado mais cuidado.

Isso que me irrita. Ele era um motorista insuportável de tão cuidadoso. Que porra aconteceu? Andar de carro com ele na chuva era tortura. Ele era paranoico com isso.

De repente, percebo de quem eu deveria sentir raiva.

Finn uma vez nos fez esperar quarenta minutos porque Kyle não queria colocar o cinto de segurança. Preciso admitir que Kyle é ainda mais cuzão que o normal quando está bêbado, e foi engraçado vê-lo ficar doido quando Finn disse:

— Deixa eu só mandar uma mensagem para a minha mãe explicando que um babaca no banco de trás não quer colocar o cinto de segurança. Ela não vai ficar brava se passarmos a noite toda aqui. Vamos fazer assim.

Mas meu ponto é: por que Sylvie não estava com o cinto de segurança?

Até agora, toda a coisa "Sylvie voou pelo para-brisas, mas está bem" tinha passado pelo meu cérebro sem ser examinada.

Para que isso tenha acontecido, ela deveria estar sem cinto, e Finn nunca dirigia com um passageiro sem cinto.

Sylvie diz que não se lembra dos últimos minutos antes do acidente.

Por cerca de uns cinco metros, eu me pergunto se ela matou Finn, mas as peças do quebra-cabeça são aleatórias demais para serem conectadas.

Era início de noite quando ele me ligou. Ele morreu perto da meia-noite.

Finn ia querer encontrar algum tipo de resolução com Sylvie e ela não ia deixá-lo sair dessa tão fácil, então, depois de horas dirigindo, ele devia estar distraído ou cansado o suficiente para perder o controle e bater na mediana. Mas por que ela estava sem cinto?

Paro no meio de um passo e quase tropeço, mas me controlo e puxo meu celular. Antes de pensar no que estou fazendo, busco o nome de Sylvie e digito: Por que você não estava usando cinto de segurança?

Volto a correr e deixo que a raiva tome conta de mim.

Por quê.

Você.

Não estava de cinto?

Deixo que essa pergunta seja meu único pensamento até que as palavras percam o sentido. Eu continuo correndo até não haver mais raiva, até não haver mais pensamentos, somente minha respiração me dizendo para continuar. Continuo correndo, e continuo correndo, e eu só *vou*.

Eu não escolho conscientemente parar; acho que meu corpo exige, porque eu paro do nada, de uma forma que Finn avisaria que faz mal para a circulação.

Confiro a hora. Eu corri por quarenta e cinco minutos e tenho quatro mensagens de Sylvie.

Quarenta minutos atrás:

Eu te disse. Não me lembro.

Cinco minutos depois:

Sinto muito.

Onze minutos atrás:

Mesmo que eu não me lembre, ainda é culpa minha.

E um minuto depois:

Me desculpa, Jack.

Tradução: Eu sou um cuzão.

Encaro a última mensagem de Sylvie, ainda ofegante. Uma gota do meu suor pinga na tela e borra as palavras. O que Finn diria para ela?

Foi culpa da chuva, eu digito e aperto em enviar.

Ela não me responde.

oito

Eu provavelmente deveria ter ligado em vez de aparecer assim. O treinador transfere o peso de um pé para o outro e olha de esguelha para o time correndo em volta da pista.

O time do qual não faço mais parte.

Algo que Finn e eu temos em comum.

— Tecnicamente — diz o treinador —, você não deveria estar no campus. Depois que você se forma, é como se fosse qualquer outro adulto, e os pais daqueles alunos confiaram em mim para não deixar um adulto aleatório ter acesso aos filhos dele.

Eu fico ali, sentindo-me o oposto de um adulto.

O treinador olha de esguelha para o time de novo.

Só quero que alguém grite comigo, me mandando ir mais rápido, para que meu cérebro cale a boca. Quero gastar todo o meu esforço para obrigar meu corpo a fazer alguma coisa que ele não queira, para que eu não precise impedi-lo de pensar em coisas que eu não quero que ele pense.

— Vamos fazer o seguinte — continua o treinador. — Vou adulterar uns papéis para dizer que você foi liberado como voluntário neste verão.

Ele está usando a voz pré-jogo comigo, e eu sinto minha coluna se endireitar em resposta.

— Mas eu preciso que você entenda que estou colocando o meu na reta por você, Murphy. Entende o que estou dizendo?

— Sim, senhor.

O alívio toma conta de mim. Isso eu conheço. Disso eu entendo. Não é como os últimos jantares com meus pais, em que eles querem saber o que estou pensando e sentindo pela primeira vez desde que consigo me lembrar. O treinador me dizendo para dar um jeito em algo ou mandando em mim. Isso eu conheço.

Eu me junto ao time na pista sem problemas.

— Ah. Oi, Murphy — cumprimenta Rick, mas ninguém mais fala comigo. Todo mundo está focado no próprio ritmo.

Eu faço parte do grupo. Somos um organismo que respira e se move, circulando a pista, de novo e de novo.

Eu inspiro com Ricky e expiro com Jamal.

Minha mente tem o vazio abençoado da corrida.

Quando o treinador sopra o apito, eu poderia correr ainda mais tempo, e minha mente lembra que Finn não está com a gente e eu não posso correr sem ele, mas aí o treinador grita:

— Salto na caixa!

E tudo que consigo pensar é em como odeio saltar na caixa.

Eu odeio saltar na caixa.

Eu realmente odeio saltar na caixa.

Realmente, realmente odeio saltar na caixa.

Ah, e joelhos para o alto agora? Foda-se joelhos para o alto.

Foda-se o treinador por dizer que vamos correr com joelho para o alto por quatro minutos sem parar.

Porra de quatro minutos.

A única coisa que odeio mais que joelhos para o alto é a corrida de ir e vir.

Que, parando para pensar, provavelmente vem em seguida.

Como ainda não se passaram quatro minutos?

Finn e eu costumávamos discutir sobre o que era pior: corrida de ir e vir ou joelhos para o alto.

Não importa, porém, porque não vamos fazer corridas de ir e vir. Vamos fazer agachamentos.

Foda-se o agachamento.

E assim vai.

É no fim do dia, quando o treinador grita "Chuveiro!", que meu cérebro entra em curto-circuito. A sensação que tive no porão de Alexis volta e eu estou agindo no automático.

Finn está morto.

O ensino médio acabou.

Paro e observo os garotos correrem para o vestiário. O treinador se vira, me vê e abre a boca para gritar comigo antes de se lembrar. Dou um passo à frente.

— Eu, hum, acho que vou tomar banho em casa. — Não acredito que posso dizer isso.

O treinador assente.

— Você acha que vai voltar amanhã ou semana que vem?

— Não — respondo. — Acho que já consegui o que precisava hoje. Semana que vem eu vou pra faculdade e vou ter lugares pra correr que não... — Eu estava igualmente desarticulado quando apareci, três horas atrás, mas ele entende mais uma vez.

— O único jeito é passar por isso — diz, assentindo com a cabeça. O treinador repetiu esse conselho várias vezes ao longo dos anos, mas sempre se referindo a quando um cara estava cercado e precisava abrir caminho antes de a bola ser roubada.

Mas faz sentido aqui e agora também.

— É. Acho que acabei de perceber isso.

Ele me dá um tapinha nas costas e então faz uma careta e ri de quanto minha camiseta está molhada enquanto limpa a mão no jeans.

— Vá tomar um banho, Murphy — aconselha. — Vá para a faculdade. Você vai encontrar o seu caminho.

Não é como se eu estivesse me sentindo melhor quando vou embora, mas me sinto mais esperançoso, acreditando que o que ele disse é verdade.

nove

————

ALGUNS DIAS DEPOIS, FAÇO UMA PAUSA NA ARRUMAÇÃO DO QUE VOU levar para a faculdade e vejo que tenho uma mensagem de voz.

— Oi, Jack — diz Angelina. — É a mãe do Finn.

Eu sabia que ela não estava se identificando porque achou que eu não ia reconhecer sua voz ou saber quem ela era, mas porque queria dizer o nome dele, reivindicá-lo. Engulo um nó na garganta e tento focar o motivo que a fez entrar em contato. Ela vai vender o carro de Finn, mas o mecânico disse que havia itens pessoais que precisavam ser removidos. Angelina queria saber se eu podia ajudar.

Fico surpreso. Finn mantinha seu carro tão limpo que isso virou piada no time de futebol. Eu ligo de volta para ela e pego o endereço do mecânico para onde o carro foi guinchado depois do acidente. Eles falam que eu posso passar lá hoje. Essa é uma tarefa que eu quero resolver logo, então vou.

————

O homem que me leva até o estacionamento parece não fazer ideia de que uma tragédia aconteceu.

Quando ele destranca o portão, vira-se para mim e diz:

— O dano foi mínimo. Tem certeza de que a sua mãe quer vender?

Eu dou de ombros.

Estou segurando o chaveiro de Finn, uma das últimas coisas que ele tocou. Eu o aperto e penso em viagem no tempo de novo. Seria tão fácil salvar a vida dele se não fossem o tempo e o espaço.

— Então, hum, se tem certeza de que não quer que a gente conserte o carro, é só recolher os seus pertences e assinar um documento pra sua mãe no escritório.

Não me dou ao trabalho de corrigi-lo antes de ele ir embora.

O carrinho vermelho de Finn.

Como quando fui à casa dele, eu deveria ter esperado essa torrente de lembranças.

Lembro-me da primeira vez que vi esse carro: Finn, orgulhoso, mas com vergonha de estar orgulhoso, dando uma volta no quarteirão comigo antes do jantar, em que minha mãe só tinha deixado eu ir porque ela tinha um fraco por Finn.

Tarde da noite, depois de alguma festa, de manhã cedo antes dos treinos de futebol.

Às vezes, nós discutíamos. Às vezes, ríamos.

No geral, escutávamos música e não sabíamos que nosso tempo juntos era limitado.

Talvez, se eu soubesse que seria tão difícil, eu não teria vindo. Mas quem teria cuidado disso?

E então tem o buraco no para-brisa.

Olhar para ele me dá a sensação de ver Sylvie voando por ali.

Como ela sobreviveu?

Preciso me lembrar de que uma vida não foi trocada pela outra. Se Sylvie tivesse morrido com o impacto, Finn ainda teria corrido para ela, ainda teria agido tão ansioso que não teria visto o cabo de energia caído na poça ao lado de Sylvie.

Respiro fundo e faço o que vim fazer.

Não tem muita coisa. Pego a pilha de CDs e um guarda-chuva na parte da frente. Do porta-malas, tiro os cabos da bateria e o kit de primeiro socorros. Vejo embalagens de taco e balas no banco de trás, o que é uma surpresa que quase me choca. É só por causa dessas embalagens que eu olho embaixo do banco da frente.

Então eu vejo a sacola.

Quando a puxo, embora eu saiba que não é droga, a ideia ainda cruza minha mente, já que estava escondida e embalada com tanto cuidado.

Rapidamente, fica óbvio por que ele guardou a sacola.

Ele disse que estava fazendo uma coisa antes de ir para a casa de Sylvie.

Ele disse que tinha "certeza absoluta" de que Autumn o amava.

Isso também explica por que tem lixo no carro de Finn Smith.

De repente, eu odeio tanto essa garota. Autumn era o motivo para Finn estar terminando com Sylvie e dirigindo na chuva. Ela era o motivo para ele estar distraído naquela noite.

Se Finn não tivesse traído Sylvie na noite anterior, provavelmente teria dito a ela que eles precisavam voltar para casa, que podiam falar no telefone no dia seguinte. Mas a culpa — a culpa pelo que Autumn o levou a fazer — o manteve fora a noite toda, mesmo que estivesse ficando tarde, mesmo que estivesse chovendo forte e ele odiasse dirigir na chuva.

Se tirássemos Autumn da equação, Finn ainda estaria vivo.

Com um saco de papel cheio das ninharias deixadas no carrinho vermelho de Finn, vou embora do mecânico e ligo para Angelina. Ela pergunta se posso passar lá, então dirijo até a casa de Finn.

A mãe dele está mais magra e tem a aparência de alguém que não está dormindo bem, mas seu sorriso é genuíno. Ela abre a porta para mim e eu entro no hall. Normalmente não teria passado tanto tempo sem vê-la. Não consigo me lembrar da última vez que fiquei uma semana sem ir à casa de Finn. Abraçar Angelina é natural, embora fosse algo que nunca fazíamos quando ele estava vivo.

— Obrigada. Espero que não tenha sido pedir demais.

— Não — respondo. — Fico feliz em ajudar. Tinha um guarda-chuva no carro com umas palavras em francês estampadas nele. Acredito que seja de Sylvie, mas trouxe o resto das coisas. — Entrego a ela o saco de papel.

Angelina observa o conteúdo por um momento.

— Você gostaria de ficar com esses CDs, Jack?

Faço que sim.

— Obrigado.

Ela me passa a pilha de CDs e então pega o kit de primeiro socorros. Segura-o nas mãos com ternura. Uma sombra cruza seu rosto.

— Se ao menos… — sussurra ela. E eu entendo.

Se ao menos isso pudesse tê-lo salvado de alguma maneira. Se ao menos sua natureza cautelosa o tivesse protegido de alguma forma.

— De início — diz, ainda olhando para o kit —, eu pensei que seria o tipo de mãe que transforma o quarto do filho em um museu, que deixa cada objeto exatamente como estava, até a calça jeans jogada no chão, sabe?

Eu não sei. Nunca me ocorreu que exista um número de pais que perderam os filhos grande o suficiente por aí para que sejam classificados em tipos diferentes. É todo um mundo secreto de pessoas que eu nunca levei em consideração. Antes que eu possa pensar muito sobre isso, Angelina continua:

— Mas outro dia eu vi um rapaz pedindo dinheiro no sinal, e ele estava usando calças curtas demais, e pensei: "Ele precisa de calças como as do Finny". Foi aí que eu me dei conta, meu filho ia querer que eu fizesse isso. São as coisas dele, então, se isso é o que o Finny gostaria, é o que eu preciso fazer. — Ela olha para mim e eu concordo com a cabeça.

— Eu poderia levar algumas coisas ou… — Eu me interrompo quando Angelina franze a testa.

— Autumn ainda não está pronta para abrir mão de várias coisas no quarto dele. Quando eu disse a ela que queria doar as roupas… Bem, ela sabe que vou doá-las no Natal e prometeu guardar os jeans que estavam no chão. — Angelina balança a cabeça. — Sinto muito. O que eu queria era dizer que vou guardar o kit de primeiros socorros no meu carro, mas você precisa dos cabos?

— Na verdade, sim. — Finn mencionou uma ou duas vezes que eu precisava disso e de um kit de primeiros socorros, mas ele teria aceitado só os cabos.

— Fico feliz que você fique com eles — diz Angelina. — Não que esteja desejando problemas para o seu carro, mas, como os CDs e as roupas, quero as coisas de Finn no mundo, sendo usadas.

— É, eu te entendo — concordo. — Espero que Autumn deixe você fazer o que quiser com as coisas dele.

Outra sombra cruza o rosto dela.

— Autumn está tendo dificuldade em aceitar a realidade da situação — conta. — Não é que ela não me deixaria. É que… — Angelina se interrompe, como se estivesse vendo uma cena se desenrolar na própria mente. Morde o lábio e balança a cabeça. — Desculpa, Jack. Com o tempo, Autumn vai ficar bem. Acho que me preocupo ainda mais com ela agora porque não posso me preocupar com ele, sabe? — Pela primeira vez desde que abriu a porta, vejo lágrimas em seus olhos.

— Ela vai para Springfield, certo?

Angelina faz que não com a cabeça.

— Talvez no ano que vem. Vai precisar de mais tempo que isso.

— Ah.

— Estou tão animada por você, Jack. — Angelina está tentando mudar o tom da conversa. — A faculdade vai te fazer muito bem. É um mundo completamente novo.

— Pois é. — Eu tento corresponder ao tom otimista dela.

— E ano que vem você vai mostrar tudo para Autumn, né? — Ela tenta sorrir.

— Claro — confirmo. — Hum, diz para ela que mandei oi?

— Farei isso. — Angelina estende a mão como se fosse acariciar meu cabelo, mas então a pousa no meu ombro. — Obrigada por ser um amigo tão bom para todos nós.

Talvez eu não seja tão bom quanto ela pensa, porque não lhe contei sobre o saco plástico embaixo do banco que era para Autumn.

Eu não o levo para Autumn na casa ao lado. E também não o jogo fora.

Coloco os cabos de Finn no meu porta-malas e deixo o presente dele para Autumn escondido embaixo do meu banco do motorista, do mesmo jeito que estava escondido no carro dele. Não posso jogar aquela sacola fora. Ela o prende a este mundo, e simboliza como ir atrás dela acabou o matando.

Autumn vai ficar bem sem isso. Angelina mesma disse.

dez

——

Só depois que recebo a mensagem de Alexis dizendo que precisamos conversar é que me ocorre que ainda não havíamos terminado. De alguma forma, o fato de nunca termos voltado oficialmente não muda o fato de que precisamos nos separar oficialmente. Então eu concordo em encontrá-la em um café em Ferguson.

Não pensei muito nisso, mas aparentemente Alexis, sim.

Assim que a vejo me esperando em uma mesa no meio do salão, percebo que alguma coisa está errada. Para começar, Alexis sempre se atrasa. Algo na forma que sua gola está abotoada e suas pernas estão cruzadas lembra Sylvie, e não de um jeito bom.

— Oi — digo enquanto me sento na cadeira em frente a ela. Eu costumava pensar que estava apaixonado por essa garota.

— Que bom que você veio — responde Alexis, e parece que ela está fingindo ser Sylvie, ou melhor, o pior lado de Sylvie. A Sylvie que desprezava você por achar que tudo bem tirar um C numa prova.

— É. — Embora eu saiba que não vai adiantar, tento levar a conversa para um tom mais casual. — Valeu por me convidar. É bom resolver as coisas antes da faculdade, sabe?

— Não, Jack, eu não sei.

— Ah. — Nós nos encaramos e então eu olho para a xícara na frente dela. Buscando uma folga do que quer que seja esse interrogatório, pergunto: — Quer que eu traga mais café pra você, já que vou pegar um pra mim?

— Claro — diz Alexis. O que ela não diz é "é o mínimo que você pode fazer", mas de alguma forma consegue me passar essa mensagem.

Pago pelo café. Enquanto vou na direção das garrafas para me servir, não consigo deixar de pensar em todas as vezes que viemos aqui com Finn e Sylvie para estudar. Nunca estudamos muito, e isso sempre incomodava Sylvie, mas não o resto de nós.

Por impulso, encho a xícara dela com o café extraforte que Sylvie costuma beber. Coloco açúcar e leite antes de entregá-lo e, mesmo assim, Alexis faz uma careta no primeiro gole, mas não reclama. Ela empurra a caneca para o lado da mesa e olha de volta para mim.

— Bom… — começa ela.

— Fala.

— Você foi um namorado de merda esse verão.

— Como isso é possível, já que a gente não estava namorando?

— Nós dormimos juntos o verão todo. — Ela faz a afirmação devagar, com tristeza, como se estivesse arrependida de esperar mais de mim.

— Foi você quem disse que não era nada, que era só uma conveniência pra nós dois, lembra?

Alexis dispensa minhas palavras, ou melhor, as palavras dela, com um gesto de mão.

— Se estávamos tecnicamente juntos ou não, não importa — explica ela. — Você não tem me tratado bem, então estou aqui para dizer, de uma vez por todas, que me cansei de você. Acabou.

Pela sua expressão emburrada, ela já decidiu o que vai responder e não importa o que eu diga. Então eu digo:

— É, eu sei. Porque isso aconteceu em março e não nos falamos há três semanas.

— E por que será, Jack? — pergunta Alexis. — Por que não estamos nos falando?

— Você está mesmo me perguntando isso?

Eu estava soprando meu café para esfriá-lo, mas congelo com a caneca no meio do caminho enquanto a olho boquiaberto.

— Sim, estou te perguntando isso mesmo. — Ela ergue o queixo.

— Porque Finn morreu, Lexy.

Estou muito confuso. Baixo minha caneca com um estalo. Um pouco do café espirra nos meus dedos, mas não reajo.

— Exatamente. — Ela joga as mãos para o alto como se eu tivesse provado um ponto.

— Não estou entendendo. Eu estou de luto, Lexy.

— E me deixou sozinha com o meu!

Não sei se a cafeteria fica em silêncio por causa do show dela ou se eu fiquei temporariamente surdo. De qualquer forma, há um zumbido nos meus ouvidos que me impede de escutar minha própria voz enquanto respondo:

— Como você *ousa*?

Alexis deve estar ouvindo um zumbido nos ouvidos também, porque coloca uma mão em volta da orelha e diz:

— Quê? Fala mais alto.

— Como você ousa dizer isso pra mim — repito enquanto esse sentimento estranhamente sereno me preenche.

Subitamente, tudo está tão claro.

Tantas vezes eu disse a mim mesmo que finalmente tinha visto a "verdadeira" Alexis, que eu nunca mais cairia na dela de novo, mas eu sempre caía. Agora entendo. Eu tinha visto aspectos da verdadeira Alexis, mas nunca os vi juntos, como um todo. Neste momento, todas essas peças se juntaram e eu consigo finalmente enxergar Alexis por inteiro.

Para ser honesto, é uma imagem bem simples. Ela é uma garota muito insegura que se define totalmente pelas pessoas que a cercam. Seus amigos são como uma coleção, um sistema planetário que ela construiu para girar ao seu redor.

— Como eu ouso? Jack, você…

— Não, não — interrompo. — Se eu quisesse, eu poderia ter te chamado aqui e dito "olha, nós dormimos juntos o verão inteiro e então meu melhor amigo morreu e *você* não foi ver como *eu* estava". Eu poderia mesmo ter feito isso. Você, não. — Tento não usar o mesmo tom que usaria com uma criança, mas é difícil.

— Ele era meu amigo também — contrapõe Alexis. — Por que você e Sylvie não conseguem ver isso?

E então acontece de novo. É tão óbvio que caio na risada.

Ela fica surpresa o suficiente para perder o foco, e na pausa eu compartilho minha revelação cômica.

— Isso não é sobre nós dois, é, Lex? Sylvie brigou com você.

Tento não rir de novo, porque agora parece um pouco maldoso, mas é tudo tão bobo e óbvio. Sylvie a magoou, então ela está querendo projetar isso em mim, em vez de olhar para si mesma e se perguntar por que Sylvie agiu dessa maneira.

Alexis explode:

— Sylvie e eu não brigamos! Tem muita coisa acontecendo na nossa vida, e eu vou para a faculdade e ela precisa encontrar um novo terapeuta, coitada! E nós duas precisamos dar um tempo na nossa amizade.

Alexis, por quem eu pensava que estava apaixonado, me fuzila com o olhar.

— Aham. — Dou um gole no café, que ainda não esfriou direito e queima minha garganta. — Meu palpite é que foi isso que Sylv te disse, e aí você discordou, porque é claro que sim, e então ela disse o mesmo que você acabou de falar pra mim. Não foi?

— Disse o que para quem? — Alexis dá um gole na bebida que eu sei que ela odeia e tenta esconder a careta.

— Você a deixou sofrendo sozinha, Lexy. Que droga.

Mais uma vez, sinto que todas as peças se juntaram e eu finalmente consigo ver o que deveria estar bem na minha cara.

— No dia depois do acidente, por que as pessoas estavam indo para sua casa em vez da de Sylvie? — indago.

— Eu fui ao hospital quando os pais dela me ligaram. Eu estava cansada e queria ir para casa! E todos nós precisávamos de um lugar para processar aquilo juntos, Jack. Sylvie não é minha única amiga.

— Tem um porão em cada maldita casa desta cidade e você sabe disso — contraponho. — Sylvie precisava de você. Droga, eu não teria me importado… — Minha serenidade e minha voz falham nessa hora, mas não consigo evitar. — Teria sido legal você dizer algo que reconhecesse que ele era meu melhor amigo, Lex. Talvez meu único amigo de verdade. Não sei. Mas você comparar seu luto ao meu? Ou ao de Sylvie?

Eu balanço a cabeça. Essa conversa não vai nos levar a lugar nenhum.

Afasto-me da mesa para me levantar. Acho que Alexis não acredita que vou sair sem a permissão dela, porque emite um som de desdém para mim.

Eu a olho uma última vez. Ela tem um rosto bonito. Por enquanto.

— Sylvie disse que você precisava amadurecer bastante, mas, sinceramente, Lex? Se você está tão atrasada aos 18 anos, não sei se algum dia vai conseguir chegar lá. Espero que sim, mas… — Dou de ombros. Eu desisto e me levanto.

— Jack, você não vai…

Eu vou, e não há nada que ela possa fazer.

onze

Aparentemente, a última coisa que preciso fazer para provar aos meus pais que vou ficar bem é sair com "meus amigos" antes de ir para a faculdade. Esse não parece ser o melhor momento para dizer a eles que estou questionando se tenho algum amigo além de Finn. Estou começando a ver como meus outros relacionamentos eram superficiais. Quase me faz desejar não ter sido tão duro com Sylvie a respeito de tudo. Acredito que não ajudaria em nada se eu ligasse e dissesse que talvez ela estivesse certa, que talvez eu não soubesse o que era amizade até que fosse tirada de mim.

Mas, quando Kyle me manda mensagem dizendo que vai rolar uma festa em St. Charles esta noite — mesmo que seja a primeira vez que alguém da minha sala falou comigo desde o funeral —, parte de mim derrete um pouco. Outra parte se pergunta como vai ser. Não é como se Finn fosse em toda festa comigo. De todo modo, metade do tempo, estava impedindo Sylvie de entrar em coma alcóolico por causa de algum desafio.

A maneira como meus pais sorriem quando conto que vai ter uma festa do outro lado do rio, na qual um monte de caras do time estarão, e que eu estou pensando em dar uma passada para me despedir? Só isso quase faz valer a pena. Se eu conseguir enganar meus pais de que estou bem, talvez consiga enganar a mim mesmo alguma hora.

Quando passo a ponte, penso em como, sempre que íamos para St. Charles, Finn dizia alguma coisa a respeito da expansão do aeroporto e a evasão da classe média, e eu ficava tipo: "É, as pessoas são péssimas. Não tem nada que a gente possa fazer".

Se Sylvie estivesse no carro, comprava a conversa enquanto eu me distraía ou ficava me pegando com Alexis se ela também estivesse com a gente. Não é como se o que Finn estava falando não parecesse importante, mas éramos apenas adolescentes. Que tipo de impacto poderíamos causar?

Acho que não penso mais assim, mas também não tenho mais ninguém para me explicar essas coisas.

Eu poderia perguntar a Sylvie, mas tem uma boa chance de ela não estar falando comigo, dada nossa última troca de mensagens.

Quando chego no endereço, reconheço a casa. Já estive aqui antes. Foi uma festa bem pequena, todo mundo se conhecia. Finn, Sylvie, Alexis e eu só fomos porque um cara mais velho do time conhecia o dono da casa e nos convidou para ir junto. Para uma festa pequena daquele jeito, havia uma quantidade surpreendente de álcool. Em certo ponto, tarde da noite, um cara disse que o policial que morava na casa ao lado ia voltar do trabalho em breve e sugeriu que seria superengraçado se uma das meninas mostrasse os peitos para ele.

Apesar do grande número de pessoas apontando os motivos óbvios pelo qual esta era uma má ideia, Sylvie se voluntariou para o trabalho. Não importa que a maioria de nós estivesse sóbrio o suficiente para impedir a menina superbêbada de confrontar um policial. Sylvie e Finn mais uma vez discutiram sobre Finn estar tentando controlar Sylvie ao impedi-la de fazer algo idiota. Pior ainda, eles brigaram no banco da frente do carrinho vermelho de Finn, enquanto Alexis e eu estávamos espremidos no banco de trás, ela brava comigo por algum motivo misterioso.

Sempre que eles tinham essa briga na minha frente, eu tinha vontade de dizer que a Sylvie sóbria concordaria que era uma má ideia noventa por cento das vezes. Também queria dizer a Finn que ele já devia saber que não adiantava usar lógica com Sylvie quando estava bêbada.

Porra, Finn, só deixa ela dormir, eu pensava. E às vezes eu também pensava: *Você não vai transformar ela em Autumn com argumentos, cara.* Mas nunca disse nenhuma dessas coisas, e agora não tenho certeza se deveria ter dito.

Então.

Pelo menos não terei memórias felizes me atormentando nesta festa.

Por sorte, é muito maior que a última. Sei disso pelos carros estacionados por ali. Eu me pergunto se o policial ainda mora na casa ao lado, porque a rua está bem cheia e as pessoas no quintal não estão falando baixo, mesmo que seja nove da noite.

Meu objetivo é conversar com pelo menos três pessoas cujos nomes meus pais já me ouviram mencionar, e então ir pra casa. Amanhã, quando perguntarem, vou dizer que foi ótimo ver tal pessoa e me despedir daquele cara, e aí direi que vou para o meu quarto fazer as malas e tirar um cochilo.

Subo saltando os degraus da frente e abro a porta sem bater, porque a festa já está nesse nível. Não vejo nenhum rosto conhecido, mas a cozinha fica no final do corredor e tem uma fila para o barril de chope, então decido que é um bom lugar para começar.

De cara, encontro Trevor Jones no final da fila. Perfeito.

— E aí! — chamo enquanto me aproximo, tomando o cuidando de ficar para trás para deixar claro que não estou tentando furar a fila do chope. Talvez ele esteja perdido em pensamentos, porque trava por um segundo.

— E aí, Murphy — cumprimenta.

— E aí, o que tá rolando?

— Nada — responde ele como se eu fosse um professor ou um policial. — Tudo bem?

— Tudo — digo. — Quem está por aqui?

— Você sabe, os caras de sempre.

— Certo — falo depois dessa não resposta. Será que Trevor sempre me detestou e eu nunca notei? — Ricky está aqui?

— Provavelmente?

A fila anda.

— Bem, vou deixar você pegar sua bebida e dizer oi pra outras pessoas.

— Legal! — Trevor parece muito aliviado. Ele olha para a frente e eu me afasto.

Todo mundo adorava Finn. Mesmo as pessoas de quem Finn não gostava muito o adoravam, porque ele tratava todo mundo igual. Será que só gostavam de mim porque eu andava com ele? Me ter por perto era o preço a se pagar para ter Finn por perto também?

Isso não parece certo, pelo menos não totalmente, e não vou deixar o fato de Trevor ter agido estranho estragar a minha noite.

Há uma alcova no corredor onde algumas meninas estão reunidas e eu vejo uma delas apontando para mim e cochichando com as amigas. Chloe namorou Seth, que fazia parte do time, por mais de um ano. Os dois terminaram depois que Finn levou Chloe para casa quando Seth se recusou a ir embora da festa. Nada aconteceu, óbvio. A carona foi um ato de gentileza. Mas isso pareceu matar os sentimentos dela por Seth. Ele tentou colocar a culpa em Finn, mas nunca conseguiu achar um jeito de fazer isso.

Esse é o tipo de lembrança do ensino médio no qual quero viver esta noite, então, embora eu não faça ideia do que Chloe estava falando de mim para a amiga, vou até lá. Várias das meninas saem correndo, mas uma delas fica.

— Eeeeeei! — As duas meninas dizem ao mesmo tempo, na mesma voz aguda.

— Oi? — Em seus vestidos pretos curtos e maquiagem prateada combinando, têm um ar de gêmeas de filme de terror.

— Como você tá? — pergunta Chloe, e sua amiga (Sara?) faz que sim com a cabeça, sincronizando com as palavras.

— Nada de mais — digo, o que não é uma resposta apropriada para a pergunta, mas nenhuma delas percebe. A forma como estão me olhando é intensa demais.

— É? — falam juntas, as duas acenando com a cabeça.

— Vou pra faculdade no fim da semana — conto.

Felizmente, apenas Sara inclina a cabeça para o lado, mas as duas me olham com pena.

— Pois é — respondo a pergunta que elas não estão fazendo. — Mas estou animado.

— Claro — concorda Chloe. — Vai ser um recomeço pra você.

Sara faz que sim.

— Não preciso de um recomeço. Não é como se eu tivesse matado alguém.

Quando as palavras saem da minha boca, tento transformá-las em piada com uma risada, mas isso só piora as coisas. Uma sequência de reações, como se fossem uma luz estroboscópica, atravessam o rosto de Chloe e da amiga antes de assumirem novamente uma expressão de pena.

— Uma mudança de ares, então? — sugere Chloe. A amiga, que eu lembrei que na verdade se chama Steph, não concorda dessa vez.

— Nós ficamos sabendo do treino — solta Steph-não-Sara.

— O quê?

Elas fazem uma careta sincronizada e eu estou começando a achar que ensaiam essa imitação de gêmeas bizarras no espelho.

— Sabe? Tipo, quando você apareceu no treino de futebol do nada? — Chloe toca meu braço de um jeito que eu costumava achar que significava que uma garota estava flertando, mas agora não tenho certeza.

— É, eu… — começo a falar, mas não quero explicar para elas por que eu estava lá. Não merecem isso de mim. — Sabe, você provavelmente está certa, eu preciso mesmo de uma mudança de ares.

Elas assentem com entusiasmo.

— Então, hum, acho que vou dar oi para outras pessoas. — Fico surpreso ao constatar que elas parecem decepcionadas, mas não me importo. — Bom ver vocês. — Viro enquanto me despeço.

Gritos vêm do outro cômodo, o que deve pelo menos ser interessante.

É lá que a maior parte do time está, Ricky, Jamal e os outros. Alguns dos novos que vieram do time secundário estão ali também. Todos estão concentrados em Bunny e no videogame que ele está jogando.

Não faço ideia de qual seja o nome verdadeiro de Bunny, provavelmente algo como Robert ou John, mas seu sobrenome é Bunnell e seu apelido é Bunny desde que o conheço. Não sei se o admiro por isso ou não.

Eu fico no canto, e queria ter uma bebida na mão, ou pelo menos um refrigerante para me manter ocupado.

— Vamos, vamos. — Seth fica dizendo sem parar enquanto Bunny tenta acertar o chefão onde é mais vulnerável. O personagem não acerta o monstro e é imolado.

— Nãaaaao! — lamenta Seth por cima do grunhido de alguém.

— Isso é uma questão pessoal pra você, Seth? — Eu rio.

Todo mundo se vira para mim. O milissegundo de silêncio corta como vidro.

— Ah, oi, Murphy — diz Ricky, soando exatamente como no treino. — Faz tempo que não vejo você.

Alguém no grupo acha isso engraçado. Outra pessoa faz shhh.

— Kyle me contou da festa — explico. Kyle acabou de se formar, como eu. — Viram ele por aqui?

— Hum, talvez? — Ricky está de mãos dadas com Jasmine, que nunca teria olhado para ele se Finn não tivesse morrido. Ela me encara da mesma forma que Chloe e sua amiga. Os caras do time parecem nervosos, desviando o olhar e falando baixo uns com os outros. O videogame foi esquecido e o grupo sentado no chão levantou eles, estão se alongando. Alguns saem da sala.

— Oi, Murphy, não pensei que você viria — trovoa Kyle atrás de mim. Ele está segurando dois copos de cerveja. Entrega um para uma das meninas sentadas no sofá.

— Eu não tinha certeza também. Obrigado por me convidar.

Estou tentando entender por que Ricky disse que não sabia se Kyle estava aqui.

— Parou de jogar? — Kyle pergunta a Jamal.

Jamal dá de ombros e recomeça a fase, mas a sala está quase vazia. Estão ali Ricky, Jasmine, Kyle e a menina para quem ele pegou a cerveja, além de Jamal e Seth, todos no sofá. Eu não caibo, então fico em pé.

Estou quase certo de que as pessoas gostavam de mim por quem eu sou. Claro, todo mundo gostava mais de Finn, mas isso era o esperado, porque ele era o cara mais legal do mundo. Ricky, Jamal, Seth, nós sempre nos demos bem. Não éramos próximos, mas nos dávamos bem.

Então não sei bem o que está acontecendo.

Jasmine se inclina para a frente.

— Então, como você tá, Jack? — diz ela em um tom que é assustadoramente familiar.

— Estou bem! — respondo, com um entusiasmo meio exagerado. — Animado para a faculdade, mudança de ares, tudo isso.

— Isso vai ser bom pra você — diz ela, assentindo. Nós só nos falamos algumas vezes, mas ela parece ter opiniões completas sobre o que eu preciso. — Um recomeço.

Estou prestes a dizer "não é como se eu tivesse matado alguém", desta vez de propósito, quando percebo que eles estão com medo de também morrerem se passarem tempo comigo. Morte por associação.

Ricky está estudando as unhas da mão livre como se fosse o tipo de cara que se preocupa com uma unha encravada. Jamal está jogando de novo, desta vez em piloto automático, mal reagindo ao que acontece. Até Seth está quieto.

— Acho que sim — concordo, e Jasmine assente de novo.

— Você é tão corajoso — diz ela.

Kyle, que está sentado do outro lado de Jasmine, dá uma espiada nela e então em mim.

— Ei, por que ninguém está me chamando de corajoso? Eu vou pra Califórnia. Murphy só vai pro sul do Missouri — reclama.

A menina do outro lado de Kyle, aquela para quem ele pegou a cerveja, ri e começa a responder, mas Jasmine interrompe, inclinando-se por cima de Kyle.

— Ele é o cara que perdeu o…

E pra mim chega.

Acho que meu pai chama de sair à francesa quando você não diz a ninguém que está indo embora, e é isso que estou tentando fazer, mas, no meio do caminho até o carro, ouço Kyle me chamar. Eu viro e ele corre até mim.

— Olha, desculpa por aquilo. Não achei que os caras iam ficar tão estranhos.

— Não foram só os caras — digo. — Talvez eu esteja distraído hoje.

— É, eu ouvi que a Chloe tentou flertar com você.

Minha mente voa. Então ela estava mesmo flertando e, de alguma forma, a história já se espalhou vinte minutos depois?

— Olha. Finn? Ele era um cara ótimo e merecia o melhor. Tipo, eu fico pensando naquela noite, sabe, em que ele não queria ir para casa até eu colocar o cinto de segurança? Merda. — Kyle dá de ombros. — Tipo, o que estou tentando dizer é que todo mundo está assustado. Porque, se uma coisa assim pode acontecer com Finn, pode acontecer com qualquer um.

— Pois é, pode — digo.

Kyle faz uma careta.

— Ninguém quer pensar nisso. Então…

— Ninguém quer o melhor amigo do menino morto estragando a festa? — arrisco.

— Não estou dizendo isso. — Kyle me olha nos olhos quando fala, mas isso não me faz acreditar nele. Ele pigarreia. — Eu não queria que você pensasse que ninguém gosta de você ou coisa assim. Todo mundo sabe que você é legal, Jack. É só… — Ele já tentou dizer que não está dizendo o que está definitivamente dizendo.

— Tudo bem, Kyle. — Porque meio que tudo bem mesmo. Eu fico feliz por ninguém me odiar, mas também fico feliz pelos caras do time não serem amigos que eu precise me preocupar em perder. Dou um tapinha no ombro de Kyle. — Obrigado pelo convite. Boa sorte na Califórnia.

Ele parece aliviado quando eu entro no carro.

Na manhã seguinte, conto aos meus pais que conversei com Kyle e os caras do time, falo como foi bom ver todo mundo e que estou começando a ficar mais animado para a faculdade.

Acho que um recomeço será bom para mim.

doze

PARECE IMPOSSÍVEL, MAS É HORA DE IR PARA A FACULDADE.

Terminei de fazer as malas sem que Charlie precisasse vir aqui em casa. Antes que minha mãe pedisse, limpei meu carro a ponto de poder competir com o de Finn e consegui abrir espaço para colocar todas as minhas coisas. O plano era que eu fosse no meu próprio carro. Todos os meus irmãos também estudaram em Springfield, e meu pai ajudou Joey, Chris, Dave e James a se mudarem para os dormitórios, mas Matt e Charlie já sabiam como era e foram sozinhos.

De repente, meus pais quiseram me acompanhar. Comecei a protestar, mas me lembrei da expressão de Angelina quando entreguei a ela o kit de primeiros socorros do porta-malas de Finn. Então concordei em deixá-los vir.

No fim, a viagem foi boa. Meus pais se revezaram entre o carro deles e o meu ao longo da viagem de cinco horas. De início, durante o turno da minha mãe e depois do meu pai, a conversa pareceu meio forçada, mas conseguimos quebrar o gelo e acabamos nos divertindo. Acho que nunca passei muito tempo sozinho com meus pais. Eles são mais legais quando não estão estourando um com o outro.

Os dois sabiam que não era para perguntar de Finn. Os dois sabiam que a sombra dele me seguiria o dia todo. Sabiam que eu estava no melhor humor que conseguiria ficar, mas só porque não preciso falar de como era para ele estar se mudando comigo.

— Eu juro, um dos seus irmãos ficou neste andar — diz minha mãe.

Ela está carregando uma caixa e segurando a porta do corredor aberta com as costas enquanto meu pai e eu arrastamos as malas. Outras pessoas vêm atrás de nós e passam pela porta também, e minha mãe a segura para todos. Estou prestes a dizer para ela se mexer antes de acabar presa ali para sempre quando percebo os cartazes feitos à mão nas portas dos dormitórios. Eles parecem ter como tema os times para os quais os caras supostamente torcem, provavelmente com base no fato de morarem mais perto de Kansas City ou St. Louis. Parece um jogo perigoso. Já estou com preguiça de quaisquer cores de algum time que não seja de futebol que possa estar em volta do meu nome. Mais que isso: eu me pergunto se eles sabem que Finn não vem.

Quero ver o nome de Finn na porta ou não? Eu me pergunto. Seria bom ver evidência de que, não muito tempo atrás, ele tinha um futuro, ou só seria um lembrete de que o futuro fora roubado tão recentemente dele? Eu não terei escolha. Ou o nome dele vai estar lá, ou não.

— Três zero sete, três zero oito — diz minha mãe atrás de mim. — Três zero ah… ah!

Um cara mais velho está no que deveria ser minha porta, retirando o cartaz com o nome de Finn escrito errado, *Phinaes*. Ele se vira e nos vê.

— Oi! Eu sou o Josh, seu conselheiro de dormitório. Você é… — Ele olha para a etiqueta que restou na porta. — Jack! — Examina meu rosto e meus pais. — Houve uma mudança! Não sei se você soube… Bom, sempre tem uma longa fila de espera para o primeiro semestre, então logo vão nos dar o nome do seu novo colega de quarto. Você fez contato com o primeiro?

Quanto ele sabe? Talvez não sejam apenas os alunos do colégio que achem que acidentes bizarros são contagiosos.

— Aham — respondo. — Eu conhecia o Finn. Ele morreu. Esses são meus pais.

As palavras parecem ativar o treinamento dele e Josh se lança em um discurso sobre como está feliz de me receber em seu andar e toda a boa e comportada diversão que o dormitório oferece aos residentes. Abro a porta e fico com a cama e a escrivaninha mais distantes do corredor.

E lá se vai a chance de a faculdade me ajudar a seguir em frente.

Não demora muito para meus pais conseguirem se libertar. O corredor mais parece um hospício e Josh não demonstrou estar muito interessado em me conhecer.

Minha mãe começa a colocar um lençol na cama. Meu pai para no meio do quarto com as duas malas que trouxe, esperando instruções.

— Pega a TV, George — diz minha mãe sem erguer os olhos.

— Que TV? — pergunto.

Meu pai sai correndo.

Minha mãe para e alisa os lençóis.

— Eu me esqueci de te contar. O sr. Smith passou lá em casa uns dias atrás quando você tinha saído para correr. Ele comprou uma TV para o Finn, como presente de mudança. Achou que você deveria ficar com ela. — Minha mãe pega o travesseiro e uma fronha antes de olhar de soslaio para ver minha reação.

Não sei o que pensar disso.

— Ele disse algo sobre querer ter conhecido Finn melhor. Eu contei algumas histórias dele e de como Finn era o amigo mais educado e prestativo que qualquer um de vocês já trouxe pra casa. Acho que ele queria mesmo era falar com você. Mas não me pediu para te chamar. — Ela termina de afofar o travesseiro. — E, como ele não pediu, eu deixei que ele desse a televisão.

— Eu não quero falar com ele — decido.

— Eu sei, querido.

Meu pai voltou carregando a TV. É grande o suficiente para ser quase preocupante. Um gesto clássico do pai de Finn.

— Por que ele faz essas coisas? — perguntei a Finn depois que ele recebeu uma carta contando que um grande investimento fora feito em seu nome. Nós tínhamos terminado uma corrida e ele parou para checar a correspondência quando entramos. Uma gota de suor pingou no papel.

— Quer provar algo — disse Finn. — Ainda não descobri o quê.

Lá dentro, ele jogou a carta na mesa de jantar onde ela imediatamente se perdeu em meio aos projetos de arte pela metade de sua mãe. Pouco mais de um ano depois, o pai dele o convidou para o jantar de Ação de Graças e eu tive medo de que Finn acabasse de coração partido. Eu estava certo.

A TV quase não cabe, mas meu pai e eu conseguimos equilibrá-la no topo da cômoda. Domina a metade superior da parede como um buraco negro. Eu me viro de costas para ela e começo a arrumar minha escrivaninha.

Ninguém chegou até a hora que meus pais decidiram sair para jantar, e parte de mim torce para que o conselheiro tenha errado a respeito da lista de espera para morar no campus.

Um dos motivos para meus pais ainda estarem casados é que eles são criaturas de hábitos, então não há discussão a respeito de onde vamos comer. Vamos ao mesmo restaurante chinês no qual comemos toda vez que visitávamos um dos meus irmãos, com a fonte interna e os Leões Guardiões de dois metros de altura. Da última vez que estive aqui, fiquei irritado com a incapacidade dos meus pais de mudar, mas, neste momento, a familiaridade me conforta.

A refeição é como a viagem, melhor do que o esperado, mesmo com os dois juntos ali. Conversamos a respeito da vez que Chris me desafiou a pular na fonte e Matt pediu o número da garçonete e ficou tão surpreso por ela realmente ter dado que ficou com medo de ligar.

Eles não discutem em nenhum momento. Na verdade, na metade da refeição, eu coloco um cronômetro no celular e eles quebram o próprio recorde de não brigar com catorze minutos de sobra, chegando até o estacionamento antes de discordar a respeito de quem dirigiria de volta. Eu conto essa novidade por mensagem para a metade mais jovem dos meus irmãos, que acham que meu cronômetro é engraçado, diferente dos outros três, que acham falta de respeito.

Falo para os meus pais que eles não precisam me acompanhar de volta para o quarto. Eles devem ir logo se querem chegar em casa antes da meia-noite. Meu pai deixa o carro em ponto morto enquanto minha mãe sai para me abraçar. É mais um aperto do que um abraço, e eu me pergunto se deveria, por eles, deixá-los me acompanhar quando minha mãe me solta e segura meus ombros. Ela me olha bem nos olhos e não diz nada, então assente para si mesma antes de se afastar um passo e sorrir para mim.

— Você vai ficar bem.

— Eu sei? — Eu tenho uma quase certeza.

— Carole? — Meu pai chama.

— Certo.

Ela entra no carro. Eu aceno de novo caso eles estejam olhando pelo retrovisor.

E então vão embora.

Eu sou um adulto solto no mundo.

Fico surpreso por sentir que algo mudou dentro de mim ou talvez no ar à minha volta. Não preciso voltar para o meu quarto. Eu poderia ir a algum lugar no campus ou entrar no carro e ir embora para sempre. O que quer que eu decida, não há ninguém para me impedir. É minha escolha o que acontece a seguir.

Eu escolho voltar para o quarto. Quero ficar sozinho.

Apenas quando eu vejo a porta entreaberta, e tenho certeza de que a tranquei, é que considero que talvez alguém da lista de espera tenha ganhado a cama vazia de Finn.

Lembro-me de ler a inscrição para o dormitório com Finn. Lá dizia que eles honrariam o máximo possível de pedidos para dividir quarto, mas que era melhor preencher o teste de personalidade só por garantia. Eu não fiz isso, mas, se tivesse feito, duvido que teria sido levado em consideração quando chamaram alguém da lista de espera na última hora.

Já tem um novo nome na porta. Espero que Brett torça para os Chiefs.

Quando abro a porta, as três pessoas no meu quarto me olham assustadas.

— Oi — digo a elas.

O cara sentado na cama de Finn parece surpreso até mesmo quando sua mãe dá um passo à frente para apertar minha mão. Quando eu a cumprimento, vejo que ela tem lágrimas nos olhos. Eu interrompi alguma coisa. O pai dele voltou a encarar as mãos torcidas diante do corpo.

— Nós somos os Carter — explica ela. — E esse é Brett!

— Oi — cumprimento. — Prazer. Eu ia pegar minhas coisas e tomar um banho. — É início da noite, mas ainda está quente como um forno lá fora, e todo mundo passou o dia viajando e se mudando, então minha desculpa para ser antissocial é aceita.

— Bom, se não nos virmos de novo, tenha um bom semestre! — diz a sra. Carter. As lágrimas nos olhos dela brilham. — Nos avise se precisar de alguma coisa!

— Valeu.

Pego a cesta com itens de higiene que minha mãe me forçou a arrumar antes de sairmos para jantar. Ela disse que eu agradeceria mais tarde, embora eu não ache que ela tenha previsto essa situação exata. De qualquer forma, eu a agradeço mentalmente enquanto fujo dali.

E eu pensei que meus pais tinham ficado sentimentais por eu sair de casa.

De repente, sou grato à minha família pouco efusiva. O que me faz sentir saudade deles, especialmente da minha mãe. Mentalmente, eu a agradeço de novo, desta vez por não chorar.

Ele não está morrendo, parte de mim quis dizer aos Carter. O que teria sido uma atitude babaca, então fico feliz por não ter feito, mas é como me sinto. Angelina daria qualquer coisa para estar no lugar daquela mulher, e ela ainda tem a audácia de chorar? Pareceu uma besteira.

Pelo menos eu estou pensando com clareza o suficiente para saber que há algo errado na minha reação, então tomo um banho longo. Escuto outras pessoas entrando e saindo, mas elas não fazem fila, então não libero minha cabine.

Escuto dois caras rindo juntos. Claramente são amigos há anos.

Abro mais o chuveiro. A pressão da água não é das melhores, mas bloqueia o som.

Demoro tanto tempo para voltar que os pais de Brett teriam que ser absurdamente exagerados para ainda estarem lá. Meus dedos parecem uvas-passas quando saio do banho.

O corredor não está silencioso, mas enxergo como a diferença entre ir a um show e fazer uma caminhada: o bosque é cheio de barulho e atividade, mas, em comparação a um show, é silencioso. É possível ouvir algumas risadas e conversas, um barulho de televisão. Cerca de metade das portas estão fechadas.

São só nove da noite, mas espero que esse tal de Brett esteja dormindo. Quando chego no quarto, decido que é quase isso, porque ele está lendo o manual da universidade.

O livrinho tinha sido deixado nos nossos colchões quando eu cheguei, e está cheio de números de telefone do campus que posso procurar na internet, regras sobre consumo de álcool e mais alguns mapas ou coisa assim. O meu está na lixeira, onde qualquer pessoa sã colocaria essa bobagem que só serve para desperdiçar papel.

— Oi — cumprimento.

— Oi. — Brett nem ergue os olhos.

Perfeito.

Eu me deito na cama com meu discman e puxo o lençol por cima da minha cabeça. Coloco os fones de ouvido e ouço o CD feito pelo Finn com as melhores músicas de Tom Petty até a luz que entra pelo tecido se apaga.

Continuo ouvindo o CD até pegar no sono.

treze

ENTÃO, COMO É A FACULDADE?

É difícil dizer.

No café da manhã, eu me pergunto o que Finn teria achado dos ovos do refeitório ou da máquina que faz waffles moles. Andando pelo campus, penso em como Finn teria gostado das árvores. Às vezes, olho para cima e observo a multidão, na esperança de vê-lo. Não sei como me convencer de que não é um erro: Finn não estar na faculdade comigo.

Claro, se Finn estivesse vivo, ele não estaria na faculdade comigo. Na verdade, estaria na faculdade com Autumn.

Que glorioso pesadelo isso seria.

É quase sempre nisto que penso quando caminho de uma aula para outra ou como sozinho no refeitório: no tanto que Finn e Autumn seriam irritantes se estivessem aqui juntos.

Depois de todos esses anos dizendo a Finn que Autumn não correspondia aos sentimentos dele e que ele precisava superar, eu teria que deixá-lo falar dela sem parar, pelo menos naquelas últimas semanas de verão. Quando chegássemos à faculdade, eu já estaria cansado. Finn estaria se esforçando para não falar o tempo todo do milagre que era Autumn amá-lo, mas eu reviraria os olhos toda vez que ele se segurasse para não mencioná-la. No fim das contas, estaria tudo bem e eu ficaria feliz por ele.

Mas sei que, toda vez que eu perguntasse a Finn se ele queria ir ao refeitório, ele mandaria mensagem perguntando a Autumn se ela queria ir também. E nós a esperaríamos no saguão, onde ele ia ficar parecendo um cachorrinho esperando o dono, muito empolgado assim que a visse. No refeitório, os dois ficariam trocando olhares demorados, com sorrisos secretos.

Eu ficaria feliz por ele, de verdade, juro. Se a tensão entre Autumn e Finn era irritante antes, duvido que teria melhorado quando eles se tornassem um casal. Esta é a verdade sobre a tensão sexual entre duas pessoas: concretizá-la não diminui nada. Normalmente só aumenta.

Todo panfleto que vejo anunciando uma reunião para os calouros ou atividade no campus, imagino-me perguntando se Finn estaria a fim de ir, ele diria que checaria com Autumn. Autumn seria o impulso por baixo de todas as decisões que Finn tomaria esta semana. E isso me deixaria muito frustrado. Com o tempo, brigaríamos por causa disso.

Durante alguns dias, sempre que não estou em aula, a briga fictícia com Finn por causa de Autumn é meu foco. Às vezes, eu o confronto por ter me deixado esperando ou porque estou cansado de ir até a biblioteca para que ele e Autumn possam se pegar. Obviamente, não importa o motivo, Autumn tentaria defender Finn, mas ele diria que não, que precisava se resolver comigo, então ela sairia, e, onde quer que estejamos no campus ou no dormitório, somos Finn e eu, e estamos discutindo.

Nós não brigávamos muito, mas eu o conheço bem o suficiente para prever como se defenderia. Diria que o relacionamento ainda era novo e "você sabe o que significa para mim estar com Autumn".

Nesse mundo de sonho no qual Finn está vivo, eu não teria visto Autumn de luto. Ainda desconfiaria que ela pudesse partir o coração dele, então eu teria apontado que era eu quem sempre tinha estado lá para ele, não ela. E questionaria: se Autumn o abandonasse de novo, eu deveria só ficar lá esperando?

É tão bom sentir raiva desse Finn, desse Finn vivo que me negligencia para ficar com a menina dos seus sonhos.

Não importa quem começa a briga ou como o diálogo vai acontecer, sempre termina do mesmo jeito: com Finn se desculpando e prometendo passar mais tempo comigo. Tenho certeza de que é assim que terminaria, porque sempre fui um bom amigo para Finn, e ele sabe disso. Sabia disso.

Costumo chorar no chuveiro, assim como fazia em casa.

Tarde da noite, não consigo me distrair imaginando como seria se Finn estivesse aqui. À noite, eu sei que ele está morto. Sei mesmo? A ideia ainda me assombra, *mas e se não fosse Finn?* E se alguém mais ou menos com a mesma altura e peso de Finn e vestindo roupas parecidas parou para ajudar Sylvie e foi *ele* quem colocou a mão na poça com o cabo de força e é *ele* quem está na caixa cinza com o rosto queimado, não Finn?

Talvez Finn tenha batido a cabeça, tido amnésia e saído andando por aí. Mas eu sei que não é verdade.

Em outras noites, fantasio que ele não bateu a cabeça. Talvez tenha pensado que tinha matado Sylvie e ficado tão tomado pela dor e pela culpa que fugiu, e agora acha que nunca mais pode voltar para casa porque todo mundo o odeia. Talvez ele até tenha medo da polícia achar que ele fez de propósito.

Mas Finn, o futuro médico, correu para verificar a respiração e o pulso de Sylvie. Correu para ajudá-la, porque, claro, é isso que Finn faria.

Mesmo que eu consiga me convencer de que enterramos outra pessoa no caixão de Finn por engano, não consigo me convencer de que ele deixaria qualquer um de nós sofrer assim.

Então Finn não está aqui comigo.

E não tenho muito mais a dizer sobre a faculdade.

catorze

Depois da primeira semana de aula, acordo sábado de manhã e decido que preciso encontrar uma rota de corrida. Todos, desde os conselheiros, os professores e até os coordenadores, ficam dizendo que precisamos ser independentes, que ninguém está fiscalizando. Sei que estão falando de trabalhos e coisas do tipo, mas não terei o treinador atrás de mim também e me recuso a ser um desses atletas que vai para a faculdade e perde tudo.

Eu já sou o cara que continuou indo à escola depois da formatura.

Por algum motivo, eu só durmo até as oito, mas é melhor assim, já que ainda está bem quente por volta do meio-dia.

Brett, o besta, como comecei a chamá-lo, ainda está dormindo. Durante a semana, vivemos como se uma linha invisível dividisse o quarto depois de uma briga que nunca tivemos. Eu não sei por que estamos tão desinteressados em nos conhecer. Ele pode ter amigos em outro andar do dormitório, porque o vejo na sala comunal toda noite, participando de toda e qualquer atividade que esteja acontecendo. Ele fez uma bolinha antiestresse; foi ver um filme; até foi à aula de culinária de micro-ondas. Também é possível que Brett não tenha nenhum amigo e esteja indo a essas atividades justamente para fazer alguns. Mas, durante o dia, parece que ele nunca sai do quarto, e eu nunca o vi no refeitório. Nas poucas vezes que passei no quarto entre as minhas aulas, ele sempre estava lá, quase como se não tivesse nenhuma aula.

Eu ficaria ofendido por ele não erguer os olhos ou me cumprimentar quando eu entro, exceto que eu também não quero passar por essas cordialidades. Ainda digo "oi" às vezes e não sei se faço isso para ser simpático ou um babaca, deixando claro como ele está sendo grosso.

Brett tem uma foto dele mesmo em um porta-retrato na escrivaninha. É uma daquelas fotos idiotas estilo cartão de beisebol, e ele parece ter uns 14 anos. Deve ter sido uma temporada excelente.

Então, nesse primeiro sábado na faculdade, deixo Brett, estrela de beisebol do fundamental, dormindo do seu lado do quarto e vou para o refeitório. Engulo meio *bagel* e um pouco de suco e vou em busca de uma nova rota.

A pista em volta do campo de futebol americano é a escolha mais óbvia, mas nem sempre estará disponível, especialmente durante a temporada de jogos. Sigo na direção da praça principal, mas não levo muito tempo para descartar essa possibilidade. Muitas árvores antigas nesta parte do campus, o que significa muitas calçadas levantadas por raízes e o risco de tropeçar. Isso não teria me incomodado muito antes, mas é melhor evitar um acidente ridículo na faculdade.

Depois de uma volta, deixo a sombra das velhas árvores e sigo para uma parte mais nova do campus. As calçadas aqui não são só mais lisas, elas são mais largas e vai ser mais fácil desviar de alguém caminhando.

Mas acho que não vou precisar me preocupar com isso hoje. Durante toda a semana, as pessoas me entregaram panfletos de várias festas de boas-vindas, oficiais e não oficiais, que aconteceram na noite passada. Brett me acordou quando entrou cambaleando no quarto perto do amanhecer. Parece mais provável que ele tenha ido a alguma do que que tenha caído no sono enquanto via TV na sala comum.

Eu e Finn teríamos saído juntos ontem?

Só se Autumn fosse também, e eu não faço ideia do que ela iria querer fazer.

Estou na metade de um caminho longo e reto que parece ter uns quinhentos metros. Termina em uma praça na frente do prédio mais moderno e dá a volta pelo outro lado, para o tráfego de pedestres. Se o outro lado for tão reto quanto este, esta definitivamente será minha rota.

Finn viria correr comigo ou estaria dormindo no quarto de Autumn?

Eu também não sei a resposta. Jamais poderei saber como seria se Finn estivesse aqui, não importa quanta certeza eu tenha de que ele e Autumn agiriam como se tivessem nascido grudados.

Meu ritmo é longo e regular e, a cada passo, reconheço que preciso parar de fantasiar sobre como seria se Finn estivesse aqui. Estou me torturando com essa obsessão.

No entanto, parte de mim não quer mudar.

O que eu terei de Finn quando a dor passar?

Segunda volta.

Não estou respirando o suficiente. Preciso corrigir isso antes de sentir uma pontada no corpo. Preciso parar de pensar em como seria se Finn estivesse aqui comigo.

Quase posso tocar a realidade na qual ele está vivo e dividimos o quarto.

Respire, Murphy.

Parece que, se eu me concentrar bastante nisso, conseguirei passar para este mundo.

Tarde demais.

Aí está a dor na lateral do corpo, logo acima do quadril, a temida pontada.

Ranjo os dentes e sigo correndo.

Isso é o que você ganha por não respirar direito, Murphy.

Eu ainda conheço Finn tão bem. Algum dia, não vou mais conhecê-lo assim. Perco um pouco dele a cada momento.

O tempo está me mudando.

Nada está mudando Finn.

Continue respirando apesar da dor.

Será que algum dia vou reduzir a nossa amizade a coisa de criança? Será que algum dia vou me lembrar de Finn e perceber que faz anos que não penso nele?

Respire.

Não.

Eu jamais passaria anos sem pensar em Finn. Não importa quanto tempo eu viva, ele sempre será um dos melhores caras que já conheci.

Continue respirando. Você consegue.

Dói saber que eu vou passar um dia sem pensar nele, mas certamente não sentirei essa dor para sempre, o que significa que vou ter que parar de pensar em Finn.

Respire.

Ou eu posso encontrar uma maneira de pensar em Finn que não doa. Não sei como fazer isso. Tudo a respeito da partida de Finn é errado.

Continue respirando.

Então me lembro da manhã do funeral, de dizer a mim mesmo que precisava fazer aquilo porque era por Finn. Ou de Angelina dizendo que gostava de pensar nas roupas e pertences dele sendo úteis no mundo, que Finn ia querer isso.

Foi quase bom pensar em Finn assim.

Respire.

Finn iria querer que eu me divertisse na faculdade, seja lá o que isso signifique.

O que mais Finn iria querer?

A pontada na lateral está diminuindo. Estou na minha terceira volta. Sigo em um bom ritmo e preciso mantê-lo. Tento parar meus pensamentos e focar meu corpo.

Continue respirando.

Não sei o que significa se divertir na faculdade. Alguma combinação mítica de aventuras juvenis e estudo, imagino. Talvez seja diferente para cada pessoa.

Só que não vou descobrir o que significa para mim se eu continuar pensando em Finn aqui. Porque ele não está aqui.

E isso dói.

Mas é verdade.

Respire.

Então.

Por Finn.

Porque ele iria querer que eu fizesse isso.

Preciso me permitir aceitar a morte dele.

Respire.

E isso dói.

Mas a verdade dói.

Só preciso respirar.

quinze

Mergulhei de cabeça nas aulas das últimas duas semanas.

Finn gostaria que eu fosse para a faculdade, então estou indo para a faculdade, inferno.

No ensino médio, eu conseguia por pouco ficar entre os melhores alunos todo semestre, e isso era o suficiente para mim. Eu não me preocupava em subir no ranking nem nada do tipo. Sylvie estava determinada a estar entre os dez melhores, e Finn se juntou a ela nesse objetivo, enquanto confessava seu alívio por Sylvie não estar determinada a ser a melhor da sala.

Na faculdade, estabeleci para mim mesmo um cronograma rígido. Acordo cedo — antes de Brett — e como um café da manhã balanceado. Vou para as minhas aulas, anoto a matéria cuidadosamente e jamais perco o foco durante a explicação do professor. Depois do último tempo, vou para a biblioteca. Digito minhas anotações. Grifo meus livros. Adianto a leitura.

Nos meus períodos livres, é mais difícil não pensar em Finn. Tento estudar as aulas a que assisti, mas, quando não consigo fazer isso, leio os panfletos enquanto caminho. Há inúmeros deles pregados pelo campus. Panfletos de festas, de filmes estudantis, de eventos políticos. Sei de tudo que está acontecendo no campus, mesmo que eu nunca participe de nada.

Às vezes, vejo Brett, o besta, no campus, em um jogo de frisbee ou em uma oficina de pintura ao ar livre, então percebo que decidiu explorar outras atividade além das do dormitório. Ele segue sendo um mistério que eu não quero desvendar, embora ainda me incomode ele sentir a mesma coisa por mim, já que nunca me deu uma chance.

No almoço, coloco fones de ouvidos e viajo. Ouvir os CDs de Finn não conta como pensar nele. Algumas vezes, caras se sentaram à mesa, acho que se sentiam mal por eu estar sentado sozinho, eu só apontava para os meus fones e fazia um sinal de joia, ignorando-os até irem embora. Por enquanto, deu certo.

Certa vez, uma menina sentou à minha mesa e eu fiz a mesma coisa. Só depois que me ocorreu que eu não iria querer que ela fosse embora se estivesse pensado direito. Ainda assim, não consigo me imaginar indo atrás de uma garota agora. Como posso pensar em namorar quando Finn está morto?

Foi melhor mesmo eu tê-la afastado.

À noite, depois que termino minhas atividades na biblioteca, vou correr. Faço a mesma rota daquele primeiro sábado. O caminho é fácil e eu me forço até não conseguir pensar.

Então volto para o dormitório, tomo banho enquanto todo o resto está jantando e vou para o refeitório quando ele está mais vazio e é mais provável que me deixem em paz.

Depois disso, vou para a cama, porque preciso acordar cedo para um longo dia sem pensar em Finn.

Então, a parte acadêmica da faculdade eu resolvi.

Já o restante, eu não sei.

É tipo a coisa com a garota na minha mesa. Como posso pensar em ir a uma festa ou participar do clube de corrida quando Finn está morto?

Ligo para os meus pais dia sim, dia não. Charlie me ensinou isso.

— O terceiro dia é quando eles começam a pensar que você morreu.

Meus pais nunca perguntam de Finn, mas o "como você está?" da minha mãe é carregado de preocupação. Eles parecem achar que um novo amigo vai me animar.

Ela pergunta a respeito disso toda vez que conversamos. Algumas vezes, minto, dizendo a eles que fui a alguns dos eventos que vi nos panfletos. Isso os acalma um pouco. Querem muito que Brett e eu nos tornemos amigos, embora nunca o tenham conhecido, embora eu tenha contado como ele faz de tudo para me ignorar. Imagino que terei que fazer um amigo em breve ou, da próxima vez que minha mãe me ligar, ela vai mandar Charlie me visitar.

Infelizmente, hoje seria um dia perfeito para fazer um amigo.

Não tenho como justificar ir à biblioteca depois da aula. Acabei de entregar meus primeiros trabalhos importantes, estou em dia com as leituras e não há nenhuma prova vindo.

Eu acidentalmente me dei um ou dois dias de folga.

Talvez eu dirija por aí e encontre um parque para ir correr. Afinal, Finn curtia variar o terreno.

Então, depois da minha última aula, volto para o dormitório para trocar de roupa e fazer uma corrida extralonga, em um local a ser definido, como diria Sylvie.

Não há motivo para não ligar para os meus pais enquanto ando, então ligo para o telefone de casa.

— Alô? — Meu pai sempre atende o telefone como se você estivesse prestes a pedir dinheiro para o resgate de alguém que ele odeia. Acho que espanta os atendentes de telemarketing.

— Oi, pai.

— Carole! — berra ele para minha mãe.

Ouço um clique quando ela atende. Sei que ela está no andar de cima, no ateliê de costura que costumava ser o quarto de James, e que meu pai está na oficina, no porão. Acho que fazem isso porque dá a eles uma desculpa para gritar um com o outro mesmo quando não estão com raiva.

— Jack? — pergunta minha mãe. É bem provável que eu seja o único motivo para eles se comunicarem atualmente.

— Oi, só dando notícias.

— Que bom que você ligou — diz ela. Minha mãe me questiona sobre roupa suja. Suas palavras e os grunhidos do meu pai deixam evidente que eles duvidam que eu esteja usando cuecas limpas, mas estou. Lavar a roupa é fácil. Guardar que é um saco. Em geral, deixo minhas roupas limpas no cesto e deixo que as sujas se acumulem no chão até o cesto ficar vazio. Como ela não pergunta se estou guardando as roupas, omito essa parte.

Na nossa última ligação, minha mãe estava preocupada com a minha alimentação. É engraçado, porque eles eram tão desligados quando eu estava em casa. Agora que não estão me vendo, têm certeza de que preciso deles.

— Você já fez amigos? — Minha mãe finalmente pergunta.

— Conheci um cara de Taiwan ontem à noite. Ele parece legal.

Eu o conheci no elevador. Ele gostou da minha camiseta de Zelda e nós conversamos por cerca de vinte segundos antes de sairmos e irmos para lados opostos do andar, mas ainda conta.

— Você e Brett já saíram juntos? — pergunta ela.

— Não. — Fico feliz por estar chegando no dormitório e então poderei desligar. — E eu não quero. Estou ótimo, gente. Vocês vão ver quando saírem minhas notas.

— Notas não são tudo — contrapõe meu pai.

Minha mãe e eu ficamos em silêncio de tão surpresos, embora eu me recupere mais rápido.

— Quem é você e o que você fez com o meu pai? — pergunto.

— Bem, notas são importantes, mas seu pai tem um ponto — diz minha mãe. Os dois devem estar realmente preocupados se minha mãe está concordando.

— Estou bem, sério. — Não sei se estou mentindo ou dizendo a verdade. Talvez "bem" não seja a palavra certa, mas manter a cabeça fora d'água quando sinto que estou afundando já é alguma coisa, né?

É como se ela previsse que vou desligar.

— Você sabe que pode ligar quando quiser, né? — diz minha mãe.

— Eu sei. Estou bem, ok? Preciso ir. Vou entrar no elevador.

Nós nos despedimos e, depois que desligamos, imagino os dois ligando para Charlie e mandando ele fazer as malas e vir me visitar.

Quando saio do elevador, ocorre-me que Brett provavelmente vai estar no nosso quarto e não espera que eu apareça. Minha agenda tem sido bem constante nas últimas semanas. Se ele estiver batendo punheta, espero que pelo menos tenha trancado a porta. E como a maçaneta gira...

Ele está chorando.

Brett tenta fingir que está lendo o livro em seu colo, mas ouço o barulho quando ele coloca de volta na escrivaninha o porta-retrato que estava segurando.

Caminho para o meu lado do quarto como se ele não estivesse secando o rosto. Coloco a mochila na minha escrivaninha, deito-me de costas na cama e encaro o teto. Escuto e espero que a respiração de Brett volte ao normal.

Depois de um minuto, pergunto:

— Quer conversar?

Espero que ele diga não. Espero que ele finja que não estava chorando.

Em vez disso, Brett responde:

— Desculpa se eu fui estranho.

Eu olho de soslaio. Brett está sentado na escrivaninha, de perfil para mim. Ele pega a foto.

— A única pessoa com quem já dividi um quarto foi Todd, meu irmão gêmeo. Ele morreu quando tínhamos 14 anos. — Ele esfrega os olhos.

Eu sou tão babaca.

Por que não me ocorreu que os pais dele tinham um motivo para estarem tão emotivos quando o deixaram? Ou considerei que talvez houvesse uma explicação razoável para aquela foto?

Eu queria poder me desculpar pela maneira como julguei Brett e os pais dele, mas primeiro eu teria que explicar minha babaquice.

— Sinto muito — digo, e deixo por isso mesmo.

— É o tipo de coisa que nunca vai embora de verdade, sabe? — fala Brett.

— Sei.

Talvez ele consiga ouvir o quanto eu realmente sei, porque o resto das palavras de Brett sai numa torrente.

— Tive quatro anos para me acostumar, mas sempre que eu ouço você se mexer enquanto dorme, ou acordar de manhã, por um segundo penso que é Todd. Então eu te dei um gelo. Você é um grande lembrete de que ele não está aqui comigo.

— Não, eu entendo. — Eu penso em contar a ele sobre Finn, mas não é o momento. — Como o Todd era?

Dou uma olhada, caso tenha sido a coisa errada a dizer, mas o rosto de Brett se acende de um jeito que me lembra de Angelina no velório.

Brett jura que Todd poderia ter sido ator. Sabe que eles eram crianças, mas diz que, se eu tivesse visto Todd atuar, entenderia. Todd era capaz de ligar algo dentro de si e virar outra pessoa. Participou de todas as produções de teatro infantil em Kansas City. Não importava qual era o papel, Todd ligava esse botão e se tornava George Gibbs, ou Mercutio ou o Homem de Lata.

Todd também amava beisebol e queria ser treinador, no nível que pudesse.

— Uma vez perguntei a Todd se ele queria ser ator — contou Brett. — Ele deu de ombros. Disse que só gostava de atuar. Mas amava beisebol. E ele queria ser pai, e a carreira de ator poderia atrasar isso. — Brett faz uma pausa. — E eu fiquei, tipo, a gente tem 14 anos. Eu achei que já era demais perguntar sobre carreira, e lá estava ele falando em ser *pai*. — Então faz outra pausa. — Mas meu irmão teria sido um bom pai. Um ótimo treinador também. Ele tinha um jeito contagiante de ficar feliz pelas outras pessoas. Quando o time ganhava, ele ficava feliz por todos, e quando perdia, ele ficava feliz pelos colegas que tinham jogado bem. — Brett ri. — A gente tinha uma piada na escola: "Você precisa ser bem babaca para odiar Todd Carter".

Parece que Todd e Finn teriam se dado bem.

Brett diz que a forma como Todd morreu foi estúpida e, quando ele me explica, tenho que concordar. Todd estava voltando para casa com o pai depois do treino e o carro deles estava parado no sinal vermelho. Um bêbado bateu em outro carro no cruzamento, que foi jogado em cima do carro da família dele, o airbag deu problema e quebrou o pescoço de Todd.

— Então ele… — Brett abre as mãos e sua voz se perde.

— Se foi — termino por ele, assentindo. — De uma hora para outra.

Brett olha para mim com expectativa.

— É engraçado, mas… quer dizer, não é nada engraçado, mas… — Eu me enrolo com a fala. — Este quarto estava vago porque meu melhor amigo morreu. Mês passado. — Meu rosto está quente. — Não é o mesmo que perder um irmão, ainda mais gêmeo, mas eu meio que entendo.

De repente, tenho lágrimas nos olhos. Tentando respeitar a perda de Brett, sinto que estou diminuindo minha amizade com Finn.

Antes que fique com vergonha de chorar, Brett diz:

— Foi no mês passado? Cara, tô chocado por você não ter me socado quando eu apareci.

E isso me faz rir e chorar um pouco mais.

— O que aconteceu?

Então eu conto como a morte de Finn foi tão injusta, como ele era sempre tão cuidadoso.

Como ele era ótimo no futebol e infalivelmente gentil.

Como ele tinha amado uma garota durante toda a vida e tinha acabado de se acertar com ela.

Como a casa funerária estava lotada.

Não é como se Brett e eu nos tornássemos amigos imediatamente.

Mas conversamos sobre como parecíamos invencíveis.

Sobre como corpos quebram fácil.

Conversamos por um bom tempo. Eu pulo a corrida para ir ao refeitório com ele. A pizza está surpreendentemente boa. Finn teria gostado. Eu conto isso a Brett com a boca cheia. E confesso como tenho medo de esquecer.

— Você não vai — garante. Ele me olha bem nos olhos do outro lado da mesa, sua comida largada. Está bem seguro da resposta. — Você não vai esquecer. Você nunca vai esquecer.

Minha garganta aperta e é difícil engolir.

Nós ficamos em silêncio depois disso e eu começo a ficar envergonhado. Mal conheço esse cara e quase chorei na frente dele duas vezes no mesmo dia.

Quando terminamos de comer, tiramos as bandejas e saímos. Paramos e olhamos para os dois lados antes de atravessar a rua na direção do nosso quarto. Na metade da faixa de pedestres, ele começa a falar:

— Um dia, você vai pensar em Finn e não vai doer. Não é que a dor vai passar. Você me viu hoje. Mas sabe? Às vezes, quando me lembro de Todd, sinto apenas uma onda de felicidade por ter tido a chance de ser irmão dele. Um dia você vai se sentir assim em relação ao Finn. Sei que vai.

— Obrigado — sussurro, e ficamos em silêncio de novo.

Só alguns minutos mais tarde, quando estamos entrando no elevador, que Brett solta:

— Então, admite. Você achou que eu era um babaca com a minha foto do time de beisebol num porta-retrato.

O pânico deve estar estampado no meu rosto, porque ele ri, o que quer dizer que tudo bem eu rir também.

Como eu disse, nós não ficamos amigos imediatamente, mas é um começo bom o bastante para minha mãe não mandar Charlie atrás de mim.

dezesseis

DEPOIS DE CINCO SEMANAS NA FACULDADE, VOLTO PARA FERGUSON. No próximo fim de semana será aniversário de Finn e parece certo estar aqui.

Quando chego na cidade, eu faço um caminho mais longo para passar na frente da casa dele. Parece que a grama não foi cortada desde que Finn morreu. O clima tem estado seco, então a situação poderia estar pior, mas alguém precisa fazer isso antes que a associação de moradores mande uma multa ou algo do tipo. É óbvio que cuidar das tarefas de Finn é mais do que qualquer pessoa na família dele dá conta agora.

Mas eu dou conta. Farei por Finn, não no lugar dele.

Meus pais estão ainda mais felizes em me ver do que eu esperava, e estão sendo gentis um com o outro de um jeito que não são há anos. Talvez passar esse tempo sozinhos esteja sendo bom para eles, ou talvez a preocupação comigo tenha feito eles se unirem.

— Por que não vamos ao museu de arte amanhã? — sugere minha mãe. Meu pai resmunga algo a respeito de colocar gasolina no carro antes, o que significa que ele iria também.

— Vou passar na casa da mãe do Finn de manhã. Alguém precisa cortar a grama deles. — Há um silêncio e eu espero um protesto, mas meus pais abrem um enorme sorriso.

— Isso seria muito gentil da sua parte — diz minha mãe. Meu pai comenta algo sobre ver o jogo depois, e ela fala que vai preparar um almoço para nós.

Por baixo da mesa, envio uma mensagem para meus irmãos contando que alguém sequestrou nossos pais e os substituiu por dois atores que não sabem que deveriam se odiar. Como sempre, só os três mais novos acham graça.

Eu não ligo para Angelina antes de ir. Simplesmente enfio o cortador do meu pai no porta-malas do meu carro e vou até lá.

Tenho me sentido melhor nas últimas semanas. Ainda choro no chuveiro às vezes, mas não tanto. Ajuda ter um colega de quarto com quem posso conversar se quiser, e que entende quando preciso ficar na minha.

Acho que Brett é meu amigo, embora eu acredite que ele nunca vai ser um amigo como Finn era para mim.

Do lado de fora da casa de Finn, tiro o cortador do carro e ligo o motor. O ruído familiar é um barulho agradável. Ainda está quente, mas não insuportável. Descendo a rua, uma magnólia está começando a ficar amarela.

Eu costumava rir de Finn quando ele apontava árvores especialmente coloridas. Mal sabia que, por causa dele, apreciar as folhas no outono se tornaria um hábito eterno meu.

Enquanto empurro o cortador, penso em como as folhas acima da minha cabeça logo vão mudar de cor e cair e ele não vai ver. Finn não vai ver as novas folhas na primavera.

Penso em como Finn nunca votará em uma eleição, seja local ou presidencial. Nunca me importei com política, mas Finn estava ansioso para votar para presidente pela primeira vez. Não parece ruim começar a me importar com isso.

Penso em várias coisas naquela manhã. Reviso promessas que fiz para mim mesmo e para Finn e faço mais algumas.

Quando estou quase acabando, faço uma pausa para enxugar o suor da minha testa com o braço. É quando eu a vejo pela porta de tela.

Eu aceno, mas Autumn dá um passo para trás.

Não a vi na varanda, mas há um copo de água gelada na sacada.

Estou quase terminando o quintal da frente, então faço o último pedaço e vou até lá. Bebo até o gelo tilintar no fundo do copo vazio. Eu bato na porta e chamo o nome dela em voz baixa. Quando ninguém responde, toco a campainha.

— O quê? — pergunta ela quando finalmente abre a porta.

Fico tão surpreso com a raiva em sua voz que dou um passo para trás.

— Oi. Obrigado? — digo, erguendo o copo.

Autumn está com uma aparência horrível, parecendo um esqueleto. Ela respira fundo antes de responder, como se houvesse um peso enorme amarrado em seu peito.

— Eu estava fingindo que era o Finny quem estava cortando a grama — explica ela, como se isso devesse ser óbvio para mim. — E agora você estragou tudo.

— Ah — respondo, porque não há nada mais a dizer.

Ela arranca o copo da minha mão.

— Tudo bem. — Autumn dá uma risada que não é uma risada. — Só ajudou um pouco. — Então fecha a porta atrás de si.

Eu penso em bater de novo, em tentar conversar mais, em ver se Angelina está em casa e dizer a ela que acho que Autumn não está bem. Mas não faço isso. Embora eu saiba que Finn ficaria preocupado com ela.

Saio da varanda, guardo o cortador e vou para casa. Eu assisto ao jogo com meu pai, e minha mãe fica lá comendo tacos com a gente.

Quando Autumn cruza minha mente de novo, afasto o pensamento da mesma forma como afasto as fantasias em que Finn está vivo. Não há espaço em mim para o luto dela e o meu.

Volto para a faculdade no dia seguinte.

Não faço o que Finn gostaria que eu fizesse.

dezessete

Você soube da Autumn?

Olho para a primeira mensagem que recebi de Sylvie desde a nossa última conversa no dia em que saí para procurar um novo lugar para correr em Ferguson, algumas semanas atrás. Estou no intervalo entre as aulas e tenho pouco tempo para atravessar o campus, mas paro de repente na calçada. Alguém me chama de babaca quando tromba comigo, mas eu ignoro e digito enquanto a multidão se move em volta de mim.

Soube o quê?

Sylvie sabia da traição de Finn, certo? Ou será que eu errei ao presumir que ele teria contado a ela? Será que só descobriu isso agora?

Ela tentou se matar.

Outro cara esbarra em mim em protesto por eu estar bloqueando o caminho.

— Licença — diz uma garota.

É o primeiro dia fresco de outono. O céu está azul e todo mundo usa casacos leves. Já se passou quase uma semana desde que cortei a grama da casa de Finn.

Penso em perguntar a Sylvie se ela tem certeza, mas essa seria uma pergunta para Alexis, não Sylvie. Se Sylvie diz que é verdade, é quase certo que é.

Não preciso perguntar por quê.

E não importa agora.

Ela está viva, graças a Deus.

Ainda assim, a necessidade de saber mais me incomoda. Não há mais ninguém correndo para a aula, só gente caminhando casualmente pelo campus e se desviando de mim. Não importa o que aconteça, vou me atrasar. Se eu correr, posso conseguir entrar sem ser notado. Mas a aula pode esperar.

Sylvie atende no primeiro toque.

— Oi, Jack — diz ela, como se eu não tivesse perguntado por que ela não estava usando cinto de segurança na nossa última conversa.

— Oi — respondo. — O que aconteceu com a Autumn?

— Ela tentou se matar. Sobreviveu, mas está no hospital. — Sylvie suspira. — Taylor me contou. Eu nem sei como ela ficou sabendo. Achou que eu ficaria feliz.

— Que horror — comento.

— Pois é.

— Mas a Autumn está bem?

— Eu duvido que ela esteja bem, Jack — afirma Sylvie. — Mas ela está viva.

Nós dois ficamos em silêncio por um momento. O vento aumenta. Observo o farfalhar das folhas. Uma nuvem solitária passa no céu.

— Eu devia ter dito alguma coisa — conto. — Eu vi Autumn semana passada e estava na cara que ela não estava bem.

Sylvie desdenha.

— Não sei se estou bem também — contrapõe. — Você está bem?

— Não sei — respondo. — Mas eu sabia que ela não estava. — Respiro fundo. — Talvez a gente esteja começando a ficar bem. Quando eu vi a Autumn, logo percebi que ela não está progredindo. Eu tinha que ter falado com a Angelina ou com a mãe dela.

Escuto a respiração de Sylvie. Ainda estou observando as folhas ao vento. As árvores estão começando a mudar de cor.

— Por que isso me incomoda tanto? — pergunta Sylvie. — Ela ter feito isso? Claro, eu não sou o monstro que a Taylor imagina, mas por que eu me importo tanto se Autumn Davis está viva ou morta, porra?

— Porque Finn iria querer que ela vivesse.

— Pois é. — Sylvie sussurra. E então diz: — E se ela tentar de novo? Estatisticamente, há uma boa chance.

— Vou dizer a ela para não fazer isso. — Como se fosse simples assim, mas, ei, talvez seja? — Vou dizer a Autumn que Finn iria querer que ela vivesse. — Meus ombros ficam tensos quando eu falo essas palavras. — Eu estive lá agora, mas posso ir para casa de novo este fim de semana. Além disso, meus irmãos e eu apostamos se eu vou conseguir fazer meu pai ir ao museu de arte.

— Esquisito — comenta Sylvie. — Mas obrigada. Não vou mentir. Se você não tivesse oferecido, eu faria você se sentir culpado até ir visitá-la. Acho que ela não quer me ver.

— Se eu não tivesse oferecido, deveria mesmo me sentir culpado — respondo. — Estou falando sério, Sylv, eu realmente deveria ter dito alguma coisa depois que a vi no fim de semana passado.

Sylvie faz uma pausa e então diz cuidadosamente:

— Sempre há alguma coisa que poderíamos ter feito diferente. O que importa é o que fazemos agora.

Foi culpa da chuva.

— Você tem razão.

dezoito

PENSEI QUE UM HOSPITAL PSIQUIÁTRICO SERIA UM PRÉDIO IMPO-nente no final de uma longa entrada de automóveis, com um grande gramado verde, como nos filmes, mas é só uma ala do hospital. Tem sua própria recepção, sala de espera com poltronas de vinil e um bebedouro.

Quando me aproximo da recepção e pergunto de Autumn, o enfermeiro parece em dúvida, como se talvez devesse me mandar embora, mas diz que o horário de visitas começa em quarenta minutos. A equipe vai passar meu nome para ela.

— Eu aviso se ela quiser te ver.

O enfermeiro analisa minha reação. Quando dou de ombros, ele parece satisfeito e sai por uma porta atrás do balcão.

Sento-me em uma das poltronas para esperar. Talvez Autumn não queira me ver. Imagino que, se eu desse um ataque por conta disso, seria um sinal de que não sou alguém que deveria visitar um paciente.

O enfermeiro volta e informa:

— Você está na lista de visitantes aprovados, mas ainda precisa esperar meia hora. — Ele olha para a sacola na minha mão. — Isso é pra ela?

— Sim.

— Preciso examinar o que tem aí. E ela não pode receber uma sacola plástica. Vou te dar uma de papel.

Entrego a sacola a ele e fico grato por ter tirado as camisinhas antes de vir. Ele examina, procurando drogas ou uma faca, eu acho. Penso na ideia de que a sacola plástica possa ser perigosa para Autumn.

O enfermeiro passa o conteúdo para um saco de papel e o entrega para mim. Eu sorrio e agradeço. Deve ser tenso trabalhar aqui.

A meia hora passa rápido, porque estou tentando decidir o que dizer para ela. A sala de espera se enche com outros visitantes, mas o local permanece silencioso. Antes que eu esteja pronto, o enfermeiro nos diz que podemos segui-lo e somos levados para o que parece uma cafeteria de escola.

Os outros visitantes pelo jeito sabem o que fazer e todos se sentam à própria mesa. Eu escolho uma e olho em volta. Até o cheiro é semelhante ao de uma cafeteria de escola. Ouço um bipe e um baque. Um conjunto diferente de portas é aberto.

Autumn emerge entre um grupo de estranhos. Eu a vejo examinar as mesas antes de me encontrar. Sua expressão vazia não muda quando ela começa a vir na minha direção.

— Oi. — Ela desliza para a cadeira na minha frente.

— Oi — respondo. — Hum, como você está?

Autumn parece um manequim de loja vestindo roupas largas.

— Mesmo em um dia normal, nunca soube como responder a essa pergunta.

Ela não olha para mim, mas por cima do meu ombro, como se a resposta estivesse no ar.

— Acho que a maioria das pessoas mente — falo. Autumn não sorri, mas seus ombros relaxam um pouco e ela começa a parecer mais com si mesma, então eu continuo: — Todo mundo sempre diz que está bem. É impossível que todo mundo esteja bem o tempo todo. Nós apenas fingimos que é verdade.

— Acho que não sou boa em fingir.

— Talvez você costumasse ser boa demais em fingir.

Autumn inclina a cabeça.

Tento desemaranhar meus pensamentos.

— Finn falava sobre você estar deprimida, mas eu nunca consegui ver. Ninguém na escola viu. Eu achava que ele estava… ou que você estava…

Eu vou mesmo contar a ela que até a morte de Finn eu achava que ela era uma fingida?

— Estou grávida — solta Autumn.

Nós nos encaramos.

O quê?

— Desculpa. Eu não sei por que eu disse isso. É difícil pensar em qualquer outra coisa.

— E Finn…

— Claro.

Eu caio na gargalhada, o que provavelmente é melhor que a chamar de fingida, mas ainda assim. Ela parece confusa e talvez até assustada, então eu tento explicar.

— Eu limpei o carro de Finn para Angelina e isto estava embaixo do banco. Ele comprou essas coisas pouco antes… — Eu pigarreio e empurro a sacola na direção de Autumn. — Eu achei que você deveria ficar com isso. Provavelmente eu devia ter entregado no dia. Desculpa. — Faço uma pausa. — É mais uma prova de que ele ia voltar pra você.

Autumn estica o braço e toca a sacola, mas não abre.

— Eu ri porque, bom, se você olhar o recibo, ele comprou algumas… — desisto.

Ela abre a sacola e toca nas balas de um jeito que me faz pensar na mãe de Finn. Ela olha para mim e pega o recibo. Ela o examina e ri também.

Então ela cora e eu desvio o olhar. Quando olho de volta, Autumn está acariciando os pacotes de bala com ternura.

— É muita bala — comento.

— Só tem um lugar que vende essas. Finny nunca gostou daquele posto de gasolina. Ele só ia lá comprar isso pra mim. Talvez quisesse evitar que fôssemos lá por um tempo.

— Por que ele não gostava?

— Não sei. — Autumn faz uma pausa, então pega um pacote e o abre.

— Talvez ele pensasse que não era seguro por algum motivo? Você sabe como ele vivia preocupado com a segurança.

Autumn para com a bala na mão.

— Eu nunca pensei em Finny assim, mas acho que você está certo. — Fico honestamente chocado até ela terminar. — Eu sempre pensei nele como protetor.

Faz sentido, a maneira como vemos o mesmo traço por ângulos diferentes.

— Já contou pra mãe dele?

Autumn balança a cabeça.

— Você é a primeira pessoa pra quem eu contei. Descobri faz uma semana. Ainda estou tentando processar. — Ela finalmente mergulha o pirulito no pó, fica mexendo nele lentamente.

— E você vai em frente com a gravidez?

— Aham, eu quero ter. Mas não sei o que faria se Finn estivesse vivo. — Autumn coloca o pirulito na boca e olha para a mesa. Ela meio que ri e dá de ombros.

Ela está grávida. Autumn vai ter um bebê de Finn.

Um bebê de Finn.

— Bom, se você for ficar em St. Louis, quando eu estiver em casa talvez eu possa ajudar ou visitar. O bebê do Finn.

Autumn sorri. O ar de manequim de loja sumiu.

— Você era importante para o Finny. Eu vou precisar…

Ela desvia o olhar.

Eu tento antecipar a resposta. *Fraldas? Caronas?*

— Vou precisar de pessoas para contar histórias sobre Finn e eu vou precisar de uma cópia de todas as fotos que você tiver.

Penso em toda aquela gente chorando no funeral. Na mãe dele dizendo que era prova da marca que ele deixou.

— Pode deixar. — Começo a fazer uma lista mental de pessoas para pedir fotos. Todos que vi no velório, na festa de Alexis. A hora de pedir histórias às pessoas é agora. Enquanto os detalhes ainda estão frescos.

Enquanto o luto ainda está fresco. — Posso ligar para alguns amigos — digo. — E mais para a frente, se você precisar de fraldas, ou…

— Eu não sei do que vou precisar — interrompe Autumn. — Pais sempre parecem precisar… de tudo…

Ela está olhando por cima do meu ombro de novo, como se uma lista de itens de bebê estivesse flutuando atrás de mim.

Espero Autumn concluir o pensamento. Quando ela não o faz, eu digo:

— O que você acha que as suas mães… quer dizer, a sua mãe e a Angelina vão achar?

Autumn balança a cabeça e olha para a mesa entre nós.

— Elas vão ficar felizes. Mas vão ficar preocupadas comigo.

— Também acho.

— Dez minutos! — grita o enfermeiro do outro lado da sala, nos assustando.

Nós dois rimos e ficamos em silêncio. Ela parece mais viva que no início da minha visita.

— Então, hum… — Não tenho certeza se deveria falar isso, mas algo me diz que Finn gostaria que ela soubesse. — Sylvie queria que eu te dissesse uma coisa.

Autumn parece desconfortável. Ela morde o lábio e eu apresso minhas palavras para que não pense que eu vim aqui gritar com ela por Sylvie.

— Ela está feliz por você estar bem. Ou porque você vai ficar bem.

O rosto de Autumn vai de incerto para cético.

— Ela queria que eu viesse te ver — insisto. — Ela quer que você melhore.

Autumn me lança um olhar de dúvida. Como se eu estivesse mentindo ou exagerando. Normalmente, eu me encolheria com ela me fuzilando assim. Mas não faço isso.

— Acho que você não entende. — Fico com raiva, porque ela *deveria* entender. — Sabe como você precisa das minhas memórias do Finn? A parte dele que te amava estará viva enquanto você estiver, Autumn. Você quase tirou outra parte do Finn da gente. Então, é, Sylvie se importa o suficiente para me pedir para vir até aqui e garantir que você não vai levar a si mesma e todas as suas lembranças do Finn para o túmulo. E agora que você está grávida… — Faço uma pausa. Estou praticamente gritando com uma mulher grávida e suicida.

— Eu não vou tentar de novo — sussurra ela. Sua voz treme.

— Ah, merda. Eu não quis dizer…

— Tudo bem. Eu também estou brava comigo.

— Mas eu não deveria fazer você chorar. — Olho nervoso para o enfermeiro, mas ele não notou. Ainda.

Autumn me surpreende ao dar uma risada.

— Tem certeza de que Sylvie ainda vai me querer viva quando descobrir que vou ter o bebê do Finn?

— Olha, não acho que ela vai organizar um chá de bebê para você nem nada do tipo, mas ela não é um monstro. Então, sim, quando Sylvie descobrir, ela vai querer que você esteja saudável, feliz. — Dou de ombros. — Só quero que saiba que tem bastante gente que se importa com você. E todo mundo que amava Finn quer que você fique bem também, ok? Mesmo que algo aconteça com esse bebê. Fique viva.

— Ok — sussurra.

— Tempo! — grita o enfermeiro.

— Promete?

— Prometo.

Quando ela me dá um abraço de despedida, não parece um adeus. Parece que estou abraçando Finn. Sei agora que ela fará parte da minha vida por muito tempo.

———————————

Só quando estou voltando para casa é que me dou conta: eu estava pensando em Finn e, pela primeira vez desde a ligação de Alexis naquela manhã, não doeu.

Estou muito, muito grato por Finn um dia ter estado neste mundo e por eu o ter amado. Por ele ter tido a oportunidade de amar e ser amado.

E continuar sendo amado.

autumn

um

—

Não querer estar morta não é sinônimo de querer estar viva. Existe um espaço nebuloso onde você sabe que o desejo de continuar respirando deveria estar, mas não consegue encontrá-lo. É esse espaço que ocupo.

Há um pedaço de Finny dentro de mim que eu preciso manter vivo, então o resto, como respirar, deve ser tolerado.

Desde que recebi alta do hospital, seis dias atrás, saio da cama, tomo banho e como três refeições que eu às vezes não vomito. Todo dia! Pensei que fosse suficiente.

Depois de quase um mês no hospital, achei que, quando estivesse em casa, eu poderia só existir e ativamente tentar não me matar. Mas não. Aparentemente, gestar uma futura criança não prova minha vontade de viver.

E é por isso que estou nesta horrível, medonha, boutique para bebês.

Sei que tia Angelina acha que este lugar é horrível também, mas não podemos dar para trás agora. Ela e minha mãe foram até mim esta manhã e me disseram que tomar banho e me vestir era ótimo e tal, mas que estavam preocupadas por eu não estar demonstrando muito entusiasmo pelo futuro.

— O bebê ainda não parece real para mim — protestei. — Provavelmente devo ficar mais animada mais para a frente.

— Nós não estamos falando do bebê — disse minha mãe. Ela estava parada no meio do meu quarto, com as mãos juntas na frente do corpo, parecendo estranhamente infantil para uma avó em potencial. Angelina estava apoiada na minha cômoda de uma forma que me lembrou tanto dele que não consigo nem descrever.

— Você precisa mostrar entusiasmo por alguma coisa, querida — disse tia Angelina. — Não tocou em um livro desde que chegou em casa.

— Isso tudo é porque eu não quis dar doces de Halloween para as crianças ontem à noite?

Eu fiquei sentada na cama (não *deitada* na cama!). Tinha tomado minhas vitaminas pré-natais. Talvez elas esperassem que eu ficasse mais feliz com isso.

Minha mãe sentou-se ao meu lado.

— Sei que tem muita coisa acontecendo, para todas nós. Precisamos tentar focar na parte boa. Se ainda não parece real, vamos fazer parecer.

Então, consegui dar um sorriso e dizer:

— Tudo bem.

E agora aqui estamos, em uma loja de bebês que minha mãe escolheu.

Quando chegamos, uma vendedora deu uma boa olhada em nós: tia Angelina com suas roupas de hippie, eu com minha camiseta desbotada e jeans rasgados e minha mãe com seu terno Chanel e bolsa cara. Em vez de tentar descobrir qual de nós está grávida, ela se concentrou na minha mãe, uma atitude inteligente da parte dela. Ainda assim, todas nós recebemos um folheto em brochura brilhante, como se a loja fosse um evento ao qual estamos comparecendo.

Aparentemente, existem diferentes tipos de bebê que se pode ter. Existem bebês modernos, que estão cercados por lisas superfícies dinamar-quesas e usam apenas bege, cinza e branco; os bebês divertidos, que usam camisetas coloridas com slogans irônicos e têm chupetas que parecem presas de vampiro ou bigodes; e os bebês hippies, com seus brinquedos de madeira e que só comem e vestem fibras naturais, também em bege, cinza ou branco.

Talvez existam outros tipos de bebê, mas esta loja só parece servir a esses três.

— Só queremos nos divertir hoje — diz minha mãe. — Escolhendo algumas coisas para nos animarmos.

A vendedora entende o recado. Não estamos no espírito para uma apresentação completa, então ela volta a pendurar as decorações de Natal pela loja, o que me pareceu ser cedo demais.

Confiante, minha mãe guia tia Angelina e eu até a seção de recém-nascidos e começa a passar o olho pelos pequenos cabides, então eu a imito.

Impossível que bebês sejam realmente tão pequenos. Eu já vi alguns antes e nenhum tinha esse tamanho.

Eu me lembro de segurar a filha de Angie no hospital. Ela era assim tão pequena? Fecho os olhos e tento me lembrar da sensação dela, do peso, não muito pesada, mas tão sólida, e eu me virei para Finn e...

Ai, Deus.

Tudo para. Não há boutique. Não há mais macacão na minha mão. Estou sentada naquela cama de hospital com Finn e ele me ama, mas eu não sei.

Como eu poderia não saber? É tão estupidamente óbvio agora e eu quero gritar com nós dois, mas não posso. Nós dizemos as coisas que dissemos naquele dia e, embora cada palavra fosse "eu te amo", elas também não eram. E eu não posso mudar isso. Simplesmente não posso. Não posso, não posso, não posso, não posso... Ai, Deus.

— Eles são pequenos mesmo — comenta tia Angelina, e eu volto para a loja.

Finny está morto. Ele já estava morto enquanto eu mergulhava em lembranças. Foi só por um momento na minha mente que ele esteve vivo de novo.

Olho para o macacão com bolinhas azuis que estou segurando.

— Eu estava pensando neste minuto que é impossível que um recém-nascido seja mesmo desse tamanho.

— Eles crescem rápido — explica minha mãe. — Você não precisa de muitas roupas de recém-nascido. Algumas semanas depois e já é outro bebê.

Há uma pausa. Minha mãe, Angelina e eu estamos nos medindo. Se Finny estivesse vivo, seria neste momento que as Mães começariam a relembrar nós dois bebês.

É seguro? A pergunta fica no ar. Mais que isso, elas estão me perguntando, mas as duas também têm seus momentos de fraqueza.

— Mas vai precisar de mais do que imagina — comenta tia Angelina, avançando a conversa. — É incrível quantas trocas de roupa bebês precisam.

Bebês. Não Finny quando era bebê.

Minha mãe pega o macacão de bolinhas que estou segurando e o acrescenta à pilha no braço dela.

— Eles sempre vomitam nas roupinhas mais bonitinhas — informa.

As Mães agora estão incertas sobre este passeio. Minha mãe olha de soslaio para tia Angelina, a preocupação maculando sua compostura de sempre. Mas eu não estou mais prestando atenção.

Quando ela menciona vomitar, começo a pensar em como não faço isso há um tempo, o que faz meu corpo dizer: "Espera aí, é isso. Essa é uma boa ideia". Antes que eu possa me preocupar com Angelina, preciso encontrar um lugar para expelir os ovos e a salsicha que comi no café da manhã.

Já consigo sentir o gosto quando saio da boutique e corro para a lixeira do shopping.

Pensei que essa fase já tivesse passado. Fazia dois dias que eu não vomitava.

Doze horas que eu não choro.

Eu mal consigo chegar à lixeira, cuspindo pedaços de comida em um arco enquanto me inclino sobre ela.

Finny ficaria orgulhoso deste, penso enquanto sinto a ânsia voltar.

— *Você está ficando muito boa em mirar o vômito, Autumn.*

Consigo ouvir a voz dele. Consigo ouvi-lo dizer isso.

Não, não acho que seja ele de verdade, embora tenha havido um momento em que considerei a ideia. Eu aceitei esta nova realidade sem Finny, mas ainda não consigo parar de pensar nele. E quando penso? Ali está ele.

Meu Finny.

— *Autumn.*

Eu ofego entre as ânsias. Os músculos do meu estômago se contraem de maneiras novas e misteriosas, mesmo quando não estou vomitando.

— Autumn?

— Estou bem!

— Tenho uma garrafa d'água na bolsa — diz tia Angelina.

Água parece uma boa ideia, e eu espero que meu corpo me deixe beber um pouco em breve. Inspiro, trêmula, mas não me afasto da lixeira.

— Cadê minha mãe?

— Comprando aquele macacão. E mais uma centena de pedaços superfaturados de tecido. Não se preocupe, querida. Vou te levar aos brechós e te encher de roupas de bebês com as quais você não vai precisar se preocupar.

Eu me endireito e inspiro novamente, examinando meu corpo. Sinto-me como o capitão de um navio em meio a uma tempestade, dizendo para o velho companheiro ficar firme e aguentar as ondas.

Tia Angelina me entrega a garrafa e sorri.

Ainda bem que ela não se parece muito com Finny. O sorriso dela é diferente, seu cabelo é mais escuro; o queixo, mais fino. Eu o vejo nela, mas poderia ser muito pior.

Como a forma que ela se porta, com um estoicismo constante.

— Melhor? — pergunta.

— E se eu nunca parar de vomitar? Eu li que acontece com algumas mulheres.

Ela dá de ombros.

— Aí você vai vomitar por mais seis meses e vai ser um saco.

— Eu não acho que aguento. — Faço um bochecho com a água.

— Você aguenta, sim, porque precisa, mas provavelmente isso não vai acontecer — diz ela. — Ser mãe é sempre perder o controle e mesmo assim sobreviver.

Eu cuspo no lixo e tomo um gole de água, mas minha garganta ainda está irritada.

— A maternidade parece terrível.

Tia Angelina me puxa para um abraço.

— Vale a pena — garante.

Eu me sinto enjoada de uma forma que não tem nada a ver com o bebê. Eu a aperto com mais força.

— Desculpa. Eu não deveria ter dito isso — sussurro.

— Ainda vale a pena, Autumn, mesmo que eles morram.

Meu estômago se aperta de novo, mas ela me solta do abraço e sorri com tristeza.

Um segurança se aproxima e pergunta se precisamos de ajuda ou de uma ambulância. Ele não está superfeliz com o uso que fiz da lixeira e aponta para um banheiro do outro lado do pátio, como se ajudasse. Minha mãe sai com as sacolas. O guarda examina minha barriga antes de ligar o walkie-talkie e chamar o serviço de limpeza.

Minha mãe descreve todas as roupas que comprou em tantos detalhes que, quando chegamos no carro, eu quase não preciso abrir as sacolas. Mas faço isso para poder agradecê-la por cada uma das peças enquanto vamos para casa. Nossa conversa cobre o buraco na aventura do dia, a falta de animação que elas esperavam inspirar.

Tudo o que tem a ver com este bebê reforça o fato de que Finny não está aqui.

Para todas nós.

Ainda assim, nós queremos isso. Eu quero isso.

Ele iria querer isso.

Mas esse fato não torna a ausência dele mais fácil.

Então é aqui que eu vivo, em um lugar onde cada traço de alegria é pintado com o preto da morte de Finny, e desbotado até o cinza de existir deliberadamente.

dois

——

— Que incrível! — diz Angie, erguendo os olhos de Guinevere para sorrir para mim. O rosto dela está iluminado e manchado de exaustão.

Eu não planejava contar para ela tão rápido. Faz meses que quase não nos falamos, mas, no momento em que vi seu rosto redondo e corpo baixinho, meu coração deu um salto e uma sensação de segurança tomou conta de mim.

Faz um tempo que não vejo uma amiga.

O pequeno apartamento do porão está lotado pelas vidas de três seres humanos e seus sapatos. Estou empoleirada na beirada do sofá xadrez de segunda mão coberto de roupa limpa não dobrada. Angie está no chão vestindo em Guinevere um macacão que diz "primeiro Natal", embora seja a primeira semana de novembro. Ela fecha o último botão e olha para mim.

— É incrível que você esteja grávida, não é? — recua Angie.

— É bom. — Parece que estou falando de uma refeição em um restaurante que não foi exatamente o que eu esperava. — É assustador — acrescento, e ainda pareço estar falando de maionese.

— Aterrorizante! — Angie cantarola enquanto faz cosquinha no queixo de Guinevere. Ela rola a bebê de barriga para baixo em um pedaço de sol que entra pela janela pequena. — E não para. Desculpa.

— O que não para?

— A maternidade nunca deixa de ser assustadora.

Ela ri. Eu, não.

Angie estica os braços acima da cabeça loira e geme. Ela boceja e pisca para mim.

— Levanta e me deixa te ver direito — ordena ela.

Eu obedeço e Angie assente, sábia.

— Dá pra ver — diz. — Totalmente.

— Não, eu mal consigo sentir, Ang. — O botão do meu jeans está aberto, mas o zíper sobe.

— Dá pra ver — repete ela. — Qual a data prevista para o nascimento?

— Dia do Trabalho — respondo. — Digo, semana do dia primeiro de maio. Não o dia do trabalho de parto.

Angie sorri e boceja de novo.

— Sim, eu consigo ver a barriguinha da tia Aut, você consegue Guinnie? — Ela deita no chão com um gemido. — Desculpa, Autumn, é que estou tão cansada.

— Tudo bem. Eu estou cansada também. — Sento-me de volta no sofá e a observo arrancar um sorriso da filha. As Mães ficaram exultantes quando eu disse que tinha falado com Angie e precisava de uma carona para a casa dela. É bom vê-la. É estranho vê-la como mãe.

Há uma confiança nela que me assusta. Notei pela primeira vez no hospital no verão passado, mas agora está mais evidente. Quando ela abriu a porta, estava com a bebê no colo, apoiando Guinnie no quadril, e, depois de me abraçar e me convidar para entrar, Angie disse:

— Desculpa. Acabei de sentir a temperatura dela e preciso vesti-la com uma roupa mais quente. — E foi o que ela fez.

— Isso que você acabou de dizer, de sentir a temperatura dela, é um truque ou um macete ou algo do tipo?

— Não, a cabeça dela só não parecia quente o suficiente.

— O que é quente o suficiente?

— Como é normalmente. — Ela boceja de novo. — Desculpa. Guinnie dorme a noite toda quase sempre. Mas quando não dorme...

Eu espero, mas Angie não termina a frase. Olho ao redor do quarto, para o berço e a cama de casal. Parecia bem mais espaçoso quando eu visitei ano passado, quando ainda estávamos no ensino médio.

— É estranho pensar na última vez que você veio aqui, né? — Ela encara o teto.

— Tanta coisa mudou — dizemos ao mesmo tempo, e então rimos.

— Sei que mandei mensagem, mas queria dizer pessoalmente que lamento pelo Finn — comenta Angie

— O bebê é dele — conto.

Angie ri tão alto que cobre a boca. Eu me choco o suficiente para que a dor de pensar em Finn seja amenizada.

—É, claro que é — diz, e dá uma risadinha. — Quer dizer, de quem mais seria? — Ela se senta e me olha.

Eu ergo as sobrancelhas.

— Algumas pessoas diriam que é do Jamie.

Angie balança a cabeça.

— Você nunca ia fazer com o Jamie. Todo mundo sabia disso.

— Eu teria feito — discordo. — Se ele não tivesse me traído.

— Não. — A voz de Angie tem uma certeza como quando ela fala da filha. — Não era pra ser entre vocês.

Não posso discordar, mas não gosto de que ela tenha visto em mim algo que eu não sabia de mim mesma. Se era óbvio para ela que nosso relacionamento não iria durar, quanto fui burra por não ter percebido isso?

— Mas como você soube que era do Finny? — pergunto. — Nós duas não nos vemos há meses. Eu podia ter conhecido outra pessoa.

— De jeito nenhum.

— Não consigo entender por que isso é impossível. — Embora eu não saiba por que estou protestando.

Angie se levanta do chão e vem se sentar ao meu lado no sofá.

— Ficou óbvio no hospital, depois que Guinnie nasceu, que algo já tinha acontecido entre vocês — afirma ela, mas eu balanço a cabeça.

— Ainda éramos apenas amigos naquele dia.

Angie revira os olhos com tanta força que parece doer.

— Vocês nunca foram apenas amigos, Autumn, e você sabe disso. — Ela estuda meu rosto. — Você sabe que todo mundo sabia, né?

— Eu não sabia que tinha algo para saber — respondo, atordoada.

— Você não sabia que Finn Smith era a fim de você? — pergunta ela, como se eu estivesse dizendo que não sei meu nome do meio.

"Você realmente não sabia?", Finny me perguntou naquela última noite.

— Pensei que você nunca falava disso porque tinha vergonha — revela Angie.

— Vergonha de quê?

— Bom, durante anos eu achei que você tinha vergonha porque ele era como um irmão pra você, ou coisa assim, sabe? Mas aí comecei a notar como vocês dois faziam a coisa do animal um com o outro.

— A coisa o quê?

— Tipo, você já viu quando um animal vê outro animal?

— Se eu já vi um quando…

Angie ergue as duas mãos para me interromper.

— Você se lembra do meu cachorro, Bowie? Sempre que eu o levava para passear e ele via outro cachorro, Bowie ficava bem quieto e o outro cachorro também. Era como se você conseguisse ver os milhões de pensamentos que passavam pela cabeça deles. E então, de repente, eles queriam brigar ou brincar. Sempre que você e Finn Smith se viam, fosse na escola ou no shopping, ou sei lá onde, vocês congelavam por um segundo. E então se mexiam e voltavam a fazer o que estivessem fazendo, mas era como se parte de vocês ainda estivesse congelada, esperando que o outro tomasse uma atitude.

Flashes de lembranças me acertam, uma montagem sem música. *Finny. Meu Finny.* Não consigo falar. Mas Angie não parece esperar algo de mim.

— Depois de um tempo, eu fiquei tipo, ok, ela vai terminar com o Jamie e ficar com o Finn — continua ela. — Mas você nunca fez isso. Pensei que talvez as mães de vocês não queriam que namorassem ou algo do tipo.

— Não — sussurro. — Eu só não sabia que era uma opção.

— Isso é bem triste — comenta Angie suavemente. — Mas obviamente vocês tiveram um tempo juntos. — Ela olha para minha barriga.

— Um dia. Ou melhor, metade de uma noite e depois um dia.

"Ah, Autumn." O peso dele, o cheiro dele, de Finn…

— Merda! — exclama Angie.

— Não sei se consigo falar mais sobre isso — digo.

Ela assente, então me abraça. Eu relaxo. Assim como me senti ao vê-la, eu não tinha notado o quanto precisava desse abraço até acontecer.

Quando Angie se afasta, ela olha para sua bebê.

— Eu… Eu… Tenho andado meio solitária, Autumn.

— Sério?

— Sim.

Guinevere está se apoiando nos cotovelos. Nós duas a observamos.

— E Dave? — Eu não posso chamá-lo de Dave Mauricinho agora que ele é pai. Não parece certo.

— Quando ele não está trabalhando, está na faculdade. E, quando está em casa, preciso que ele cuide da bebê para eu poder ter um minuto para mim, porque de alguma forma, embora eu esteja tão solitária, eu também nunca estou sozinha. — Ela olha da filha para mim. — Merda, eu estou assustando você, né?

— Não é como se eu já não estivesse assustada, mas eu meio que achei que você tinha conseguido. A perfeita situação de mãe adolescente.

— Eu não acho que isso exista — diz Angie. — Toda a natureza do trabalho é… — Ela olha para o teto. — É muita coisa, Autumn. Vale a pena, mas é muita coisa. Você vai entender.

Todo mundo fica me dizendo isso. Ninguém nunca entra em detalhes. Não me dou ao trabalho de perguntar o que ela quer dizer. Olho para a bebê fazendo flexões no chão e conto os meses. Ela tem cinco meses. Daqui a um ano, terei um bebê um mês mais novo que isso.

Eu acharia impossível se não fosse pelo quanto a vida já mudou no último ano.

— Você tem tido contato com o pessoal? — pergunto.

Angie não responde de cara. Eu olho de soslaio, ela está com os olhos fechados e, por um momento, penso que cochilou, mas então ela fala:

— No começo, todos me mandavam e-mails ou ligavam da faculdade, tipo, uma vez por semana, e eu fiquei, tipo: "Legal, parece ok". Mas aí parou. — Ela faz outra pausa. Seus olhos ainda estão fechados. — E eu digo a mim mesma: "Eu também estou ocupada. Todos nós estamos passando por muita coisa. Estamos fazendo coisas novas". E eu sei que vamos nos encontrar quando eles voltarem no Natal, mas tenho quase certeza de que não será a mesma coisa. Porque eu não sou a mesma. E eles não serão os mesmos, mas pelo menos eles não são os mesmos de uma forma igual. — Angie respira fundo e abre os olhos.

Eu concordo com a cabeça. Tudo que ela disse faz sentido, mas não sei o que comentar a respeito.

— Espero que não pareça que eu quero alguém sofrendo comigo — continua Angie —, mas fico feliz que vou ter uma amiga que sabe o que é ser mãe.

Pareceu que ela queria alguém sofrendo junto, mas sei que, se falar isso, Angie só vai me garantir que a maternidade vale a pena e que eu entenderei mais tarde.

Angie boceja de novo, esfrega o rosto e dá uma olhada na filha. A bebê pegou no sono no tapete de atividades e Angie se ilumina. Ela leva um dedo aos lábios.

— Quer que eu vá embora? — sussurro.

— Não, e pode falar num tom de voz normal, desde que não fale muito alto. Ela tem um sono pesado. Dei sorte.

— Ok.

— Então, meio que igual a coisa com Finn — retoma Angie enquanto cutuca o estofamento do sofá —, sei que falamos por e-mail, mas eu não fazia ideia do Jamie e da Sasha.

— Eu acredito em você. — Não tenho motivos para não acreditar e quero que seja verdade.

— Quando eles me contaram que eram um casal, eu fiquei bem puta. Tentei dizer como isso era uma merda, mas eles ficavam repetindo "a gente sabe! A gente sabe!". E falavam toda hora como se sentiam péssimos.

— Ainda bem que eles se sentem péssimos — declaro.

— Foi o que eu disse! — Nós duas olhamos para a bebê, que dá um ronquinho. — Foi o que eu disse — diz Angie em um sussurro. — Eu falei que eles deveriam mesmo se sentir péssimos. Foi algumas semanas antes de Guinevere nascer, então foi fácil evitá-los. Mas então, no hospital… bom, você disse que não queria mais falar disso. — Ela me olha de esguelha. — Quando eu te vi no hospital, você parecia ótima e então eu fui para casa com a bebê e bem… — Angie morde o lábio.

— O quê?

— Eu me sinto mal por ter aceitado que a gente passasse tanto tempo sem se falar — confessa ela. — Eu deveria ter ligado para você primeiro.

— Tudo bem. — Não contei a ela da minha internação no hospital, mas algo me diz que ela sabe. Eu ainda não estou pronta para falar disso.

— Então, quando você ainda tinha notícias de todo mundo — comento, na minha voz mais casual —, como eles estavam?

Angie me conta que Brooke e Noah tiveram mais dificuldades com o término planejado deles do que previram, mas a última coisa que Angie soube era que os dois estavam felizes por terem passado por isso. Nós rimos porque Noah entrou numa fraternidade. Brooke ia ter um grande encontro no Halloween, mas Angie nunca soube como foi.

— Sasha me contou que você nunca respondeu aos e-mails dela ou do Jamie, nem às mensagens, nada — continua Angie. — Então não sei se você quer saber deles?

— Ah. — Dou de ombros. — Eu meio que quero saber. Não querer falar com eles não é o mesmo que não querer saber deles. Quando digo que não os perdoei, significa que não quero os dois na minha vida mais, não que desejo o mal para eles.

— A última coisa que eu soube é que eles estão bem, ainda estão juntos — acrescenta ela. — Mas fica fácil em um lugar novo em que só conhecem um ao outro.

Eu cutuco mais fundo, procurando alguma dor, mas não encontro nenhuma.

Exceto pelas lembranças da época depois da traição, aquela última primavera do ensino médio.

Se eu soubesse.

Se ao menos eu soubesse.

As coisas poderiam ter sido diferentes.

Isso ainda dói.

Isso eu não posso perdoar.

Por muito tempo, imaginei um cenário no qual eu descobria que Jamie tinha me traído com Sasha e nós terminávamos e Finny e eu ficávamos juntos e toda a trajetória das nossas vidas teria sido diferente. Não consigo nem prever onde estaríamos agora se soubéssemos que estávamos apaixonados um pelo outro na primavera passada.

— Autumn? Você está bem?

— Desculpa — respondo. — Me distraí aqui.

— Você pareceu triste.

— Eu estava desejando ter descoberto que eles dormiram juntos quando aconteceu, em vez de semanas mais tarde, porque talvez Finn e eu... — Dou de ombros mais uma vez. — Não faz sentido pensar nisso agora, mas é difícil.

Angie assente.

— Eu sei como é. — Ela olha para Guinevere adormecida no chão. O sol se moveu e o quarto ficou mais escuro. — Estou feliz de ter você aqui, Autumn. Por favor, não...

E então eu tenho a confirmação de que ela sabe que eu estava internada no hospital, porque Angie tem dificuldade em encontrar a coisa certa a dizer.

—... vá para lugar nenhum? — completa ela.

— Eu não vou — garanto. — Por um tempo, pensei que estar morta poderia ser melhor, mas isso foi antes do bebê.

Angie continua encarando a filha.

— Você vai precisar de mais do que isso — murmura ela.

— O quê?

— Eu... desculpa. — Angie olha para mim de novo. — É melhor ficar viva, Autumn. Por favor, não se esqueça disso, ok?

— Não vou — prometo, e então, para distraí-la, acrescento: — Por que não me conta o seu parto de novo?

— Não quero te assustar — diz ela, mas então começa a história.

Quando a minha mãe me busca, quarenta minutos mais tarde, sei um monte de coisas a respeito de episiotomias. Sinceramente, preferia não saber o que era isso, mas, agora que sei, parece importante estar bem informada. Vou precisar de uma ida à biblioteca.

— Como foi? — pergunta minha mãe enquanto eu coloco o cinto de segurança.

— Bom — respondo. — Foi bom ver Angie e Guinevere.

— Conseguiram se atualizar?

— Mais ou menos. Aconteceu tanta coisa. Não deu tempo de trazer todos os assuntos. — Faço uma pausa. — Ela parece diferente. Não de um jeito ruim, mas é tipo… — É difícil encontrar as palavras e não fico completamente satisfeita com as que escolho. — É como se ela estivesse confiante e resignada ao mesmo tempo.

Minha mãe me surpreende ao assentir.

— Parece que ela está se ajustando.

Quando o carro para em um cruzamento, eu a pego olhando para mim.

— Fez parecer mais real? — pergunta. — Ver a bebê?

— Um pouco. De uma forma meio assustadora.

Ela assente. Não há nada que possa ser dito ou feito que torne esta situação menos assustadora. Então, fico surpresa quando minha mãe continua:

— Sabe, Autumn, se o Finny estivesse vivo, eu diria para você pensar mais no que você quer do que no que ele iria querer. E eu deveria dizer isso agora também. — Ela respira fundo e eu fico feliz que estamos chegando, caso ela comece a chorar.

— Você não quer que eu tenha o bebê? — pergunto.

Ela estaciona o carro.

— Eu quero que você tenha esse bebê mais do que qualquer coisa no mundo — diz. — Mas é você que precisa querê-lo, Autumn. É você que precisa querê-lo mais do que qualquer coisa no mundo. Especialmente sendo uma mãe solo. — Ela solta o cinto de segurança e se vira para mim. — Angelina e eu vamos te dar todo o apoio, estou falando sério. Mas você ainda precisa querer isso e querer isso por você. Não por mim, não por Angelina ou por Finny, por você.

Eu não sei o que dizer. Eu não sei bem como responder à pergunta dela, nem mesmo se ela está me fazendo uma pergunta.

— Eu quero ter o bebê do Finny por mim — digo finalmente. Olho para as minhas mãos no meu colo e cutuco a unha do dedão. — Mas eu provavelmente não iria querer se ele estivesse vivo — admito. — E eu não sei como amar essa criança sem o Finn.

Minha mãe recosta no banco e olha para o para-brisa, como eu. Ela suspira.

— Tudo que podemos fazer é viver na realidade em que estamos. Talvez você ainda tivesse esse bebê se o Finny estivesse vivo, talvez não. Mas ele não está vivo e… — Ela faz uma pausa. — Se acha que ter esse bebê é a coisa certa para você, então precisa saber que eu não estou preocupada com o fato de você amá-lo ou não. Isso vai acontecer naturalmente.

— Mas e se eu não conseguir? — Minha voz soa rouca. — E se algo estiver quebrado dentro de mim? — Passo minhas mãos em volta da barriga. — O bebê merece uma mãe que possa amá-lo direito. — Eu fecho os olhos e cerro os dentes. O bebê de Finny merece mais do que eu.

— O primeiro passo para ser uma boa mãe é questionar se você pode ser uma boa mãe. E tudo bem se estiver se sentindo quebrada, Autumn, porque se tornar mãe quebra você de um jeito diferente. É a coisa mais alegre e mais frustrante que vai experimentar na vida. — Ela balança a cabeça. — Perder o Finny foi uma tragédia, mas você é forte, filha, mesmo que não consiga ver isso agora, e você será uma boa mãe.

— Acho que eu seria uma mãe melhor se ele estivesse aqui.

— Nunca saberemos — diz minha mãe. — Especialmente porque você acha que não decidiria se tornar mãe se ele estivesse aqui.

Dou de ombros e desvio o olhar. Por um momento, imagino Finny e eu como universitários tentando decidir o que fazer com a gravidez. Ela está certa; eu não sei o que teríamos decidido juntos. Não estou acostumada a ter conversas profundas com a minha mãe.

— Você teria se casado com o meu pai se tivesse a chance de fazer tudo de novo? — pergunto. Isso está na minha cabeça desde antes de tudo acontecer.

Minha mãe suspira.

— Eu não mudaria ter você, é tudo que eu sei. Se fosse só seu pai? Se eu pudesse viajar no tempo de volta para meus 19 anos quando fiquei noiva? Eu não iria querer ter um filho diferente com ele ou fazer as coisas com ele de novo de um jeito diferente. Viagem no tempo não existe, então não é uma coisa com a qual preciso me preocupar. — Ela pega minha mão, sua tentativa de especulação concluída. — Olha pra mim.

Seu tom é urgente e eu me viro para encará-la.

— Quando esta criança estiver viva e respirando na sua frente, eu te garanto que você vai amá-la. E não vai se importar com o que teria feito em outras circunstâncias. Filhos nos fazem viver no presente.

Seu rosto é solene, familiar e cansado. Perder Finny a feriu também, e então ela quase me perdeu, mas, ainda assim, carregou Angelina e eu durante essas últimas semanas sem reclamar.

— Imagino que é outra coisa que não vou entender até acontecer, né?

— A maternidade tem muitas dessas — confirma ela.

— Eu quero isso — repito. — Obrigada por perguntar.

— Certo — responde. — Então vamos lá. — Ela quer dizer para casa, mas parece muito mais.

três

———

É IMPRESSIONANTE COMO O CONSULTÓRIO DO DR. SINGH MUDOU tão pouco ao longo dos últimos anos. Eu queria que outras coisas no mundo fossem tão estáticas quanto as fotos e os diplomas na parede dele, as pilhas de prontuários de pacientes na mesa.

A única coisa que mudou é a planta no topo da estante, que continuou a produzir novas folhas, uma após a outra, em uma longa corrente que quase alcança o chão.

O dr. Singh ficou muito feliz quando me pesou desta vez.

— Você parece bem saudável — informa. — Quando eu te vi no hospital, você estava… — Ele joga as mãos para o alto. Aparentemente, não há palavras para descrever. — Mas agora? Você está corada, ganhou peso. Como está se sentindo?

— Acho que a náusea acabou — conto. — Isso é bom.

— Isso é bom, isso é bom — repete o dr. Singh. — E como vai a nova terapeuta? Lamento que não tenha dado certo com o dr. Kleiger.

Não consigo evitar uma careta.

— Eu não gostei da nova também. Não quero voltar. Não senti que era a certa.

O dr. Singh franze a testa.

— Pode ser difícil encontrar o terapeuta certo. Mas você precisa bastante, hein? Não tem muito tempo que tentou suicídio, e agora com o bebê vindo? Você sabia que o cérebro muda mais durante os meses de gravidez que durante todos os anos da adolescência? É incrível! Mas… — Ele balança a cabeça. — É muita coisa. Então *eu* estou aqui para garantir que os novos remédios, que são seguros para você e o bebê, estão funcionando, mas você precisa de alguém com quem conversar toda semana, Autumn. Tem muito trabalho a fazer.

— Eu sei — concordo. — Mas eu também preciso me preparar. Só agora eu, minha mãe e tia Angelina começamos a discutir sobre onde e como o bebê vai dormir, e eu me sinto cansada o tempo todo.

— Você precisa tentar de novo, com outra pessoa — insiste dr. Singh. — Minha secretária vai ligar e passar outra recomendação, ok?

Faço que sim e ele sorri. Não consigo me impedir de sorrir de volta.

— Já que estamos aqui, por que não me conta como está se sentindo? Na sua cabeça, não seu corpo.

Conto a verdade a ele.

— Eu não sei. Quero ter esse bebê, mas é como se a dor da saudade que sinto de Finn anulasse a alegria. Eu me sinto vazia. Não sei mais como ser eu mesma.

O dr. Singh suspira e esfrega o rosto.

— Isso não é uma melhora tão grande quanto eu esperava e demonstra sua necessidade de encontrar um terapeuta regular. Me conte de novo por que o dr. Kleiger não serviu para você?

— Senti como se eu fosse um inseto que ele estava estudando — explico. — O jeito como ele me olhava.

— E a dra. Remus?

— Parecia que eu era um livro que ela estava lendo.

— E como você se sente nas nossas conversas?

— Como se você fosse um paramédico e eu tivesse um ferimento que você está tratando.

Ele perde o sorriso, mas não exatamente de um jeito triste. Suspira de novo e tira os óculos para examiná-los, então os coloca de volta no rosto.

— Olha, eu tenho uma agenda muito ocupada, Autumn. Mas sou certificado como terapeuta também. Eu poderia te atender a cada duas semanas, o que acha?

— Mesmo?

— Você teria que ir às sessões de terapia em grupo que coordeno no hospital nas outras semanas.

Não consigo evitar uma careta.

— O que há de tão ruim nisso?

Desvio os olhos dele para as minhas mãos.

— Quando eu estava no hospital… Eu estou triste, dr. Singh. Deprimida. No hospital, eu fiz terapia em grupo. Tinha uma mulher que falava que via demônios. Ela jurava que os via mesmo quando os remédios funcionavam, mas que ficava tudo bem, desde que se lembrasse de que não eram reais. E, um dia, um dos demônios disse algo para ela, e foi aí que ela soube que era hora de ajustar os remédios. Quer dizer… — Eu falhei em articular o que queria dizer, porque parte de mim sabe que eu não deveria pensar isso.

Quando levanto o olhar, dr. Singh parece completamente exausto.

— Autumn, você tentou tirar a própria vida porque acreditava que não valia a pena viver sem seu parceiro, certo?

Eu concordo com a cabeça.

Ele suspira de novo e estende a mão esquerda.

— Então aqui está você, uma pessoa jovem e brilhante, cheia de possibilidades, que não via nada pelo qual valia a pena viver, e pensou que estaria melhor morta. Agora, aqui… — Ele estende a mão direita imitando uma balança — … temos outra pessoa jovem. Quando ela olha para o mundo, ela vê demônios às vezes. — Ele move as mãos para cima e para baixo, como se estivesse nos pesando, uma contra a outra. — Para mim, vocês são mais ou menos a mesma coisa. Vocês duas estão vendo algo que objetivamente não é verdade. Mas pelo menos ela sabe que os demônios que enxerga não são reais. — Ele dobra as mãos sobre a mesa. — Como médico, é assim que eu vejo a situação. Vocês duas têm desequilíbrios químicos no cérebro que as fazem encarar o mundo de maneira incorreta.

— Finny está morto de verdade. Eu não estou imaginando isso.

— Não — diz dr. Singh. — Mas pensar que você ficaria melhor também estando morta? Eu sei que não consegue enxergar isso agora, mas é objetivamente verdade que você é capaz de viver uma vida feliz e cheia de amor… com ou sem esse bebê. Você é tão jovem. Que desperdício teria sido…

Ele não está olhando para mim. Está olhando por cima do meu ombro, como se seu cérebro tivesse entrado em curto-circuito, e eu reconheço o sentimento.

— Doutor Singh?

Ele balança a cabeça.

— E por fim, Autumn, o grupo que quero que você vá é para meus pacientes com estresse pós-traumático. As reuniões acontecem às terças, então você acabou de perder a desta semana, mas te vejo lá semana que vem e na próxima eu atendo você aqui. Combinado?

Eu concordo. Não pode ser pior que estar internada no hospital ou tentar mais um terapeuta que não me trata como se eu fosse uma pessoa.

quatro

ESSE *SMOOTHIE* DE KIWI É O MANJAR DOS DEUSES. EU NÃO SABIA QUE algo podia ser tão bom.

Angie me fez uma pergunta, mas eu não quero parar de beber para responder. Finalmente, tiro os lábios do canudo com um engasgo.

— Não são só soldados. Todo mundo pode ter estresse pós-traumático — explico.

Viemos a um novo café que vende *smoothies* no bairro ao lado. Angie sugeriu que saíssemos para algum lugar porque ela está cansada de ficar em casa. Deixou Dave na faculdade de manhã para poder me buscar e irmos almoçar juntas. Guinevere está no moisés na cadeira ao lado de Angie. A bebê está estudando o mordedor de arco-íris que tem nas mãos como se fosse um cubo mágico, seu cabelo loiro espetado, o que a faz parecer um mini Einstein. No caminho para cá, eu me abri para Angie sobre meu período no hospital, mesmo que ela já tivesse ouvido falar a respeito, como eu suspeitava.

— Então você vai estar em um grupo com todo tipo de adulto? — pergunta Angie. Ela pega o sanduíche e dá uma mordida.

— Somos adultas — lembro a ela antes de voltar para o meu *smoothie*.

— Somos, mas como você vai se identificar com alguém no grupo que tem, tipo, 30 e poucos?

Eu mordo o canudo.

— Não sei. Acho que o dr. Singh deve ter um motivo.

Guinevere dá um gritinho e sacode seu mordedor com um estalinho. Há uma satisfação no som que ela faz, acho que resolveu sua charada, e fico feliz por esse feito. Angie sorri e toca o pezinho dela.

— Ah, meu Deus, Autumn. Eu pensei que minha filha tivesse morrido hoje de manhã!

— O quê?

— É, ela dormiu até um pouco mais tarde, então, quando era hora de levar Dave para a faculdade, fui até o berço e ela estava tão quieta que eu realmente achei que não estivesse respirando. Quando a peguei no colo, Guinnie ficou imóvel por um segundo, então por um momento horrível eu pensei, de verdade, que ela tinha morrido. — Angie ri. — Mas aí ela acordou e estava super mal-humorada comigo! Devia estar tendo um sonho bom.

— Mas por que ela estaria morta? — Fico confusa com a história.

— Às vezes os bebês simplesmente morrem — conta Angie. — É sério. É mais normal nos primeiros meses, mas, às vezes — ela dá de ombros e faz uma careta ao mesmo tempo —, bebês param de respirar e ninguém sabe o motivo.

— Ninguém sabe o motivo? — repito, meu cérebro tentando processar aquela informação. Pensei que, quando se tratava de bebês, os médicos dominavam o assunto. — Como eles podem não saber?

— Existem teorias — continua Angie — e coisas que você pode fazer pra diminuir o risco. É raro. É pouco provável que aconteça com Guinnie ou com o seu bebê. Só fiquei assustada esta manhã quando ela estava dormindo tão pesado.

Volto a beber meu *smoothie*. Também tenho um sanduíche, mas não me importo com ele, pelo menos não agora. Angie está fazendo barulhinhos para sua filha, que mais cedo pensou que estava morta. Eu me pergunto se ela carrega sempre esse medo. Provavelmente, esse não é o principal pensamento de Angie. Provavelmente, sempre espera que a filha esteja viva, mas saber dessa possibilidade, que você pode ser uma das mães cujos bebês nunca acordam… acho que esse medo nunca te abandona. Acho que não vai me abandonar agora que sei disso.

Angie faz cosquinhas nos pés da filha.

— Com o que você estava sonhando que era tão legal? — Seu celular toca e ela sorri antes de atender. — Oi, amor. — O sorriso derrete e ela morde o lábio. — Bom, preciso levar Autumn para casa depois do almoço, e depois é a soneca da Guinevere. Eu… talvez… — Ela olha para mim e apoia o celular no ombro. — Autumn, quando terminarmos de comer, você se importa de buscarmos o Dave? O professor que dá as duas aulas que ele tinha à tarde ficou doente.

— Tudo bem. Sem problemas. — Este *smoothie* é a única coisa na minha agenda hoje.

— Ok, mas depois disso vou ter que colocar Guinnie pra tirar uma soneca antes de levar você pra casa. Não posso bagunçar o horário dela. O quê, Dave? — Ela coloca o celular de volta no ouvido. — Ah. Ou o Dave te leva pra casa.

— Tanto faz. — Estou quase terminando meu *smoothie* e vou pedir uma embalagem para levar o sanduíche e outro *smoothie* antes de irmos. Guinevere faz sons pensativos, girando novamente o mordedor nas mãos.

— Ok — diz Angie para o celular. — Sim, estaremos aí em uma hora. Porque precisamos terminar de comer e depois dirigir até aí! Webster Groves. Que diferença faz? Porque eu pensei que ia deixar Autumn e voltar para casa para colocar Guinnie para dormir e então teria duas horas antes de buscar você! Ai, meu deus, te vejo em uma hora. — Angie revira os olhos. — Ele está irritado porque vai ter que esperar.

— Não é como se você soubesse que isso ia acontecer.

— Pois é, mas ele está de mau humor a maior parte do tempo.

— Por quê? — Eu sugo o final do *smoothie*.

Angie dá de ombros e olha para a bebê.

— Quer dizer, nós dois estamos cansados. Mesmo quando ela dorme a noite toda, ficamos cansados. E ele vai pra faculdade e trabalha dezesseis horas na hamburgueria nos finais de semana. Sei lá. Sinto que tenho mais do que reclamar, já que ninguém cospe nele na aula ou no trabalho, mas entendo que as coisas sejam difíceis para o lado dele também.

— Às vezes vomitam nele em casa — comento. — Você estava me contando aquela história sobre a camisa favorita do Dave.

— É, verdade — concorda Angie.

— Vocês estão bem? Tipo, no relacionamento?

— Sim? Acho que sim? Não sei. Tem sempre tantas outras coisas pra conversarmos. E, mesmo depois que a episiotomia cicatrizou, eu realmente não queria transar. Acho que transamos duas vezes desde que Guinevere nasceu. — Ela dá de ombros.

— O que o Dave pensa sobre isso?

— Não faço ideia. Eu provavelmente deveria perguntar, mas meio que me sinto culpada — confessa.

— Por que você se sente culpada? Todo mundo sabe que isso acontece depois que as pessoas têm filhos.

— É, mas a gente brincou a gravidez toda que de jeito nenhum isso ia acontecer, porque nós éramos, tipo, coelhos. Agora aqui estamos. Honestamente, é bem provável que o Dave esteja chateado, mas não fala nada porque está tentando ser legal. E eu não falo nada porque estou cansada demais.

Não posso deixar que Angie não fale nada. E se algo acontecer com Dave?

— Você deveria dizer a ele que se importa — aconselho. — Que percebeu que ele não está reclamando e que isso significa muito para você. Afinal, seria muito pior se ele estivesse reclamando.

— É, talvez — cede Angie.

— Definitivamente, conversa com ele — insisto. — É sério.

Angie inclina a cabeça de lado e começa a dizer alguma coisa, mas então seu rosto fica pálido. Ela fica boquiaberta.

— O que foi? — Olho por cima do meu ombro e vejo Sylvie Whitehouse esperando na fila do balcão. Ela está examinando o cardápio. — Ela me viu? — pergunto.

— Com certeza — responde Angie. — Quer ir embora?

— Eu queria outro *smoothie*. — Fico tão triste com isso que quero chorar, e talvez eu realmente chore. Esse *smoothie* foi a melhor coisa a me aconteceu em muito tempo. Eu queria outro, e agora não posso pedir porque obviamente não posso esperar na fila atrás da menina cujo namorado transou comigo logo antes de morrer.

O rosto de Angie endurece. Ela olha para a bebê e de volta para mim.

— Fica com a Guinnie. — Ela deixa nossa mesa, caminha até o balcão e entra na fila atrás de Sylvie. As duas olham para a frente, mas pela postura dos ombros de Sylvie, ela sabe que Angie está atrás dela.

— Meh? — questiona Guinevere, e é realmente uma pergunta. Consigo ouvir. — Meh? Meh?

— Tudo bem.

Seu olhar estava vagando pelo espaço, mas se fixa em mim.

— Meh — conta Guinnie.

— Ela já volta — respondo, e a bebê explode em soluços estridentes. Levanto-me da cadeira e dou a volta na mesa. — *Shhh*. — Tento acalmá-la, embora saia agudo demais. — Tudo bem. — Atrapalho-me enquanto tento soltá-la das rigorosas medidas de segurança do moisés. — Estou aqui — digo, como se isso fosse algum conforto.

Uma vez livre, a bebê para de chorar, mas aparentemente só porque ficou confusa.

— Beba? — Ela espera que eu faça algo, mas eu não sei o quê, então continuo a segurá-la pelas axilas diante de mim. — Meh? — Ela tenta de novo e choraminga.

Começo a balançá-la para a frente e para trás. Uma série de emoções passa pelo rosto dela: surpresa, prazer e então irritação. Acho que Guinnie gosta do que estou fazendo, mas está irritada porque a estou distraindo de sua missão.

— Balança bebê, balança bebê.

Resolvo cantar para ela, e isso a faz rir. Com o canto do olho, vejo Sylvie esperando sua bebida. Por todo esse tempo, eu tentei não pensar no quanto Finny e eu a machucamos. Nós nunca fomos amigas, mas o que aconteceu é parecido demais com o que Jamie e Sasha fizeram comigo para eu não me importar.

Guinevere me olha desconfiada, como se soubesse que eu roubei o namorado de outra garota.

— A vida é bem complicada, Guinnie — conto a ela, ainda balançando-a para a frente e para trás. Ela não é muito pesada, mas meus braços estão ficando cansados. Mesmo assim, continuo balançando com medo de que volte a chorar. — Balança bebê — canto, mas dessa vez ela fica menos impressionada.

— Você leva jeito.

Angie surge com meu *smoothie* em um copo para viagem e uma caixa para meu sanduíche.

— Obrigada, Angie. — Sinto vontade de chorar de novo, e percebo, pela primeira vez, que pode ser coisa da gravidez.

— Eu vi a expressão no seu rosto e me lembrei dessa sensação — diz Angie. — Eu não ia deixar você ir embora sem um.

Levanto-me, troco a criança pelo copo para viagem e tomo um gole generoso da bebida.

— Obrigada — repito.

— Não foi nada — responde Angie, prendendo a bebê de volta no moisés. — Ela falou comigo.

— Sylvie?

— Aham. — Angie me olha. — Ela pediu para te dizer que está feliz por você estar se sentindo melhor e te deu parabéns.

Sinto minha boca abrir, mas nenhuma palavra sai.

Angie termina de prender a filha na cadeirinha e olha para mim.

— Como ela sabe? — pergunta.

— Jack provavelmente contou pra ela — respondo. — Você se lembra de Jack Murphy, o amigo do Finny? Ele foi me visitar no hospital. — Eu não o vejo desde essa visita, mas ele me manda mensagem a cada três dias mais ou menos. Está checando como estou, o que me irritaria, mas eu sei que está fazendo isso pelo amigo. Normalmente, pergunta como vão as coisas e às vezes manda uma piada boba. Minha resposta sobre como vou indo, assim como a qualidade das piadas dele, varia muito.

— Sim, eu me lembro do Jack — confirma Angie. — E aí, está pronta? Eu não sabia que vocês eram próximos.

— Não somos — respondo, levantando-me para sair com ela. — Ele veio me ver pelo Finny, acho.

— Hum — diz Angie. — E então ele contou para Sylvie e ela não te odeia?

— Não sei. Soou como se ela me odiasse? Ela estava sendo sarcástica? Angie hesita.

— Acho que não. Ela pareceu solene. Não acho que ela está superanimada, mas pareceu genuinamente feliz por você estar melhor. — Angie joga a bolsa de fraldas por cima do ombro e seguimos para o estacionamento.

— Acho que é bom para nós duas que ela não me odeie — comento, e Angie só assente, porque, como muitas coisas na minha vida agora, não há nada mais a ser dito.

Pelo menos eu tenho este *smoothie*.

cinco

Encontrei um artigo na internet chamado "O que você realmente precisa ter para cuidar de um bebê", e eles já ganharam minha confiança quando não disseram "do seu".

Segundo o texto, preciso ter:

1. Um lugar para o bebê dormir em segurança;
2. Um lugar para trocar fraldas e guardar os suprimentos para isso;
3. Um jeito de carregar o bebê;
4. Roupas;
5. Um balanço;
6. Brinquedos e livros.

E, embora eu saiba que cada item está cheio de subcategorias, decidi confiar nessa suposta simplicidade e mostrei a lista para minha mãe. Isso a liberou para me mostrar a própria lista, que é muito, muito maior.

No final, chegamos a um meio-termo ao concordar em deixar tia Angelina escolher em que loja vamos hoje. É por isso que estamos aqui, em frente a um brechó.

Minha mãe se sente traída pela melhor amiga da vida toda.

— Pensei que você pelo menos escolheria uma daquelas lojas de departamento grandes e bregas — diz ela a Angelina, que está chocada.

— Por que colocaríamos mais dinheiro nos bolsos dessa máfia corporativa?

— Este lugar parece bom, mãe. Vamos entrar.

Ela suspira e passa a bolsa para o outro ombro, então me viro e sigo em direção à porta.

Lá dentro, uma mulher de cabelo azul atrás de um balcão de vidro grita um pouco alto demais:

— Se precisarem de alguma coisa, é só chamar! — Ela está fazendo crochê ou tricô, mas se curvou demais na cadeira para eu conseguir ver. Tem um quê de bruxa nela, na forma como se debruça sobre seu artesanato como se fosse um caldeirão.

Há uma fila de trocadores de bebê à esquerda, e eu decido resolver o item dois da minha lista. Chegando lá, não sei do que preciso em um trocador. Obviamente não preciso de nada chique, mas o que é chique? Vou precisar de mais do que aquele de pinho com duas prateleiras, mas e aquele que é também um cercadinho e moisés? Um bebê deveria brincar e dormir no mesmo lugar em que limpam seu cocô?

Minha mãe e tia Angelina ainda estão conversando perto da entrada. Tia Angelina aponta para uma arara de roupas e minha mãe permanece impassível enquanto caminha até lá e começa a examinar os cabides.

— Este é Ralph Lauren! — exclama ela, alto o suficiente para a senhora atrás do balcão olhar com uma expressão intrigada.

Minha mãe coloca o que quer que seja por cima do braço e começa a passear alegremente pelas roupas. Fico feliz pela loja ter atendido aos seus padrões. Volto ao meu dilema com os trocadores.

— Isso é bem útil — diz tia Angelina.

— Qual deles? — Para minha surpresa, ela indica o que tem o moisés ao lado do trocador.

— Nos primeiros dois meses, eles passam muito tempo dormindo e fazendo cocô, e você passa todos os seus dias cochilando no sofá ou vendo TV ao lado de um desses. — Ela o circula e examina como se estivesse testando pneus em uma concessionária. — Tem um lugar para colocar lenços umedecidos aqui.

— Você e minha mãe sempre... — começo, e então percebo que não deveria.

Os ombros dela ficam tensos.

— Sua mãe e eu o quê? — pergunta suavemente.

— Vocês sempre fizeram parecer tão idílico, Finny e eu juntos em um cercadinho enquanto vocês conversavam.

— Isso foi mais tarde. Quando eu me mudei, vocês já tinham quase cinco meses e, nos primeiros três meses, sua mãe e eu quase não nos vimos.

— Sério? Mas vocês já moravam perto antes de você se mudar, não? E não estavam trabalhando.

— E vocês dois não dormiam! — Ela ri. — Mesmo se eu não fosse mãe solo, ainda não teria energia para pegar Finny e a bolsa de fraldas e dirigir até lá. Nós conversávamos por telefone, mas estávamos tentando sobreviver. Os primeiros meses da maternidade podem ser bem solitários.

— Foi como Angie fez parecer. — Viro a etiqueta de preço no cocô--dorme-brinca. O valor não parece de brechó.

Angelina assovia.

— De qualquer jeito, ter um bebê não é barato.

Minha mãe aparece carregando montes de roupas.

— Ah, isso é perfeito para o andar de baixo, Autumn. — Ela vira a etiqueta e assente. — E vamos precisar de outro trocador para o seu quarto, um berço, uma cômoda... — Ela começa a caminhar pelos móveis, falando consigo mesma.

Eu a observo e meu estômago começa a embrulhar.

— Enjoada, querida? — pergunta tia Angelina.

— Não — respondo. — É só que... eu não estou estudando, então minha mãe não recebe mais a pensão do meu pai e...

Angelina parece surpresa.

— Você sabe que ela não está pagando por nada disso, não é?

— Como assim?

— Sua mãe me disse que ia contar a você — diz Angelina. A expressão em seu rosto é dura. — Ela jurou que tinha todo um discurso planejado, sobre como algumas pessoas não são feitas para terem filhos, mas se arrependem mais tarde por...

— Ah, certo — respondo, embora não tenha ouvido nenhum discurso assim. — Ainda assim, devo muito a vocês duas, por todo o apoio emocional e o conhecimento. Eu realmente não sei o que estou fazendo...

Falei duas vezes no telefone com meu pai desde que saí do hospital. Na última ligação, ele me disse que vai precisar fazer uma viagem de negócios ao Japão que duraria seis meses, talvez mais, dependendo do mercado.

— Provavelmente voltarei logo antes ou depois de você me transformar em avô... se você ainda estiver determinada a fazer isso? — Havia um tom de esperança de que eu decidisse fazer um aborto ou pelo menos arranjar uma adoção.

— Vai acontecer, com você aqui ou no Japão — confirmo.

— Bem, conversei com a sua mãe e está tudo certo financeiramente, então não tenho muito mais a dizer.

Imagino que esse foi o jeito dele de me dizer que, já que eu estava tão determinada, ele ia acabar pagando.

Suponho que o apoio financeiro simbólico deveria significar mais, mas é o apoio que as Mães estão me dando que me dá coragem para fazer isso, para descobrir o que as pessoas querem dizer quando falam que vai tudo valer a pena.

Estou prestes a chorar e Angelina me puxa para um abraço.

— Ah, sim — diz ela, com o rosto apoiado em meu cabelo. — O dinheiro pode ser devolvido, mas toda essa sabedoria e amor que estamos dando a você? Você vai ficar em dívida para sempre. Vai ter que nos deixar cuidar desse netinho três, quatro noites por semana para compensar.

Eu rio e ela me solta. Minha mãe voltou com a vendedora atrás dela.

— Está tudo bem? — pergunta.

— Hormônios e gratidão de filha bateram para Autumn — diz tia Angelina.

— Own. — Minha mãe coloca a não nas minhas costas. — Bem, tenho boas notícias. Este lugar entrega! — Ela diz como se fosse um milagre.

Por sorte, ou a vendedora não consegue ouvir o choque da minha mãe ou não se importa.

— De segunda a quinta, entre oito da manhã e duas da tarde — recita a mulher e acrescenta: — Vocês vão ter que esperar até depois do fim de semana.

— Que dia é hoje? — pergunto.

A vendedora ri de mim de um jeito reconfortante.

— O cérebro fica cansado com a gravidez, querida — informa ela.

— Sábado — diz minha mãe. Ela sabe que minha ignorância tem mais a ver com a monotonia dos meus dias do que com a gravidez, mas é bom fingir que não é o caso por um momento.

Então, com o dinheiro do meu pai e a sabedoria e o amor das Mães, eu começo a construir meu ninho.

seis

———

Isto parece uma reunião do Alcoólicos Anônimos.

Não que eu já tenha ido a uma reunião dos AA, mas essa cena se encaixa na descrição que aparece nos livros e nos filmes. Estamos em uma sala no porão do hospital, o que a torna ao mesmo tempo um pouco fria e um pouco úmida demais, deixando-me arrepiada e me fazendo cruzar os braços. Nós nos sentamos em cadeiras dobráveis organizadas em círculos. Por "nós", quero dizer eu e mais doze pessoas, todas mais velhas, exceto por uma menina que tem mais ou menos a minha idade. Ela chegou atrasada, vestindo calça de pijama e fedendo a cigarro. A desculpa que ela gritou enquanto pegava outra cadeira dobrável pareceu protocolar e falsa.

Estou tentando focar a mulher que está falando; ela está descrevendo como amava seu emprego de defensora pública no sistema juvenil, embora o trabalho tenha lhe causado estresse pós-traumático. Eu esperava que ela descrevesse ter sido atacada ou algo assim, mas parece que o sistema que fez isso com ela, as levas de crianças que nunca tiveram uma chance passando pelo seu escritório para depois serem jogadas para fora.

Tento ouvi-la falar a respeito das vezes que o emprego lhe proporcionou momentos de alegria, quando ela ganhou processos para limpar a ficha de alguém ou manter alguém fora do sistema adulto. A garota da minha idade está sentada bem na minha frente e se mexe sem parar na cadeira, brincando com seu cabelo loiro de água-suja e fazendo bolas de chiclete. Observo o rosto dela enquanto seu olhar entediado vaga pelo círculo. Desvio os olhos antes que ela chegue em mim.

— E eu me preocupo com as crianças — continua a advogada. — As crianças que defendi antes e as crianças que não estou defendendo, agora que trabalho em uma firma. — Sua voz treme. — Será que alguém as está escutando? Alguém se importa com suas histórias?

Olho de novo para a garota para ver se ela está ouvindo e a pego me encarando diretamente, não desvia os olhos. Ela inclina a cabeça no que parece ser um cumprimento, mas eu me viro e volto a prestar atenção na advogada, que começou a chorar em silêncio.

— Mas não posso voltar. Não consigo enfrentar isso. Tentei durante dez anos e isso me quebrou, mas às vezes eu gostaria de poder voltar.

Do outro lado do círculo, dr. Singh diz:

— É difícil quando a fonte do nosso trauma é também um lugar onde antes encontrávamos alegria ou um senso de identidade. Algum de vocês tem alguma ideia a respeito do que Marcia ou alguém como ela deveria fazer com esses sentimentos? Hein?

— Você deveria focar nas crianças que conseguiu ajudar — oferece a garota loira, falando alto. — Tipo, quando eu estava no reformatório, eu queria ter tido uma merda de uma advogada que desse a mínima. Talvez eu estivesse em um lugar melhor agora se você tivesse sido minha advogada.

— Sem palavrões, Brittaney — alerta dr. Singh, seu sotaque transformando o nome dela em três sílabas.

— Mas, como você disse — continua Marcia —, talvez você estivesse em um lugar melhor se eu fosse sua advogada. Eu não estou mais colocando crianças em um lugar melhor.

Brittaney dá de ombros e estoura uma bola de chiclete.

— Você fez o que pôde enquanto pôde, mas agora não consegue continuar, então o que mais você pode fazer? — Ela dá de ombros novamente, como se o assunto estivesse encerrado.

— E quanto à perda de identidade de que Marcia falou? Isso ressoou em alguém? — pergunta o dr. Singh.

Um ex-soldado chamado Carlos começa a falar e a meia hora seguinte é mais produtiva. Ainda temos mais quarenta e cinco minutos de sessão quando o dr. Singh diz para fazermos uma pausa para irmos ao banheiro e esticar as pernas.

No momento em que ele diz "banheiro", preciso urgentemente ir e corro da minha cadeira para o corredor, onde felizmente o banheiro é fácil de encontrar.

Quando saio da cabine, a garota está esperando por mim.

— Você está grávida, não está? — pergunta Brittaney antes que eu chegue à pia.

— Estou — respondo enquanto abro a torneira.

— Eu sabia! — grasna ela. — Eu sempre sei. Às vezes eu sei e a menina nem sabe. Eu sou assim. Você está de quantos meses, quatro? — Ela cospe o chiclete no lixo.

— Três. — Eu passei um pouco de três, mas não devo minhas informações médicas a ela. Começo a enxaguar o sabão das minhas mãos.

— Caramba! Você vai ter gêmeos, então? Brincadeira. Você não está tão grande. É que é tão pequena que está aparecendo cedo. Não que a maior parte das pessoas consiga ver, mas mesmo assim. Quando eu estou grávida, não aparece até ter passado quase sete meses.

— Quantas vezes você ficou grávida? — Não consigo deixar de perguntar. Nossos olhos se encontram no espelho.

— Três. Mas abortei uma vez e só agora consegui que o de três anos ficasse comigo. — Ela desvia o olhar e dá de ombros, do mesmo jeito que fez quando estava falando do estresse pós-traumático da advogada.

— Sinto muito. — Fico tão chocada com a afirmação quanto pela forma que ela diz, como se não fosse importante.

— Ah, foi bem cedo e o papai do bebê era um babaca, então… — Ela dá de ombros de novo.

Estou secando as mãos e rezando para ela não me perguntar sobre o "papai do meu bebê" quando ela continua:

— Então você tem o quê, 18?

— Dezenove. — Jogo o papel-toalha marrom na lixeira e me viro para ela.

— Acabei de fazer 21 — informa ela, orgulhosa. — É bom ver alguém aqui além dos velhotes.

— Sim. — Digo enquanto sigo na direção da porta. Não preciso de uma amiga aqui, e imagino que a gente não tenha nada em comum.

Brittaney tagarela para mim a respeito de todas as gravidezes que ela previu no passado até voltarmos para a sala e sentarmos em nossas cadeiras. Antes de se afastar, ela me garante que vai saber o sexo do meu bebê se eu lhe der mais algumas semanas.

— Legal — respondo, e fico aliviada quando o dr. Singh pede silêncio. Consigo não olhar nos olhos dela durante o resto da sessão de terapia em grupo, e depois saio rápido e encontro minha mãe na sala de espera, pronta para me acompanhar até o carro. O mesmo arrepio que senti no porão me recebe lá fora. Minha jaqueta está apertada demais em volta da barriga. Terei que deixar minha mãe me comprar um casaco de maternidade daqui a pouco.

— Como foi? — pergunta ela. — Você acha que vai ajudar?

— Não sei — respondo.

sete

— Ah, teria sido ótimo ter um desses. — Angie examina o cocô-dorme-brinca, que está ao lado do sofá na sala de estar imaculadamente decorada da minha mãe. Ela se senta ao lado dele e assente. — Você mal precisará sair do lugar. Troca a fralda, coloca o bebê de volta…

— Eu vou ler para ele também — digo. — E brincar? É bom fazer isso mesmo nas primeiras semanas, certo?

Andei pesquisando. Venci o medo dos olhares de julgamento dos funcionários que me viram crescer levando pilhas de livros cada vez que ia à biblioteca. Além de um livro francês sobre maternidade e outro sobre o desenvolvimento do bebê, minha coragem foi recompensada pela animação das bibliotecárias e panfletos para contação de histórias e clubes de leitura para crianças pequenas.

— É, você vai — concorda Angie. — No geral, você vai… descansar. — Ela diz "descansar" como um eufemismo para algo mais feio. — Mas está começando a ficar muito divertido brincar com Guinnie. — Ela ri de um jeito esquisito. — É tão estranho não a ter aqui comigo.

— Foi legal da parte do Dave se oferecer para passar a tarde com ela para podermos ficar juntas. — Eu me sento ao lado de Angie no sofá e gemo um pouco. Como sou pequena, minha barriga agora me impede de fechar meus jeans e eu estou ficando sem vestidos e camisetas largas.

Minha mãe quer que eu vá comprar roupas de grávida com ela. E não sugeriu levar tia Angelina conosco.

— Dave me deve uma — responde Angie, e eu levanto as sobrancelhas. — Nós tivemos uma briga grande porque ele teve a porra da audácia de me dizer que eu só falo da bebê.

— Aah. — Eu sei o quanto esse comentário deve ter doído. Já estou percebendo como vai ser difícil ser mãe e escritora. Realizar apenas uma dessas funções parece impossível alguns dias.

— Autumn, a maneira como eu caí no choro... — Ela faz uma careta. — Acabou que essa briga nos fortaleceu. Conseguimos entender melhor o que o outro está passando, sabe? Mas ele ainda me deve uma.

Fico em silêncio porque, na verdade, eu não sei. Quando Jamie e eu brigávamos, mesmo que nós dois pedíssemos desculpas, nada nunca era resolvido e com certeza nós nunca acabávamos entendendo melhor um ao outro.

Se Finny estivesse vivo, quando nós dois finalmente encontrássemos algum motivo para brigar, não teria sido assim. Sei que aprendemos a lição de falar o que sentimos.

— Olha, prometo que não vamos só falar de bebês hoje, mas posso te mostrar lá em cima?

— Pode. — Angie se levanta. — Você comprou um berço?

Eu a guio até as escadas.

— Ainda não decidi em que tipo de, hum, método de sono eu acredito.

— Como assim? Você coloca eles para dormir de barriga para cima. É a única coisa. As pessoas discutem sobre tudo que tem a ver com criar crianças.

Chegamos no topo da escada e eu abro a porta do meu quarto.

— É, estou descobrindo isso.

Não se trata de ter um bebê moderno ou um bebê hippie; preciso decidir se sou uma mãe Montessori, uma mãe apegada ou uma das muitas outras teorias e combinações que eu poderia escolher na busca da criança perfeita. É como se de repente me pedissem para aderir a uma religião quando nunca nem me ocorreu a existência de Deus.

— Me disseram para deixar a Guinnie chorar. Mas nós vivemos em um cômodo com a bebê, então isso não deu certo. Não importa o que você escolha fazer, vão dizer que está errado, como se fosse problema deles.

— Para começo de conversa, claro que já não estou apta a ser uma boa mãe porque engravidei na adolescência, certo? — desdenho. — Aqui, é isso que eu queria te mostrar.

No brechó, minha mãe encontrou uma cômoda que serve como trocador e que combina com a madeira que já está no meu quarto. Ela ficou muito feliz por eu ter concordado, embora tenha parecido, na hora, que as coisas estavam indo rápido demais.

Mas, agora, tê-lo aqui parece uma prova, prova de que o bebê de Finny é real.

— Todas as gavetas já estão arrumadas. — Abro a segunda de cima para baixo. — Olha essa. — Mostro e nós a reviramos juntas, desdobrando todos os macacõezinhos e, portanto, desfazendo todo o meu trabalho metódico.

A sensação continua. Provei alguma coisa para mim ou Angie.

Isso é real.

Real de verdade.

Às vezes, é difícil de acreditar.

Na verdade, quase sempre é difícil de acreditar e, nas raras vezes que parece real, é a coisa mais aterrorizante que eu já experimentei. E então, desejo que Finny estivesse comigo para me deixar com menos medo, e o luto toma conta de mim.

Sem que eu peça, Angie me ajuda a dobrar tudo de novo. Ela sugere uma gaveta diferente para pijamas, o que faz sentido. Tento ignorar a parte sobre como eu não vou querer me abaixar até uma gaveta enquanto eu estiver "coberta de uma coisa ou outra".

— Prometo que essa foi a última coisa de mães que conversamos hoje — digo a ela quando fechamos a última gaveta. — Devíamos ver um filme.

— Não quero que você sinta que não pode falar sobre maternidade comigo. — Angie suspira. — É um equilíbrio impossível. Por um lado, Guinevere é tudo para mim e, por outro, eu ainda sou eu.

— Acho que consigo entender — falo, torcendo para ela compreender minha linha de pensamento. — Eu terminei meu livro no verão.

— Autumn, isso é incrível! — exclama Angie enquanto descemos as escadas.

— Essa não é a palavra certa — discordo. Nós paramos juntas no fim da escada. — Quer dizer, todo mundo conhece alguém que escreveu um livro.

— Eu, não! — discorda Angie.

Tento engolir meu sorriso e falho.

— Quer dizer, eu não conhecia até agora!

— É ótimo que eu tenha terminado — continuo. — Com sorte, o romance vai ser incrível um dia. — Tentei começar a editar na semana passada, mas precisei parar para chorar e não consegui olhar para o texto de novo.

Quando o escrevi pela primeira vez, parecia um lugar para guardar todos os sentimentos secretos que eu carregava por Finny. Mas, agora que eu sei que poderia ter contado para ele, que eu não precisava ter me escondido na escrita, o manuscrito se tornou impossível de ler.

— Posso ler? — pede Angie. Estamos voltando para o sofá da sala.

— Hum… — Reflito enquanto nos sentamos.

— Alguém já leu?

"Pensei que você tivesse registrado minha devoção em detalhes perfeitos só para depois jogá-la no meu colo sem considerar meus sentimentos."

Eu congelo, mas como estava prestes a me sentar, meio que caio no sofá. Então fecho os olhos.

"E mesmo assim eu amei a história".

— Autumn?

Eu abro os olhos. Angie está inclinada na minha direção, com aquela expressão preocupada que eu estou acostumada a ver no rosto das Mães.

Respiro fundo.

— Finny leu. Foi parte do nosso último dia juntos.

— Aposto que ele disse que era incrível.

"Você é uma boa escritora, Autumn. Sempre foi."

Se ao menos ele pudesse me dizer que vou ser uma boa mãe.

Sei que sou boa escritora. Agora eu quero ser ao mesmo tempo uma boa escritora e uma boa mãe.

— Autumn? Você está bem?

— Desculpa, eu estava pensando... — Não termino a frase.

— Tudo bem. Somos amigas há tempo suficiente para eu saber que você é estranha às vezes.

— Que ofensa, Angie. Eu sou sempre estranha e você sabe — provoco, tentando melhorar o clima. — Então, como vão as outras coisas com o Dave?

Angie suspira.

— Segui seu conselho. Disse que agradecia por não criar um problema por conta do sexo. Foi importante para ele ouvir isso, e nós tivemos uma ótima conversa sobre como eu quero voltar a transar regularmente, o que acabou com a gente se pegando por um tempo.

— Isso parece bom...

— Durante alguns dias, as coisas ficaram muito melhores. Então, ontem ele me atacou com o comentário de "você só fala da bebê"...

— Mas você disse que isso também levou a uma boa conversa...

— Levou! — Angie se acomoda no sofá — Mas não consigo tirar as palavras dele da cabeça. Eu odeio que ele tenha pensado nisso.

— Tenho certeza de que o Dave não quis magoar você.

— Eu sei que ele não quis. — Angie faz uma careta. — É só que... eu fico feliz por você ter sua escrita, Autumn. É bom ter uma vida e um propósito além de ser mãe. — Ela suspira e descansa a cabeça no encosto do sofá.

— O que você quer dizer? Você não tem um? — Não tinha me ocorrido que ser uma escritora, investir tempo em mim mesma, poderia me ajudar como mãe. Encolho as pernas embaixo do meu corpo, ajustando-me para a dor nova e estranha que sinto nos quadris.

— Acho que pensei que o Dave, ou o nosso amor e a vida que estávamos construindo juntos, seria suficiente. Eu sabia que seria difícil, mas pensei que, enquanto estivéssemos trabalhando e guardando dinheiro para o nosso futuro juntos, estaríamos mais *juntos*, entende? Talvez até melhor do que agora.

— Você quer dizer financeiramente ou no relacionamento? Não parece que vocês estão tão mal.

— Financeiramente, estamos sempre tentando economizar, e sempre que conseguimos algum progresso, alguma coisa acontece. Mês passado foi o carro, e dois meses atrás teve a conta do pronto-socorro porque a Guinnie teve uma infecção de ouvido. Sempre tem alguma coisa.

— Mas vocês estão economizando dinheiro e resolvendo os problemas quando eles surgem. — É tão estranho conversar de problemas tão adultos com ela.

— É — concorda Angie. — É, nós estamos. Mas sempre acontece alguma coisa.

O silêncio paira no ar e eu me pego dizendo:

— Você tem algum arrependimento?

— Não. Estou exatamente onde quero estar. É só muito mais difícil do que eu achei que seria, pelo menos por enquanto.

— Em algum momento, vocês vão conseguir sair do porão dos pais do Dave.

— E, em algum momento, a Guinevere vai começar a usar a privada ou ir ao jardim de infância. Mas isso não parece real. Não é como se eu não acreditasse que Dave e eu conseguiremos enfrentar isso — confessa, olhando-me nos olhos de novo. — Mas tem dias que se trata muito mais de uma escolha consciente do que uma crença.

— Acho que essa é a diferença entre as pessoas que saem do porão e as que não saem — comento. — Você está escolhendo acreditar.

Angie dá de ombros, mas está ouvindo o que estou dizendo, então talvez esteja ajudando.

— Pode ser que você esteja certa. Eu espero que sim. — Ela ri. — Olha só pra mim. Reclamando porque escolher fazer a coisa difícil acabou sendo difícil.

Estou na posição em que ela e as Mães se encontram quando estão conversando comigo. Não há mais nada a dizer para melhorar a situação, porque é difícil mesmo e vai continuar sendo difícil por um tempo.

— Só porque algo parece impossível não significa que não vale a pena — completo, porque já falei isso para mim mesma antes.

— Preciso encontrar um objetivo que me faça sentir como eu mesma de novo, para além de ser mãe — reflete Angie. — Não é como se eu pudesse ver filmes de terror com a Guinevere dormindo no mesmo quarto.

— Bem, podemos ver um juntas — sugiro. — E depois podemos ir à biblioteca e eu posso ajudar você a encontrar livros de terror, para ler quando estiver em casa sozinha com a bebê.

— Pode ser.

Desta vez eu sei que realmente ajudei e fico feliz. Porque ela me libertou de uma preocupação que eu ainda não tinha articulado completamente; que era egoísta da minha parte manter meu sonho de ser publicada quando estou prestes a virar mãe.

Angie me dá uma piscadela.

— Pode falar, você quer é uma carona pra biblioteca.

— Na verdade eu não tenho lido muito por lazer ultimamente — confesso. — Apenas alguns livros sobre maternidade. — Angie finge estar fisicamente enjoada com as minhas palavras.

— Quem é você e o que você fez com Autumn Rose Davis? — Ela pula do sofá e pega minha mão. — É isso, vamos para a biblioteca agora. O filme fica pra depois. Você precisa disso mais do que eu.

— Não vou dizer não pra isso.

Eu a deixo me ajudar a sair do sofá. Todo mundo sabe que ser um leitor voraz é o melhor jeito de melhorar sua escrita, bom, exceto por escrever. Então, até eu conseguir me controlar o suficiente para editar meu romance inspirado em Finny, preciso ler.

— Nós vamos ficar bem — diz Angie.

Hoje, eu escolho acreditar nisso.

oito

―――

IR À BIBLIOTECA COM ANGIE ME FEZ SENTIR EU MESMA DE NOVO E, alguns dias depois, eu consegui editar todo o primeiro capítulo do meu romance. Inspirada pela minha coragem, abordei minha mãe com cautela sobre comprarmos roupas de grávida. Ela ficou tão entusiasmada que não conseguiu esconder de tia Angelina. Então isso virou uma excursão para nós três. Ou quatro, eu acho.

— Você precisa de mim para te impedir de comprar metade da loja — declara Angelina do banco do passageiro.

— E se eu comprar? — responde minha mãe. — Queremos Autumn confortável e confiante nessa nova fase. É bom estar preparada para qualquer situação que possa aparecer.

Na maioria das vezes, quando as pessoas discutem, o foco não é o assunto em questão. As discordâncias reais flutuam por entre as palavras como mariposas persistentes. Não tenho certeza do real motivo por trás da discussão das Mães; elas sempre tiveram ideias diferentes sobre consumismo. Isso não é uma novidade. Mas tem algo subentendido nessa discussão que me escapa.

— Eu preciso principalmente de jeans — comento do banco de trás.

— Acho que a maioria das minhas camisetas e suéteres ainda servem. —

Mais uma vez, tomo consciência do peso na minha barriga, a sensação de que há algo lá que não havia antes.

— Um vestido, pijamas e umas roupas de ficar em casa. Talvez um maiô? — sugere minha mãe.

— A data prevista para o nascimento é primeiro de maio — lembra tia Angelina. — Ela não vai precisar de um maiô. Preciso estabelecer esse limite.

Talvez elas estejam discutindo porque minha mãe vai usar o cartãozinho de crédito dourado que a vi usar para todas as outras compras relacionadas ao bebê, o cartão que meu pai deve ter dado a ela em vez de oferecer apoio real a mim. Angelina provavelmente acredita que deixar que meu pai pague pelas coisas é o mesmo que dar sinal verde para o abandono.

— Talvez eu vá à piscina interna no centro comunitário este inverno? — sugiro, porque não sei de que lado estou. Não importa o que a gente compre ou não com o dinheiro dele, meu pai sempre viu seu envolvimento na minha vida como um tipo de presente ou favor. Ele vai se parabenizar por ser generoso, não importa o que a gente faça com o cartãozinho dourado.

— Por que não um traje de esqui? — pergunta Angelina, jogando as mãos para o alto. — Pelo menos é apropriado para a estação.

— Não acho que eles façam trajes de esqui para grávidas, mas podemos checar — pondera minha mãe. — Se bem que talvez não seja o melhor momento para Autumn começar esportes de inverno.

Agora já está evidente qual de nós está grávida, e a vendedora fala diretamente comigo.

— Procurando algo em particular hoje?

— Jeans — digo.

Todas as roupas aqui parecem ser para, bem, *mães*. Tipo, mães de verdade que planejaram a gravidez. Eu me sinto uma impostora com meu cabelo bagunçado e camiseta larga dos Pixies cobrindo meu jeans desabotoado.

— Por aqui — informa ela.

Não sei se estou imaginando a falsidade do sorriso dela. Venho me preparando para a desaprovação que essa gravidez vai me trazer, por eu ser tão jovem, por eu não ter um anel de noivado. Até agora, não foi tão ruim, mas talvez isso mude quando eu estiver grande o suficiente para que estranhos queiram tocar minha barriga ou me dar conselhos não solicitados, como Angie diz que vão fazer.

A vendedora nos leva até uma prateleira de calças e aponta para os provadores, mas minha atenção está na área pesada do meu torço que agora está ondulando.

Não sei se é o bebê se mexendo, pode até ser, mas também não parece diferente de nada que eu já senti meu corpo fazer. É decepcionante não saber a diferença entre o bebê de Finny e gases.

Minha mãe já juntou uma pilha de calças para eu experimentar, não só jeans, mas também caquis e pantalonas de linho. Talvez eu devesse ter ficado mais do lado de tia Angelina.

No entanto, eu a sigo até o provador porque preciso de roupas.

Sento-me de costas para o espelho e tiro minhas calças. Tenho achado meu reflexo perturbador ultimamente.

Enquanto eu dormia, chorava e me arrastava pelos últimos meses, meu corpo seguiu com seu novo trabalho como se tudo estivesse de acordo com o planejado. Sem pedir minha opinião, meus mamilos ficaram maiores e mais escuros, e meus peitos, densos e pesados.

E então tem o inchaço redondo, que começa na minha pelve e sobe suavemente até meu umbigo.

Eu deveria sentir afeto por ele, não deveria?

Visto o jeans e examino o elástico na cintura, estico-o para ver o tamanho da barriga que ele consegue acomodar e o deixo voltar.

Este não parece ser meu corpo. Não parece que tem um bebê se movendo. É difícil imaginar que esse peso, essa ondulação, vai se tornar uma criança. Parece que eu vou inchar como um balão, então esvaziar e alguém vai me entregar um bebê. De alguma forma, embora eu entenda de biologia, embora eu olhe para fotos na internet, ainda não consigo acreditar que é assim que humanos são feitos, assim que todos os humanos foram feitos. Sempre imaginei que seria mais mágico. Se esta experiência fosse um livro escrito por mim, seria mais ficção científica que fantasia ou romance.

Sempre imaginei que teria certeza de que estaria pronta quando tivesse um filho.

Sempre imaginei que teria um marido, um plano.

"*Somos você e eu agora, certo?*"

Mordo minha bochecha para calar a voz dele.

Minha mãe bate de leve na porta.

— Autumn, e aí?

— Esses jeans são estranhos — respondo.

— Seu corpo vai parecer estranho por um tempo, querida! — Angelina se intromete.

— Eles servem? — pergunta minha mãe.

— Acho que sim?

Eu saio e ela puxa o elástico como fazia quando eu era criança, assentindo. Provo e gosto e rejeito alguns outros pares de calças. Algumas blusas são ok. Finalmente, minha mãe quer que eu experimente um vestido de festa.

— Toda mulher precisa de um pretinho básico — insiste ela.

Olho para Angelina em busca de apoio, mas ela faz uma careta.

— Você nunca sabe o que pode acontecer, querida. Não é uma má ideia ter um vestido só por garantia.

Eu estou prestes a dizer "como outro funeral?" quando sinto Finny dentro de mim.

"*Vamos lá, Autumn*", ele briga e eu mereço. Como punição, obrigo-me a pegar o cabide das mãos de minha mão e volto para o provador.

Quando tiro minha camiseta, eu paro, olhando o espelho.

A montanha entre meus quadris está maior do que ontem. Eu me observo para confirmar, porque certamente as coisas não podem mudar tão rápido, né?

Mas, de algum jeito, é verdade.

Mais ficção científica que fantasia.

Coloco as mãos sobre a minha barriga e me pergunto como eu não notei quando coloquei os jeans. Eu deveria ter notado? Será que não estou prestando atenção suficiente? Eu desvio os olhos do meu corpo estranho no espelho e passo o vestido preto pela cabeça. É um tecido elástico que abraça todas as minhas curvas, inclusive as novas.

Quando olho de volta para o espelho, fico surpresa com o quanto ficou bonito. Eu me sinto uma mulher neste vestido, não uma menina. Pareço alguém capaz de dar conta do que está por vir. A barriga parece menor, mais razoável sob a cobertura preta.

E eu me sinto bonita pela primeira vez em muito tempo.

Queria que Finny pudesse me ver.

"Você é tão linda."

— Autumn?

— Ficou bom — digo à minha mãe. — Vamos levar.

No caminho para casa, a tensão entre as Mães desapareceu. Nós compramos uma quantidade de roupas que todo mundo considerou razoável.

Tenho jeans para usar com as minhas camisetas vintage, algumas blusas e calças cáqui caso eu queira me arrumar um pouco mais, e tem o vestido. O vestido parece algo que eu deveria usar para uma reunião importante, talvez com a editora do meu livro ou, igualmente provável, um encontro com alguém da CIA.

Guardo o vestido como um talismã mais do que qualquer outra coisa, prova de que eu sou uma mulher adulta, mais ou menos.

Mesmo que eu não tenha Finny para me dizer que estou bonita, posso dizer a mim mesma por ele.

nove

— Não é incomum que uma mulher grávida se sinta desconectada do próprio corpo, nem que uma mãe de primeira viagem ache difícil acreditar que tem um bebê aí dentro. Isso não quer dizer que você vai ser uma mãe ruim — explica o dr. Singh.

— Eu não deveria amá-lo mais ou coisa assim?

Ele ergue a mão em um gesto de ambivalência.

— Deveria? Vamos ver, você está tomando suas vitaminas pré-natais?

— Estou.

— Você foi a todas as consultas com o obstetra, correto? Está fazendo exercício leve, não está?

— Eu caminho algumas vezes na semana. — Não entendo por que a minha saúde física de repente virou o assunto desta sessão de terapia.

— Então me parece que você está amando esse feto tanto quanto pode — conclui ele. — O amor é uma ação, e todas essas ações que você está fazendo falam de amor.

É minha vez de dar de ombros.

— Queria conversar sobre seus planos além da maternidade — informa dr. Singh. — Você não perdeu o direito de sonhar. Disse que queria escrever um romance, certo?

— Eu escrevi um.

— Você está escrevendo um romance?

— Não. — Eu rio pela primeira vez em vários dias. — Eu escrevi um. Já terminei. Bem, estou na etapa de edição.

Ainda choro enquanto edito, o que faz o processo ser lento, no entanto não preciso mais parar por causa do choro, o que é um avanço. Estou lendo livros que não são sobre bebês quando não estou editando. Eu posso não ir para a faculdade este ano ou no próximo, mas não é por isso que não vou me dar meu próprio curso de literatura.

— Mas a história está completa? — O dr. Singh ergue as sobrancelhas grossas de um jeito que eu nunca vi antes.

— Aham.

— Isso é muito bom. Muito bom. — Ele ajusta os óculos. — Você sabe quantas pessoas começam a escrever livros e nunca terminam?

— Provavelmente um monte? Mas muita gente termina também.

— Meu filho tem 32 anos e está trabalhando no dele desde a faculdade — diz o dr. Singh. — Acho que você deveria ficar orgulhosa de si mesma.

— Finny estava orgulhoso de mim — comento.

"Mal posso esperar para ler."

Doutor Singh se mexe na cadeira.

— Gostaria que na sessão de terapia em grupo da semana que vem você compartilhasse com os outros o motivo que a levou até lá. Entendo por que você não contribuiu semana passada, mas espero que seja um espaço no qual se sinta confortável.

— É, talvez — concordo. — Aquela menina Brittaney era meio irritante.

Ele me surpreende ao rir.

— Ah, ha! Brittaney é o que minha geração chama de espoleta. Eu a conheço há muito tempo, ou melhor, conheci os pais dela por causa do trabalho… Bem, ela é que deve a história, mas você pode aprender muito com ela, Autumn.

Não consigo evitar a expressão que meu rosto faz ao ouvir isso.

O dr. Singh subitamente parece velho. Ele aperta os lábios antes de falar:

— Autumn, ela é uma sobrevivente. — Sua voz pesa na última palavra.

— De quê? — indago.

— De tudo.

dez

———

— Tudo parece bem — diz a médica enquanto examina meu prontuário. — Será que você poderia tentar novamente fazer xixi para o exame antes de ir?

— Desculpa — digo. — Parece que a única coisa que faço é xixi, e aí não consigo quando preciso.

— Acontece o tempo todo — tranquiliza a médica. — Mas tente mais uma vez, porque é a melhor forma de prever pré-eclâmpsia. Você tem alguma pergunta antes do exame de imagem?

— Antes do quê?

— Do ultrassom.

— Ah, não. — A sala está fria e eu estou ansiosa para vestir meu novo jeans de grávida novamente.

— Está agendado para semana que vem, certo? Não, para a semana depois dessa. — Ela faz uma pausa, faz uma anotação, olha para mim e sorri. — Vamos tentar fazer xixi de novo, ok?

———

No banheiro, agachada sobre o sanitário com um copo entre as pernas, penso no que dr. Singh disse, sobre o amor ser uma ação e como minhas ações dizem que estou fazendo o melhor que posso para amar a mim mesma e o bebê no qual eu ainda não acredito muito bem. Pergunto-me se tentar urinar para um teste de pré-eclâmpsia conta como um ato de amor, o que me faz dar uma risadinha e então eu finalmente faço xixi.

Quando a enfermeira pega o copo, pergunto:

— Então eles vão ver se o bebê tem todos os órgãos e tal na semana depois da próxima?

— Isso. Tenho certeza de que vai estar tudo certo.

Respondo:

— Não estou preocupada. Só fiquei surpresa quando a médica chamou de exame de imagem. Quer dizer, faz sentido, mas eu nunca havia parado para pensar nisso. — Estou tagarelando e não sei bem do que estou falando.

A pobre enfermeira dá um sorrisinho para mim e diz algo sobre precisar levar isso, e aponta para a urina com a cabeça, para os fundos.

Eu checo na recepção se precisam de mais alguma coisa de mim, mas minha mãe já marcou minha próxima consulta e pagou tudo com o cartãozinho dourado, então vamos indo.

— Tudo certo? — pergunta ela. — Você demorou.

— Eu não conseguia fazer xixi.

— Mas a única coisa que você faz é xixi, Autumn.

— Foi o que eu disse!

Apoio minha cabeça na janela. Tem uma ondulação na minha barriga que pode ser o bebê de Finny ou o almoço de ontem. Ainda não sei.

Exame de imagem.

Eles vão examinar os órgãos e ver se está tudo lá, tudo no lugar certo, do tamanho e do formato certo, porque às vezes não está.

Às vezes, os rins não estão lá, ou o cérebro não é do tamanho ideal ou o coração não é do formato correto.

Às vezes, bebês morrem dormindo por nenhum motivo e, com um engasgo, percebo que algum dia esse bebê vai morrer.

Eu espero que viva uns 100 anos, mas algum dia ele vai morrer, assim como Finny. Assim como eu.

O melhor que eu posso fazer é esperar que eu morra antes do bebê.

O absurdo de tudo isso.

— Você está bem? — pergunta minha mãe.

— Pensando no ultrassom — respondo. — Espero que tudo esteja bem.

— Provavelmente vai estar — afirma ela, mas não diz nada mais, porque minha mãe sabe que, durante dezoito anos, Angelina acreditou que Finny viveria mais que ela. Minha mãe sabe que às vezes bebês morrem enquanto dormem.

E nenhuma de nós é ingênua o suficiente para acreditar que um raio não cai duas vezes no mesmo lugar.

onze

— Talvez eu devesse começar a levar vocês a todos os meus brechós — diz tia Angelina para minha mãe. Estamos voltando ao Mamãe Gansa Vintage para comprar um berço.

— Angelina, vou virar este carro e ir direto para a Pottery Barn, eu juro por Deus.

— Não, não, eu vou me comportar.

Eu escolhi como o bebê vai dormir: em um miniberço no meu quarto por pelo menos um ano. Não vou deixá-lo chorando, mas vou tentar esperar ele se acalmar sozinho como o livro francês de maternidade sugere.

Agora só tem mais um milhão de decisões sobre esse bebê que precisarei tomar nos próximos meses.

Mas já é um começo.

As Mães têm tentado me deixar descobrir essas coisas sozinha, deixando-me decidir que tipo de mãe eu quero ser, sem me dizer como deve ser feito, igual à família de Angie. Finny dormiu na mesma cama que Angelina até completar 2 anos, enquanto minha mãe me manteve no final do corredor com a babá eletrônica no volume mais baixo, de forma que eu precisaria estar realmente berrando para acordá-la. Nenhum dos métodos é recomendado hoje em dia, e nenhuma delas tentou me convencer do contrário.

Então, quando eu disse que havia decidido comprar um pequeno berço para ficar no meu quarto pelo primeiro ano mais ou menos, ninguém questionou minha decisão. Angelina ligou e confirmou que o miniberço que consideramos da última vez que fomos ao Mamãe Gansa Vintage ainda estava disponível, mas minha mãe insiste em darmos uma última olhada antes de comprá-lo.

A mesma mulher mais velha está sentada atrás do balcão quando chegamos.

— Voltaram, queridas? — pergunta, sem parar de tricotar, provando minha suspeita de que ela é uma bruxa.

Minha mãe, especialista em compras, nos leva até o local onde o pequeno berço está.

— Não combina muito com os tons de madeira do seu quarto — reflete. — Quase seria melhor se fosse totalmente diferente. Vai ficar parecendo que tentamos combinar e não conseguimos. Tenho certeza de que consigo achar na internet um em uma cor melhor.

— Esse está perfeito — afirmo. — Até onde eu sei, nenhuma revista de decoração faz matérias sobre decorar quartos de mães adolescentes, então acho que não vamos perder nenhuma oportunidade. — Eu coloco as mãos possessivamente sobre a barra ajustável.

— Tudo bem então, meu amor. Se fosse eu, acharia a decoração algo reconfortante quando estivesse nas trincheiras.

— Nas trincheiras? Por que as pessoas sempre falam da maternidade como se fosse uma guerra?

Minha mãe e tia Angelina olham uma para a outra e dão de ombros.

— O que acharam? — pergunta a vendedora, aproximando-se.

Minha mãe começa a combinar a entrega. Eu olho para o berço e tento me convencer de que algum dia vai haver não apenas um colchão ali, mas uma criança.

— Você está pensando no que eu estou pensando? — questiona tia Angelina.

— Que deveríamos deixar minha mãe encomendar um colchão feito de pelo de lhama orgânica ou algo assim?

— Exatamente. Ela respeitou seu desejo de não transformar o escritório do seu pai em um quarto de bebê vitoriano cheio de babados e deveria ser recompensada.

Eu me viro para olhá-la.

— Como o dinheiro é do meu pai, em algum momento vou ter que deixar ela fazer algo com o escritório dele.

Angelina enrijece.

— O que você disse?

— Já que o dinheiro é do meu pai...

— O dinheiro não é do seu pai, Autumn. Foi isso que sua mãe disse a você?

— Não, eu só presumi.

Angelina parece abalada. Isso deve ter algo a ver com Finny, mas não entendo. Ela olha além de mim, para onde consigo escutar a vendedora e minha mãe conversando. A boca dela se aperta.

— Sua mãe não contou a você sobre o acordo com o pai do Finny?

Tudo gira na minha cabeça.

— O quê? Com *ele?* — pergunto.

— Autumn — sussurra —, sinto muito, mas vou matar a sua mãe.

— Mãe?! — grito enquanto me viro. Ela e a vendedora se viram para mim simultaneamente. — Que arranjo é esse de que a tia Angelina está falando? Com o pai do... o...

Não consigo enxergar aquele homem como o pai de Finny.

— Deixa eu combinar a entrega e já conversamos sobre isso, mais tarde — cantarola minha mãe para mim, usando uma voz de atendimento ao cliente.

Não estou comprando nada disso.

— Que acordo é esse? — pergunto a Angelina. Ela se esforçou tanto para me dar apoio e espaço ao mesmo tempo. Durante todos esses meses, estive impressionada por sua compostura, mas ela parece prestes a perdê-la.

Angelina confiou na melhor amiga para contar à mãe do neto delas essa informação delicada, o envolvimento do homem que abandonou o próprio filho.

— Não sei de todos os detalhes, mas, aparentemente, ele deu acesso ao fundo fiduciário que montou para o Finny em troca de qualquer acesso que você esteja disposta a dar para ele. Atualizações ou fotos. — Seu tom de voz começou a aumentar. Ela se recompõe e engole em seco, então respira fundo.

Ainda estou tentando entender por que ela disse as palavras "fundo fiduciário" e "Finny" tão próximas. Nós duas claramente precisamos de um momento.

— Pronto! — exclama minha mãe atrás de mim.

Não me viro para olhá-la. Não consigo parar de encarar a dor no rosto de tia Angelina.

— É mesmo, mãe? — pergunto.

Concordamos em esperar até chegarmos em casa para conversar.

— Melhor mesmo, eu quero conseguir ver o seu rosto quando falarmos sobre isso.

A viagem foi silenciosa e gelada como o frio de fim de outono lá fora.

Em casa, sentada à mesa da cozinha, finalmente olhando para o rosto dela, eu digo:

— Já sabemos que você pensou que estava fazendo o melhor pra todo mundo.

— E isso não é uma desculpa — concorda minha mãe. — Eu deveria ter contado a você.

— Então por que não contou? — insiste Angelina. — Nós concordamos que essa decisão era de Autumn.

— Como ele sabe que eu estou grávida?

— Essa parte é culpa minha, querida — admite tia Angelina. — Ele entrou em contato comigo depois que você foi para o hospital. Queria ajuda com um projeto sobre Finny, e eu estava em um turbilhão tão grande de emoções, perder Finny, achar que íamos perder você e então descobrir a gravidez, eu não sei. Acabei contando a ele.

— E ele fez uma oferta boa demais para a minha mãe recusar? — pergunto às duas. Sinto como se um pedaço de mim tivesse sido vendido.

— Eu pretendia te contar — começa minha mãe. — Mas aí não contei, e parecia mais fácil esperar até que…

— O quê? Até aquele homem exigir o acesso ao meu filho pelo qual ele *pagou*?

— Até que você fosse capaz de pensar nisso mais racionalmente e menos emocionalmente — explica ela, mas sei que consegue perceber como isso soa patético.

— Olha, eu já falei pra você, Claire — corta Angelina. — Se Autumn quiser ter acesso a esse dinheiro, ela teria um bom caso no tribunal, e nós poderíamos ter processado John em vez de deixá-lo controlar a situação.

— Sim, eu me lembro, Angelina. Mas eu p…

— Ok, que dinheiro é esse? — pergunto. — Vamos começar daí!

— Toda vez que John se sentia culpado por ter abandonado o filho, ele colocava um dinheiro em uma conta que abriu secretamente no nome do Phineas. Às vezes, quando estava com a consciência especialmente pesada, comprava mais alguma ação no nome dele. Foi só depois que o Finny morreu que John notou quanto de dinheiro sua culpa havia acumulado.

— Estamos falando de quanto?

— Se você o processasse em nome do herdeiro do Finny, fizesse um acordo extrajudicial e arcasse com as despesas dos advogados, ainda teria dinheiro o suficiente para criar esse bebê até os 18 anos e pagar pela faculdade de vocês dois. — Tia Angelina faz uma pausa e então continua: — É um caso bem simples, Autumn. Ele tem acesso à conta, mas ela está em nome de Phineas Smith, o pai do seu bebê.

— E se nós não processarmos e dissermos a ele para nunca entrar em contato comigo?

— Ele fica com o dinheiro — informa minha mãe. — E teríamos que usar o dinheiro da sua faculdade para criar esse bebê.

— Eu venderia a casa — acrescenta Angelina. — Já estava pensando nisso de qualquer forma, já que passo quase todas as noites aqui. — Ela olha raivosa para minha mãe e eu imagino que esse não vai ser o caso hoje. — Nós daríamos um jeito.

— Mas seria muito mais difícil para todo mundo, Autumn, incluindo seu filho — avisa minha mãe. — Não preciso dizer a você que ser mãe adolescente coloca vários obstáculos em seu caminho. Esse dinheiro poderia aliviar, ou até acabar, com esses obstáculos.

— Mas você prometeu que deixaríamos *ela* decidir — repete Angelina, balançando a cabeça. Essa é uma traição entre elas que vai mais fundo que a minha parte nisso. As Mães sempre foram um time, e essa desconexão é inédita. Se Finny estivesse aqui, nós estaríamos trocando olhares por cima da mesa.

— Desculpa — repete minha mãe. — Sei que falar isso não muda nada. Mas vou continuar falando.

— E se não processarmos e continuarmos usando o cartãozinho dourado?

— Eu disse a ele que você não estava pronta para discutir os detalhes. — Minha mãe começa a corar quando a profundidade da sua mentira fica clara. — Mas ele quer fazer parte da vida do bebê do jeito que você permitir, Autumn. — Ela lança um olhar para tia Angelina e percebo que é mais do que quando ela estava advogando por si mesma. — Ele tem muitos arrependimentos.

— E deveria ter mesmo — comento. — Assim como você.

Minha mãe assente. Ela diz sem som ou sussurra que sente muito, mas é baixo demais para que eu escute.

doze

―――――

MARCIA, A EX-DEFENSORA PÚBLICA JUVENIL, TROUXE UMA GARRAFA de café para compartilhar com todo mundo na sessão de hoje. O cheiro é maravilhoso. Até eu, que nunca gostei muito de café, queria um pouco também, mas agora está evidente para todos que estou grávida. Eu não sei se eles iriam me julgar.

Não é que mulheres grávidas não possam consumir cafeína; é só que não devem passar de uma certa quantidade. O médico disse que eu poderia tomar uma xícara grande de café por dia e tudo bem. Até agora, eu não quis tomar dia nenhum.

Todo mundo age como se a regra fosse não consumir cafeína durante a gestação, e eu já me sinto envergonhada o suficiente nessa sala cheia de pessoas que já passaram dos 30 anos.

Mas o café tem um cheiro tão bom.

— Estamos prontos para começar? — pergunta dr. Singh. Todo mundo murmura em concordância quando eu levanto.

— Eu só vou… — murmuro por cima do ombro enquanto corro até a mesa. Minha boca saliva quando eu sirvo a xícara e coloco um pouco de leite. Volto correndo para o círculo, tomando cuidado para não derramar nenhuma gota preciosa.

Uma das mulheres mais velhas se inclina quando me sento.

— Você acha que deve…

— Ah, meu Deus, Wanda! Cuida da porra da sua vida — grunhe Brittaney. Ela revira os olhos na minha direção e eu dou um sorriso fraco de agradecimento.

O dr. Singh repreende Brittaney pelo palavrão, o que, acho, significa que ele concorda que Wanda deveria cuidar da própria vida. Ele começa a sessão falando de como o trauma causa mudanças físicas no cérebro. Não consigo deixar de pensar em como Finny acharia toda essa conversa sobre caminhos neurais inflexíveis interessante.

"*Seu livro veio do seu cérebro, Autumn, palavra por palavra, e eu queria poder entender como seu cérebro foi capaz de fazer isso.*" As mãos dele no volante, seu rosto iluminado pela luz do painel. Eu me sentia mais viva só de estar perto dele.

Brittaney se mete.

— Às vezes é como se eu escutasse a voz do meu ex-namorado dizendo "você matou meu bebê. Você matou a porra da nossa filha", sem parar, exatamente como ele dizia. E parece que, fisicamente, eu não consigo me impedir de pensar naquele momento. Meu cérebro fica preso nisso.

Parte de mim pensa que devo tê-la entendido mal. Cobri a boca com a mão e, ao abaixá-la, olho ao redor da sala, mas ninguém parece achar que Brittaney disse algo particularmente chocante. Algumas pessoas assentem. Alguém fala de se sentir incapaz de parar de analisar o momento antes de ter sido atacada.

Eu bebo meu café e escuto e me pergunto por que estou aqui.

Mas então eu me lembro; eu consigo ouvir a voz do meu namorado na minha cabeça também.

Desta vez, não fico surpresa ao encontrar Brittaney me esperando quando saio da cabine do banheiro.

— Você vai ter uma menina — anuncia, sem preâmbulo. — Achei importante te contar. — Ela está apoiada no balcão, quase sentada nele, seus dedos do pé mal tocando o chão.

— Legal — respondo enquanto vou para a pia.

— Eu sei que você não acredita em mim, mas eu sempre acerto. Quando você vai fazer o ultrassom?

— Semana que vem. — Começo a lavar as mãos. Parece ser nossa rotina.

— Está animada?

Eu levanto a cabeça. A gente se olha pelo espelho.

— Não — admito para ela.

— Por que não? Você tem alguém para ir com você? Onde está o papai?

— Ele morreu. — Decido que, se vamos conversar, é melhor eu acompanhar o ritmo dela. Desvio os olhos do espelho e pego um papel para secar as mãos. — Minha mãe vai comigo. Mas estou com medo de que tenha alguma coisa errada com o bebê.

— Ah, garota, vai dar tudo certo! — Ela dá de ombros. — E, se não der, não tem nada que você possa fazer. Às vezes, a merda é assim. — Ela suspira.

Eu hesito antes de perguntar:

— Um bebê seu morreu?

— Câncer no cérebro — conta Brittaney. — Foi rápido. Eles descobriram no check-up de 1 ano, e ela se foi antes de fazer 2.

— Sinto muito.

— As coisas são como devem ser — comenta, e pela primeira vez eu consigo ver que essa indiferença é uma armadura. Sinto-me culpada por não ter notado antes.

— Se sua filha morreu de câncer, por que seu ex-namorado disse que a culpa era sua?

Pela primeira vez, Brittaney parece desconfortável com a nossa conversa.

— Como eu disse no outro dia, minha barriga começa a aparecer apenas no terceiro trimestre, e eu só tinha menstruado algumas vezes antes de engravidar, então foi fácil ficar em negação por um tempo. Quando eu tive certeza de que estava grávida, já tinham se passado seis meses e eu tinha 13 anos. Eu fumava desde os 11, então foi difícil parar. — Ela olha para o meu rosto. — Eu tentei. Tentei mesmo. Mas então meu médico me disse que, em certo ponto, ficar tão estressada era pior para o bebê do que um cigarro. Eu estava bem estressada também, sabe? A mãe adotiva com quem eu estava naquele ano era uma vaca. O sobrinho dela era o papai do meu bebê, e como ele tinha 19 anos, ela estava preocupada em ter problemas com a minha assistente social. Foi uma situação.

— Ele tinha 19? E você tinha só 13?

— Era ele quem comprava nossos cigarros, aliás! — Ela ergue as mãos, exasperada. — Perguntei à oncologista e ela disse que os cigarros só teriam aumentado as chances em um por cento, que foi principalmente a genética que fez meu bebê ter tido esse tipo de câncer, não eu fumar um cigarro por dia. — Brittaney dá de ombros como sempre. — Eu consegui parar de fumar da última vez que estive grávida. Eu tinha a sua idade, e as coisas estavam um pouco melhor para mim. Eu tinha acabado de comprar minha casa e tal.

— Você tem uma casa? — Ela provavelmente deveria se sentir insultada pela minha surpresa, mas não parece notar.

— Ok, então, você não vai acreditar nisso, mas, antes dos meus pais perderem tudo pras drogas, eles eram *médicos*. — Ela ri e se inclina para a frente para sussurrar, como se estivesse me contando uma piada suja.

— Você consegue imaginar estudar medicina, se casar, ter uma filha na pré-escola e *depois* ficar viciado em droga? Que idiotas. — Ela ri e revira tanto os olhos que parece doer. — Mas a única coisa que eles não podiam vender para conseguir mais drogas e, acredite em mim, eles venderam tudo para conseguir mais, até eu, era a apólice dos seguros de vida. Eu pude receber esse dinheiro quando fiz 18 anos e comprei minha casa, livre, fácil. O bairro é um pouco tenso, mas a escola é boa e consigo economizar o dinheiro da gasolina caminhando até o trabalho.

— Meninas? — Wanda enfia a cabeça dentro do banheiro. — Estamos esperando por vocês. Está tudo bem?

— Sim, sim, diz pro Singh que estamos indo — avisa Brittaney. — Essa mulher é um pé no saco — sussurra para mim.

Eu concordo.

Ela é uma sobrevivente, disse o dr. Singh.

Eu não compartilho nada durante a terapia em grupo, embora ele me olhe várias vezes. Não sei o que espera de mim. Os outros estão falando de não conseguirem salvar crianças, ou levar um tiro ou ser estuprada.

Talvez, quando dr. Singh disse que eu poderia aprender algo com Brittaney, tenha querido dizer que eu poderia aprender que não tenho motivos para estar traumatizada.

Porém, embora nossas circunstâncias sejam muito diferentes, as coisas que os outros disseram a respeito do trauma deles pareciam com o que eu sinto a respeito da morte de Finny, como se carregássemos uma marca eterna em nós.

Eu não falo, mas escuto.

Quando a sessão termina, recebo uma mensagem da minha mãe. O pneu do carro dela furou e Angelina está vindo trocar, mas elas vão atrasar para me buscar. Eu paro de repente no saguão. Deveria ter trazido meu livro francês sobre maternidade para situações como essa.

— Está tudo bem? — pergunta Brittaney. Ela já está segurando os cigarros e o isqueiro em uma mão e ainda nem estamos lá fora.

— Sim, minha carona vai atrasar.

— Ah, merda, onde você mora?

— Ferguson.

— Minha mãe adotiva favorita morava em Ferguson! Eu moro para aqueles lados. Posso te deixar em casa.

— Não, não…

— Garota, as pessoas trazem crianças catarrentas e sem vacina para este saguão o dia todo. Você vai pegar um tipo novo de sarampo que dá superpoderes ao seu bebê ou coisa assim. Pode ficar tranquila. Eu não fumo no carro. Já vou ter terminado o cigarro quando chegar no estacionamento. Espera aqui.

Antes que eu possa protestar outra vez, ela sai e acende o cigarro enquanto caminha, ignorando os caminhos prontos e cruzando por cima de canteiros de flores, pisando nos arbustos que cercam o prédio enquanto vai para o estacionamento.

Um carro encosta alguns minutos depois, com um escapamento que estala, e eu sei que é o dela. Brittaney faz sinal para eu entrar e eu abro a porta e me sento ao lado dela.

— Vou deixar a janela aberta um pouco, até o cheiro de cigarro sair da minha roupa.

— Não, não precisa — falo quando me ocorre que talvez Brittaney esteja exagerando para proteger o meu bebê por causa do que ela passou. — Mas obrigada.

Ela vira na rotatória para deixar o estacionamento do hospital.

— Então, eu liguei para minha antiga mãe adotiva em Fergunson e vou passar lá depois que deixar você!

— Ah, que bom. Quando você morou com ela?

— Isso foi quando Dione estava doente.

Sinto uma dor na forma como ela pronuncia o nome da filha.

— Ela cuidou de mim depois. Foi ela que me fez preencher toda a papelada para receber o dinheiro do seguro dos meus pais, porque de início eu fiquei, tipo, eu não quero nada que tenha o nome deles, sabe?

— Sim, eu meio que sei — concordo.

— Ah, é? — Ela me olha enquanto sobe a janela manualmente.

— Eu descobri recentemente que, hum, o avô do meu bebê depositou um monte de dinheiro em nome do filho antes de ele morrer, então, legalmente, o dinheiro deveria ser do bebê. Para receber, eu precisaria lidar com esse homem ou processá-lo, e parte de mim não quer fazer nada a respeito disso.

— Mas esse dinheiro não é seu — diz Brittaney, ainda fazendo bola com o chiclete. — O dinheiro é do seu filho, certo? Então você tem que pensar nisso.

— Eu sei — concordo.

— Você precisa pensar no futuro, mesmo quando parece que não vai haver um futuro. Foi isso que Sherry, minha mãe adotiva, me disse. Você tem sonhos e essas merdas, Autumn?

Não consigo evitar um sorriso.

— É, eu tenho sonhos e essas merdas. Quero ser escritora — revelo. — Quer dizer, eu já sou escritora. Escrevi um romance e comecei a editá-lo e, quando eu terminar, vou procurar um agente e depois uma editora.

— Sério mesmo? Olha pra você, garota. Estou orgulhosa pra caralho. Mas escrever não dá dinheiro, dá?

— Não, provavelmente não.

— Cara, fiquei tão feliz por ter o dinheiro do seguro quando descobri que estava grávida de CiCi. O nome da minha filha é Cierra, mas ninguém a chama assim, exceto eu, quando estou brava. Mas, enfim, bebês são caros. Você leu o *Guia de sobrevivência da mamãe descolada?*

— Hum, não?

— Ok, então isso é tipo leitura obrigatória pra você, tá? Qual a porra do nome dela… da sereia política? Ariel Gore, é isso! Leia. Você precisa.

— Tá bom — respondo. — Obrigada.

Eu não estava esperando uma recomendação de leitura de Brittaney, mas é uma surpresa agradável.

— Vou sair da rodovia daqui a pouco. Qual sua rua?

Eu dou a ela o endereço da minha casa

— Não acredito! Eu costumava ficar bêbada no riacho do lado da sua casa — diz ela, e então nós caímos em um silêncio surpreendentemente confortável.

Olho pela janela, para o esplendor da estação que me deu o nome.

— Você deveria tentar não ficar nervosa com o ultrassom.

— Na maior parte do tempo, esse bebê nem parece real — admito para as cores de outono lá fora. — Mas, quando parece, dói, porque não consigo pensar nesse bebê sem pensar em Finny e em como ele morreu e em como algum dia, de alguma forma, esse bebê vai mo…

Noto o que estou dizendo e começo a pedir desculpas, mas Brittaney está concordando.

— Ter medo pela criança é uma grande parte do trabalho de ser mãe.

— Como você vive com isso? — Tenho tantas perguntas.

— Eu não sei — confessa Brittaney. — Acho que o motivo pelo qual eu não surto de medo de que algo aconteça com CiCi é porque, se eu fizesse isso, quem seria a mamãe dela? Tipo, talvez ela mereça alguém melhor que eu, mas sou a única mãe que ela tem. Se eu e minha namorada nos casarmos um dia, ela vai ter duas mamães, mas você entende. Agora, CiCi precisa de mim para garantir que ela esteja limpa e alimentada, e para que saiba que é amada, então não posso ficar doida.

— Limpa, alimentada, amada — repito. Uma peça do quebra-cabeça parece estar se encaixando para mim.

— É, essas três coisas representam tipo noventa por centro do trabalho. São também as únicas coisas que você vai conseguir controlar. O mundo vai ferrar com a sua criança, não importa o que aconteça. Tudo que você pode fazer é ensinar a escovar os dentes e a ter amor-próprio.

— Essa é a primeira vez que alguém me diz algo que eu sinto que consigo fazer — comento.

Minha casa aparece e, quando Brittaney estaciona, estou recitando "limpa, alimentada, amada" para mim mesma. Essa é a lista de que eu precisava, o padrão mínimo. Enquanto o filho de Finny estiver limpo, alimentado e for amado, estarei fazendo um trabalho decente.

Claro, à medida que a criança crescer, ela vai aprender a se limpar e a se alimentar sozinha, e a parte do amor vai ficar complicada quando o filho se afastar, mas até lá vai haver uma base no nosso relacionamento, e saber quem ele é como pessoa vai ajudar a me guiar.

Por enquanto, quando visualizo esse bebê, tudo que preciso dizer para mim mesma é que vou me dedicar a mantê-lo limpo, alimentado e amado.

— Então, uma última coisa? — diz Brittaney quando para o carro.

— Sobre o ultrassom?

— Sim?

— Se tiver algo errado, então sua bebê tem sorte de ter você como mãe, porque você vai amá-la de qualquer jeito e fazer o tudo o que estiver ao seu alcance por ela. Sua criança tem sorte de ter uma mãe que se preocupa, não importa o que aconteça, então ela já está em vantagem.

— Obrigada — agradeço. — Vou pensar nisso. E obrigada pela carona e por conversar comigo. Foi bom.

— Ah, nada de mais — responde ela.

Saio do carro e começo a fechar a porta, mas me viro quando ela grita pela janela.

— E, ei, Autumn!

— O quê?

— Tenho certeza de que é uma menina, você vai ver.

treze

O homem que deveria ter sido pai de Finny me escreveu de volta. Ele concordou com os meus termos.

Finalmente, tenho uma ocasião para usar o vestido preto, ainda mais porque o restaurante que ele sugeriu parece um lugar do qual meu pai gostaria, o tipo de ambiente em que é fácil sentir que os garçons estão vestidos melhor que você.

Penso em fazer um coque, mas decido que é formal demais e vou com um rabo de cavalo. Mantenho minha maquiagem discreta.

Quero parecer uma adulta.

Não quero parecer que estou tentando parecer adulta.

Talvez pela primeira vez na vida, gostaria de poder dirigir sozinha para algum lugar. Minha mãe vai me levar, quem sabe como penitência.

Ela e Angelina parecem Angie e Dave; estão tendo boas e necessárias conversas, mas o relacionamento exige esforço no momento.

No fim das contas, achei um pouco mais fácil perdoar minha mãe. Talvez tenha coisa demais acontecendo em meu cérebro para eu conseguir alimentar a raiva, mas, de alguma forma, consegui ignorar seu subterfúgio, dizendo a mim mesma que nós duas estamos tentando fazer o que é melhor para nossos filhos enquanto lidamos com uma situação complicada.

— Vou ao jardim botânico — diz minha mãe enquanto encosta para me deixar em frente ao restaurante. Ela não faz baliza na cidade. — Mas não vou ficar no Climatron, então posso voltar em um minuto se você precisar que eu te busque. Meu bem, você tem certeza…

— Eu vou sozinha — confirmo. — Porque essa decisão é minha.

— Certo.

Abro a porta do carro.

— Obrigada — digo ao sair. Antes de abrir a porta do restaurante, endireito a postura e ergo o queixo para me fazer parecer mais confiante do que me sinto.

Está escuro dentro do restaurante, como se os clientes quisessem que o almoço estivesse acontecendo à noite. As luminárias são cuidadosamente colocadas para criar uma penumbra que evoca a luz de velas sem o risco de incêndio. Com confiança, seguro a pequena bolsa elegante que peguei emprestada da minha mãe em frente à minha barriga enquanto vou até a hostess.

Olho diretamente para seus olhos profissionalmente maquiados e digo:

— Uma reserva para dois, em nome de Smith?

— Sim — responde, sem olhar para a lista. — A outra pessoa já chegou. — É óbvio que avisaram a ela para esperar uma menina grávida tentando parecer adulta, mas sorrio e agradeço antes de acompanhá-la para dentro da falsa noite que é este lugar.

No último minuto, houve uma emergência com o sapato, que por sorte é o tipo de coisa que faz o dia da minha mãe. Aparentemente, junto com todas as outras coisas que a gravidez pode fazer, tipo mudar a cor ou a textura do seu cabelo, dar alergias que você nunca teve antes ou até mesmo fazer você perder os dentes, também é possível mudar a sua numeração de sapato.

Então é com os saltos estranhos da minha mãe que sigo essa mulher até encontrar o ex-marido de tia Angelina, porque é mais fácil pensar nele assim do que como o pai de Finny.

Esse pensamento desaparece dentro de mim quando eu me aproximo da mesa, porque é o pai de Finny sentado ali.

É Finny sentado ali, Finny com uns 50 anos, com mechas grisalhas no cabelo loiro, com rugas profundas causadas pelas décadas exibindo seu sorriso torto. E ali está, aquele sorriso familiar que eu conheço melhor que o meu, cumprimentando-me.

Ele se levanta e eu sei qual é a sua altura antes mesmo de ver. Sei qual o comprimento das suas pernas. Reconheço a inclinação da cabeça quando ele diz:

— Autumn, oi.

— Oi.

Estou tentando não encarar o fantasma diante de mim, mas a hostess puxou a cadeira e todos estão esperando que eu me sente. Para compensar, eu me sento rápido demais enquanto ela tenta puxar minha cadeira e acabo uns dez centímetros longe demais da mesa. Eu me acomodo enquanto ela garante a John que uma garçonete chegará em breve.

— É bom ver você de novo — diz ele quando estamos sozinhos.

— De novo?

— Sim — confirma ele, suas feições perturbadoras ainda me hipnotizando. — Quando você e o Phineas tinham 7 anos, ou 9? Foi depois que meu pai morreu. Phineas me fez uma visita rápida e, quando Angelina veio buscá-lo, você estava com ela.

— Não me lembro disso. — Eu me forço a desviar o olhar.

Mais tarde, terei que descobrir como Finny teria ficado quando envelhecesse, a forma como o charme de menino de seu rosto teria permanecido, mesmo quando as marcas da maturidade surgissem. Eu me permito sentir apenas o suficiente de dor para me manter alerta.

— É estranho que eu não me lembre — comento, erguendo o queixo —, considerando como era raro Finny ver você.

John Smith assente e inspira. Ele endireita a postura enquanto recebe meu golpe verbal, e eu tento não ser assombrada pela largura de seus ombros enquanto ele os encolhe.

— E é por isso que estamos aqui. Então obrigado por ter aceitado o meu convite.

Estou prestes a agradecê-lo de volta, por reflexo, então percebo e digo apenas:

— De nada.

— Bom — continua ele, e a expressão perdida e ansiosa para agradar que está estampada em seu rosto, que parece tanto o rosto de Finny, quase me quebra. — Não tenho palavras para expressar o quanto me arrependo de não ter conhecido e valorizado o Phineas enquanto tive a chance.

A garçonete aparece de repente, e eu aceito limão na minha água e pego um cardápio que parece um convite de casamento. John já havia pedido o que parece ser um *dirty martini*, mas a bebida está quase intocada. Condensação está começando a se formar sobre o frio daquela vodca que provavelmente é bem cara.

— Então, o que aconteceu, John? — pergunto depois que pedimos saladas com nomes estranhos de entrada e a garçonete sumir nas sombras. — Por que você se manteve distante durante a maior parte da vida dele?

— Eu estava tentando não ser um pai horrível. — Ele dá uma risada amarga. — Entendo que falhei nisso, enormemente, mas na época eu pensei que, se eu não estivesse lá, então não poderia estragá-lo. — John leva o martíni aos lábios e dá um gole, depois encara o líquido. — As poucas vezes que tomei coragem para pedir para vê-lo, Phineas sempre parecia tão feliz. Não feliz em me ver, apenas feliz, se saindo bem. Ele me contava de você, de jogar futebol e das coisas que estava aprendendo na escola e que o empolgavam, e eu dizia para mim mesmo: "Viu? Ele não precisa de você".

— Você devia saber, em algum nível…

— Sim, claro — concorda John. Ele baixa o copo de martíni e me olha nos olhos, insistindo para que eu acredite em sua sinceridade. — Eu fui um covarde. Ser um pai de verdade para Phineas significaria voltar ao passado e encarar como meu próprio pai havia falhado comigo. Você já passou por isso? De olhar para trás e perceber como os seus sentimentos eram tão óbvios, ver que os próprios pensamentos eram claramente mentiras que contou para si mesma?

— Já — respondo, porque lhe devo honestidade, mesmo que ele ainda não tenha conquistado minha confiança.

John assente, grato.

— Tudo caiu por terra depois que minha filha nasceu — explica ele. — De alguma forma, minha ex-mulher me convenceu a ter um filho com ela, e, no momento em que vi Stella na UTI neonatal, quis poder voltar no tempo e ver Phineas quando ele veio ao mundo.

— Por que você o chama de Phineas em vez de Finn ou Finny?

O que ele havia acabado de contar inspirou muitas outras perguntas, mas essa ficou martelando em minha cabeça.

John cora.

Ele cora como o filho dele faria, sem ficar vermelho, mas rosa nas bochechas de um jeito que realça os ossos delicados do seu rosto, contrastando com o dourado do cabelo.

— Descobri que ninguém o chamava assim — conta ele. — Mas Phineas era o nome do meu avô.

— Angelina deu a ele o nome do seu avô? — A ideia é chocante o suficiente para que eu desconfie.

— Não exatamente — corrige. — Eu nunca conheci meu avô e meu pai era alcoólatra. Mas, durante toda a minha infância, o inútil do meu pai me contava histórias a respeito de seu próprio pai, que era incrível. As viagens de pesca e os comoventes conselhos de vida que ele dava. Contei para Angelina que cresci com apenas a lenda de um pai e que todas as coisas boas em mim provavelmente vinham desse homem que eu nunca conheci.

— Então ela deu ao filho o nome do que havia de bom em você — completo por ele.

Ele assente.

— Talvez ela achasse que ele fosse a única coisa boa que viria de mim. Assim que vi o nome nos documentos, eu soube que Angelina estava sendo poética, não cruel.

— E, depois que sua filha nasceu, você não conseguiu mais mentir para si mesmo? — Não quero que a gente tire o foco das falhas dele.

— Não, não consegui. — Ele brinca com o copo de martini na mesa, mas não dá outro gole. — Mas Phineas tinha quase 14 anos, e eu pensei que provavelmente já era tarde demais. Eu caí numa depressão. Comprei aquele carro para ele um ano depois disso...

Ficamos calados, refletindo sobre o carrinho vermelho, o carro que ele amava e que foi o cenário de sua morte. O carrinho no qual eu encarei o perfil de Finny sob a luz do painel e quis tanto sussurrar aquelas três palavras que teriam mudado nossa vida.

Como você quiser.

— Você está bem? — pergunta John.

Minha visão está borrada com as lágrimas acumuladas. Respiro fundo para me controlar, mas soa mais como se fosse um soluço em vez de me acalmar.

— Só para constar — sussurro —, ele amava aquele maldito carro.

— Pelo menos eu fiz uma coisa certa — diz John.

Minha risada faz as lágrimas caírem, mas também impede que outras se formem. Eu levo meus dedos aos olhos para limpar o rímel e encaro John. A preocupação gentil no rosto dele quase derrete minha decisão de continuar a interrogá-lo.

— Sei que ainda temos muito para conversar, mas posso perguntar como você está se sentindo? Está tudo bem com o…

— Amanhã é o grande ultrassom — conto a ele. — Aquele que os médicos checam se o bebê tem tudo de que precisa para viver.

— Você vai descobrir o sexo?

— Não sei. Ainda não decidi. — Lembro que informações assim deveriam ser parte de um acordo financeiro entre nós e tento retomar o controle da conversa. — Então, além do carro, toda vez que se sentia culpado, você depositava dinheiro em nome do Finny?

— Sim. Tenho documentos aqui comigo se você quiser dar uma olhada…

— No último Dia de Ação de Graças, você convidou o Finny para conhecer a sua esposa e a sua filha, mas depois desapareceu de novo. O que aconteceu?

— Ele não contou nada sobre isso a você?

— Não. De alguma forma, eu sabia que era doloroso demais para ele tocar no assunto, então nunca perguntei.

Desta vez, John toma um grande gole na bebida antes de me responder.

— Minha ex-mulher sempre soube do Phineas. Acho que ela pensava nele como uma anedota divertida dos meus dias de playboy. Mas, quando ela nos viu juntos, isso se tornou real.

Eu só consigo imaginar o choque que deveria ser ver Finny e John lado a lado, ver uma versão mais jovem do marido sentada à mesa, ao lado da filha, que ela considerava filha única.

— O que aconteceu?

— Ela foi… — John toma outro golinho da bebida e coloca o copo de volta sobre a toalha de mesa. — Ela foi fria com ele, acho que é a forma adequada de descrever. Fez questão de deixar claro que ela, Stella e eu éramos a família de verdade. E eu não fiz nada, Autumn. — O olhar dele é firme ao admitir isso. — Eu deveria ter feito ou dito alguma coisa, nem que fosse só para ele. Mas o casamento já estava meio morto e eu vi que poderia perder minha filha ao tentar me reconectar com ele, e eu…

A garçonete chega com nossas saladas. A minha é de algas marinhas e lascas de pepino, e parece uma pilha de espaguete verde. A salada de John é vermelha. Eu me vejo pedindo carne e lagosta e me pergunto se a garçonete vai desmaiar se eu pedir uma quentinha no final da refeição. Antes de sair, ela pergunta a John se ele quer outro martíni. Ele hesita e diz que não, dizendo que talvez peça depois que os pratos chegarem.

Assim que ela sai, nós olhamos um para o outro. Nossa conversa foi interrompida em um ponto que não precisa ser continuado. Nós dois sabemos como ele abandonou Finny de novo. Nós dois sabemos que ele não foi à formatura nem ligou o verão inteiro. Nós dois sabemos como essa história termina.

— Eu não quero sentir que estou vendendo meu filho para você — digo finalmente.

Ele fecha os olhos azuis e assente.

— Quanto mais eu penso nisso, mais vejo como foi uma atitude desesperada e manipuladora, Autumn. Oferecer um dinheiro que por direito deveria pertencer ao seu filho. É por isso que eu trouxe os papéis hoje. O dinheiro é seu e do bebê, mesmo que você escolha nunca mais me ver depois disso. — Ele pega uma pasta no chão, puxa um envelope e o coloca no canto da mesa.

— Obrigada — respondo. Ainda não sei se posso confiar nele. Talvez isso ainda seja uma tentativa de manipulação.

— O que você puder me dar — continua ele —, eu aceito. E, se você quiser que eu nunca conheça o meu neto, vou aceitar também. Tudo que eu peço é que, hoje, você fique para este almoço e me fale um pouco sobre o meu filho.

— Falar sobre o Finny?

Ele engole em seco e seus olhos estão começando a parecer úmidos.

— Tenho falado com várias pessoas que o conheciam. Tenho tomado notas e até gravei algumas das conversas. Algumas semanas atrás, almocei com o treinador de futebol dele e alguns dos colegas de time. — Ele enfia a mão na pasta de novo e puxa um arquivo bem maior, que abre e folheia. — Encontrei professores, alguns lá do fundamental, que me deram uma ideia do caráter dele. Houve até colegas de classe e pais que começaram a me procurar com histórias, e então Sylvie Whitehouse e eu… — Ele ergue os olhos para mim.

— Como ela está? — pergunto.

— Se curando. Eu espero que você saiba que ela quer o mesmo para você.

— Sinceramente, eu fico surpresa por ela não me odiar — confesso. — Parece que deveria.

— Ela é incrivelmente madura para a idade — conta John. — Disse que entende o que eu quero dizer quando falo de olhar para trás e saber que estava mentindo para mim mesmo a respeito do Phineas, porque, quando ela olhou para trás, ela soube que sempre esteve no caminho de vocês.

— Se você a encontrar novamente, diga que eu e ele estávamos atrapalhando o nosso próprio caminho. E fico feliz de saber que ela está melhorando.

John assente e eu noto que ele está se perguntando se vai me ver de novo.

— Vou precisar dessas histórias que você está coletando — informo. — E Jack está trabalhando para conseguir o máximo de fotos que conseguir. Talvez possamos juntá-las em um livro para o bebê.

— Phineas sempre disse que você era uma escritora incrível.

— Bom, para preservar a autenticidade, deveríamos tentar manter as vozes originais o máximo possível, mas posso editar para ficar mais claro, talvez ajudar com algumas linhas do tempo — digo. — Acho que sua visão de como a lenda de um bom pai pode ajudar a moldar uma criança vai ajudar bastante nesse projeto.

Quando a garçonete chega com nossos pratos, John não pede outro martíni. Não há espaço na mesa de qualquer forma, com todos os documentos espalhados. Juntos, nós construímos uma nova herança para o filho de Phineas.

catorze

— Autumn, seus lábios estão azuis — diz minha mãe. — Você vai assustar o técnico quando ele chegar.

Estamos esperando o ultrassom começar. Minha mãe já pegou uma toalha branca e a está molhando.

— Claire, isso é para limpar o gel depois — explica tia Angelina.

— Você precisa me deixar terminar isso primeiro. — Ergo o precioso pacote de bala que Finny comprou para mim tantos meses atrás.

A princípio, planejei guardá-los para sempre, passando as mãos neles como um avaro com moedas de ouro. Mas um dia o desejo bateu. Meu corpo exigia o pó açucarado e colorido. O bebê precisava dele; era isso que meu corpo estava me dizendo. Talvez fosse o próprio bebê me dizendo que precisava disso. E, embora eu soubesse o que Finny, o quase aluno de medicina, teria dito (*o problema dessa teoria é a falta de valor nutricional, Autumn*), eu também sabia que se ele estivesse vivo teria lido sobre o assunto e aprendido que o que a mãe come pode influenciar o sabor do líquido amniótico no útero. Ele teria aceitado que talvez, em algum nível, meu corpo estivesse me dizendo para dar um mimo ao bebê.

Imaginar essa conversa me fez chorar, e, enquanto eu soluçava e comia a balinha em pó, contei o resto dos pacotes. Para afetar o fluído, eu provavelmente precisava comer uma fileira de pacotes de uma vez, e eu tinha o suficiente para fazer isso uma vez por semana.

É por isso que é importante que eu termine este último pacote azul antes que o técnico entre; é meu jeito de compartilhar o presente de Finny com nosso bebê.

Minha mãe avança com o pano molhado e eu desvio dela.

— Mãe…

— Olá! Olá! — Uma mulher de uniforme entra na sala.

— Ela não está tendo uma parada cardíaca. Estava apenas comendo bala — explica minha mãe.

Angelina suspira e esfrega a testa.

— Acabei! — declaro, porque é verdade e porque noto o quanto pareço uma criança nessa situação. Pego o pano da mão da minha mãe e limpo a boca.

— Precisaremos de outra toalha para você depois — diz a técnica enquanto se senta com um resmungo.

— Desculpa. Eu tenho esses desejos.

— Tudo bem. Tem mais toalhas no armário. Meu nome é Jackie, e eu sou a técnica responsável por fazer o exame principal, e depois sua médica virá encontrá-la e revisará algumas imagens se precisar. Essa é sua primeira vez?

— Ah, tá meio na cara, né? — digo, corando.

— Ah, meu bem. Eu já vi algumas da sua idade com o terceiro a caminho. Por que você não se deita? E puxe sua camiseta, perfeito. — Ela se vira para olhar a tela e aperta alguns botões na máquina. — A meu ver, não importa quantos anos você tem quando engravida, ou quantos filhos tem, desde que cuide deles. Certo, para confirmar algumas coisas, você é Davis, Autumn R., nascida em 2 de setembro de…

Depois de mais algumas perguntas e de espalhar o gel frio e azulado na minha barriga cada vez maior, Jackie me olha e me dá um sorriso de quem está genuinamente animada por mim.

— Está pronta para ver o seu bebê?

Minha mãe e tia Angelina dão um gritinho sincronizado no canto enquanto eu sussurro:

— Estou pronta.

Ela pressiona o aparelho com firmeza em minha barriga. Há um redemoinho preto e branco na tela e então…

— Aí está — aponta Jackie. — Já posando para a câmera. Melhor tirar essa foto antes que se mexa. Essa será a que você vai querer guardar. — Ela murmura para si mesma e eu escuto o barulho do teclado. Eu até escuto as Mães chorando por cima do meu ombro, mas, por outro lado, parece tudo muito distante.

Finny, digo. *Esse é nosso bebê.* Engulo o nó na garganta como se realmente estivesse dizendo essas palavras para ele. *Nós realmente fizemos um bebê.*

A perna, a perna do bebê, do nosso bebê, chuta, e eu sinto a ondulação, aquela que me deixou tão incerta nessas semanas.

Eu estava sentindo nosso bebê se mexer, Finny.

— Salvei essa para imprimir. É hora de começar a fazer meu trabalho. Vou passar para cá e começar a medir a cabeça e o cérebro…

Ela alterna entre me ignorar enquanto trabalha e explicar o que está fazendo. Em alguns momentos, aponta as imagens mais claras para que eu veja a curva suave da espinha e os pés juntos, com todos os dez dedos.

As Mães ainda estão chorando um pouco, mas no geral estão sussurrando felizes. Eu disse que queria e não queria elas aqui, porque este é um momento que você acha que vai compartilhar com o seu parceiro, mas eu também não queria enfrentar sozinha.

Mas está funcionando. Elas estão aqui e eu me sinto acolhida e livre para me permitir sentir o quanto eu queria que Finny fosse a pessoa me apoiando hoje.

— Você chegou a me dizer se queria saber o sexo e eu esqueci? — pergunta Jackie. — Ou eu que me esqueci de te perguntar?

— Você não perguntou. Mas eu ainda não decidi se quero saber.

Há um conflito persistente em relação a isso. Angelina acredita em criar um laço com a criança sem considerar sua provável identidade de gênero; minha mãe acredita em planejar futuras sessões de fotos.

Não sei o que Finny iria querer.

Ele me diria para seguir com o que fizesse eu me sentir mais confiante. Seria a coisa certa para nós. Mas, quando ele falasse isso, eu conseguiria saber o que realmente queria.

E eu não sei o que é.

Não é como se eu fosse agir conforme o que ele iria querer, mas eu teria considerado a vontade de Finny e eu odeio não saber.

— Você provavelmente deveria desviar os olhos agora se não quer saber — diz Jackie, e de início eu nem preciso, porque as lágrimas estão borrando minha visão.

Eu fecho os olhos para impedi-las de cair e peço:

— Você pode escrever para mim? Eu vou decidir mais tarde.

— Claro que sim — afirma Jackie. — Você quer ficar com o envelope ou prefere que eu entregue para uma das suas familiares?

— Eu vou… — começa a dizer minha mãe enquanto Angelina diz:

— Eu posso esconder…

— Dá pra mim — informo a Jackie. — Tia Angelina, você não é tão boa em esconder coisas quanto acha e, mãe, todo mundo sabe que você iria abrir. Estou surpresa de você não ter olhado quando Jackie disse.

— Angelina me fez tapar os olhos — resmunga minha mãe.

— Na verdade, fui eu que tapei para você, Claire — corrige ela, mas é a provocação de sempre. As diferenças de temperamento sempre foram a base da amizade delas.

— Até agora, tudo parece bem. O bebê tem genitais que seguirão misteriosas por enquanto. Mas não fique surpresa quando sua médica ajustar a data prevista depois de olhar as medidas — acrescenta Jackie. — Provavelmente será alguns dias depois da primeira estimativa.

Uma onda de pânico começa a tomar conta de mim.

— Mas eu sei, hum, bem especificamente a data exata da, hum, a data de concepção desse bebê. Então se o bebê parece pequeno demais…

Ela se vira para me olhar.

— O bebê não é pequeno demais. Está com um bom tamanho. Mas a concepção real pode acontecer alguns minutos depois do ocorrido ou vários dias depois. Com base no tamanho do seu bebê, eu diria que a concepção aconteceu mais de dois dias depois.

— Ah.

Há uma quietude na sala enquanto eu escuto as Mães absorverem essa informação comigo.

— Os próximos dez minutos podem ser desconfortáveis — avisa Jackie. — Eu vou passar pelo abdômen do seu bebê para garantir que todos os órgãos estão ali e crescendo bem. Não vai aparecer muita coisa na tela.

— Tudo bem. — Já estou olhando para longe, pensando no momento da concepção ser tão diferente do que eu pensava.

Achei que esse bebê era o que tinha restado da nossa história de amor, mas não é nada disso. Ainda havia um pouco de Finny em mim quando ele morreu, e foi só depois que ele se foi, em algum momento enquanto eu chorava e gritava, em algum momento quando minha alma clamava pela dele, que o bebê de Finny começou a se formar dentro de mim.

Esse bebê não é o que sobrou da nossa história de amor. Esse bebê é a continuação dela.

Sinto aquela ondulação dentro de mim e olho de volta para a tela para ver se noto algum movimento, mas o que vejo é um coração.

Fico surpresa por conseguir reconhecê-lo, e talvez eu esteja errada, mas parece a forma de um coração humano daquele jeito que não se parece em nada com a maneira como o desenhamos. Viro minha cabeça para Jackie para dizer que consigo reconhecer esse órgão e então percebo que ela está franzindo o cenho de leve.

Não é muito. Ela não está superpreocupada, mas é uma expressão de concentração, do tipo que um mecânico faz quando alguém descreve o som que um motor está fazendo.

Atrás de mim, ouço as Mães discutindo se não saber o gênero significa que minha mãe pode comprar nas lojas mais caras.

— Elas têm mais opções neutras — informa.

— Está tudo bem? — pergunto a Jackie, alto o suficiente para ter certeza de que as Mães conseguem ouvir. Elas ficam em silêncio.

— Está, sim — responde Jackie, ainda com a testa franzida. — Mas vou precisar tirar fotos extras do coração da bebê e ela está se mexendo. Acho que aquela bala que você estava comendo chegou nela agora…

— Por que você precisa de fotos extras do coração? — pergunto.

Jackie encara a máquina antes de olhar para mim. Ela abre a boca.

— Você disse "ela"? — pergunta minha mãe.

Os olhos de Jackie se arregalam quando olha da minha mãe para mim.

— Tudo bem — eu a tranquilizo. — Você pode responder às duas perguntas. Mas à minha primeiro.

— É sua médica quem deve explicar isso a você — informa ela. — Eu não estou qualificada para dar detalhes, mas posso dizer que ela provavelmente vai ficar bem. E sim, é uma menina. E ela é absolutamente perfeita, exceto por uma coisinha que provavelmente vai acabar bem. Ok, Autumn?

— Ok — respondo, e concordo com a cabeça para provar que estou bem e que ela pode voltar a tirar as fotos de que precisa.

— Mãe, tia An… — começo a dizer, mas as duas já estão do meu lado.

Minha mãe pega minha mão e Angelina coloca a sua no meu ombro e nós choramos um pouco e sorrimos juntas um pouco, porque Finny e eu vamos ter uma filha e ela provavelmente vai ficar bem.

Provavelmente.

quinze

FINNY TERIA ADORADO ESSA VISTA. OK, TALVEZ CHAMAR DE VISTA seja um pouco exagerado. É só a rua na qual crescemos, mas o sol a faz parecer vibrante de um jeito que não acontece sempre, e, este ano, Finny não está aqui para ver.

Eu respiro através da dor.

Preciso me acostumar a ver as coisas que Finny também gostaria de ter visto, porque, espero, vou assistir à nossa filha pelo resto da minha vida.

Há um buraquinho no coração dela.

Às vezes, esses buracos fecham sozinhos, antes de o bebê nascer.

Às vezes, os buracos diminuem, mas não fecham totalmente até o primeiro aniversário do bebê ou coisa assim, mas fecham o suficiente para não ser um problema.

E às vezes são um problema.

Às vezes, bebês vão dormir e não acordam mais.

Às vezes, crianças pequenas precisam de cirurgia para salvar seu coraçãozinho.

É cedo demais para saber qual dessas opções vai acontecer com nossa bebê. A médica me disse que já tratou mulheres cujos fetos tinham buracos no coração maiores do que o da minha filha e que agora esses bebês estão no ensino médio ou na faculdade.

Por enquanto, farei ultrassonografias extras para monitorar o tamanho do buraco enquanto ela cresce, e assim poderemos nos planejar para o que for preciso. Angie virá comigo na próxima consulta. Estou pensando em perguntar a Brittaney se ela quer vir comigo na depois dessa.

Não poderei fazer essas caminhadas por muito mais tempo, não porque estou ficando grande demais ou algo do tipo — embora eu me sinta imensa —, mas por causa do frio.

É Dia de Ação de Graças e nem sempre fica gelado assim em St. Louis. Muitas vezes, as rosas continuam abertas depois que as folhas já amarelaram, mas não este ano. Este ano, as rosas terminaram seu trabalho, abriram no tempo que tiveram e aceitaram seu destino.

Arranco alguns botões mortos das roseiras da minha mãe, destacando e espalhando as pétalas por aí, conversando baixo com a bebê enquanto caminho.

Estou dando um tempo na edição do livro, não porque preciso chorar, mas porque preciso pensar. Sinto que Izzy e Aden precisam ter mais conflitos para que o leitor acredite que o amor deles é real. Comecei a discutir pontos da trama com a bebê, que, neste exato momento, é uma ótima ouvinte.

— Quer dizer, estou acrescentando na trama uma briga por causa de um baile — explico a ela —, só que não parece natural, amorzinho. — Eu a chamo pelo apelido que me ocorreu certa manhã, depois de acordar de um sonho bom do qual eu não consigo me lembrar.

Quanto a pensar em um nome de verdade, nisso eu empaquei. Duvido que me ocorra durante um sonho. Minha mãe está cerrando os dentes de ansiedade e impaciência. Há tantas coisas gravadas, bordadas, personalizadas e monogramadas que ela está desesperada para comprar. É bom que eu esteja encarregada do cartão dourado agora.

Tia Angelina ajuda ainda menos quando se trata de nomes e diz que gosta de todos os que eu sugiro, até mesmo os mais ridículos. Ela gosta de me contar a história de como pensou em uma enorme lista de nomes de que gostava e que, depois que o bebê nasceu, ela leu a lista para ele.

Sentiu que ele respondia mais ao ser chamado de Phineas e Finny pela família. Às vezes, ela diz que ele se sacudiu; às vezes, que fez um barulhinho; às vezes, os dois, mas ela jura que ele escolheu o próprio nome.

Eu não revelei que eu sei como esse nome foi parar na lista, mas ainda vou conversar sobre isso com ela. No momento, fico aliviada por ela estar confortável com o acordo que estabeleci com John, as atualizações e visitas ocasionais que planejei. Eu e ela concordamos que estaremos lá caso John parta o coração da minha filha também. Por enquanto, liguei para ele para avisá-lo que o bebê é uma menina e contei a respeito do coração. Ele tagarelou um pouco sobre poder pagar os melhores médicos e eu fiquei surpresa com a minha confiança quando disse a ele que tudo provavelmente ia ficar bem.

— Ela já tem tanta gente cuidando dela — contei a ele. — Se essa bebê tiver um defeito cardíaco congênito, então ela tem sorte de ter bons médicos e gente que a ama.

No fim do quarteirão, vejo o carro de Jack encostando na minha casa. Ultimamente tem sido mais fácil para eu, Angelina e minha mãe conversarmos umas com a outras a respeito do que precisamos em nosso luto por Finny, e todas nós concordamos que encarar a cadeira vazia na mesa estava nos impedindo de discutir o Dia de Ação de Graças. Quando Jack apareceu para varrer nossas folhas, perguntamos a ele se toparia ir a dois jantares de Ação de Graças, mas ele nos contou que a casa dele estaria transbordando de irmãos e suas esposas e filhos, e que ele ficaria feliz em passar quanto tempo quiséssemos com a gente. Jack pareceu feliz de ter uma desculpa para escapar do que parecia ser um hospício.

É difícil explicar por que ver o rosto de Jack vai ajudar, mas vai, e estou ansiosa para contar a ele que estou esperando uma menina. Terei que explicar do buraco no coração dela e como provavelmente vai dar tudo certo, mas estou ficando boa nisso, eu acho.

Conversei com Jack por telefone ontem, mas quero dar as notícias pessoalmente. Além disso, o contexto da ligação não parecia certo.

— Então… hum — começou ele. — Espero que contar isso a você não seja muito estranho, mas acho que deveria saber antes de eu ir para o Dia de Ação de Graças amanhã, caso seja um problema para você. Tem algo acontecendo entre mim e a Sylvie.

— Algo acontecendo?

— Bom, eu estava com um guarda-chuva dela e, quando fui devolver, algo aconteceu — explica. — E acho que vai continuar acontecendo. Sei que é uma situação bem estranha, mas queria que você soubesse… caso seja um problema?

— Não é, nem um pouco — informo. — Ela disse, tipo, uma ou duas coisas rudes para mim no ensino médio. E daí? Foi minha culpa Finny e eu não estarmos juntos, não dela. Fico feliz por você, Jack, e acho que Finny ficaria também.

— Sério? Porque eu me perguntei se isso não era errado de alguma maneira.

Eu não via nada errado. Achei até que meio que fazia sentido. Disse a ele que minha única preocupação era saber se, caso as coisas ficassem sérias, ele acharia estranho continuar na vida da bebê. Jack disse que conversaria sobre isso com Sylvie antes de as coisas irem para esse nível. Que a bebê era importante para ele também. Eu me peguei sorrindo. Ele estava considerando mesmo a possibilidade de isso ficar sério.

Fiquei meio impressionada com a maturidade de Sylvie e Jack. Então escrevi de volta para Jamie e Sasha. Eu disse a eles que podiam parar de escrever e mandar mensagem pedindo meu perdão. Eu os perdoava. Aprendi que a vida e o coração são complicados. E, embora eles tenham meu perdão, expliquei que não quero que entrem em contato comigo de novo. Preciso focar o futuro, e por conta do que aconteceu entre nós, entre eles, quero que nossos relacionamentos fiquem no passado, sejam apenas parte de nossa infância, quando cometemos erros e sobrevivemos.

Por enquanto, no início da minha vida adulta, estou me cercando de pessoas que carregam pedaços de Finny nelas, como eu. Como Jack, minha mãe e Angelina, e até mesmo John. E gente que me dá bons conselhos e se importa comigo, como Angie e Brittaney.

Jack me viu chegando e está esperando no topo da colina. Ele levanta a mão para me cumprimentar e eu faço o mesmo.

Sei que haverá dias em que vai parecer que não existe um futuro.

Mas, hoje, consigo sentir como Finny ainda está comigo.

agradecimentos

Uma salva de palmas para Gina Rogers, narradora extraordinária e musa que trouxe Finny de volta à vida.

Obrigada à minha agente, Ali McDonald, e à todo mundo na 5 Otter Literary. Vocês são incríveis, garotas.

Annette Pollert-Morgan, eu não conseguiria ter feito isso sem você. Bom, talvez até conseguisse, mas, sem seu amor exigente, não teria tanto orgulho deste livro quanto tenho.

Minha família sempre me apoiou nos altos e baixos da minha carreira. Rob, Austin, mamãe e papai, Elizabeth, obrigada por tudo. Não tenho nem palavras.

Meu filho, Percy, foi muito paciente quando eu tirei tempo para escrever este livro. Recentemente, ele me perguntou se, depois que terminasse, eu precisaria fazer isso outras vezes. Desculpa, meu amor, mas planejo fazer isso de novo, sim.

Este livro foi impresso pela Vozes, em 2024, para a HarperCollins Brasil.
O papel do miolo é avena 70 g/m², e o da capa é cartão 250 g/m².